Klarant Verlag

Bärbel Muschiol wurde 1986 in Weilheim, Oberbayern, geboren. Glücklich verheiratet lebt und arbeitet sie mit ihrem Mann und ihren zwei Kindern heute noch immer im tiefsten Bayern. Im Genre Erotik und in der Belletristik hat sich die Autorin mittlerweile einen festen Platz in den Bestsellerlisten geschaffen.

Bärbel Muschiol

Beast

The Killer & Claire

Klarant Verlag

Klarant Verlag, www.klarant.de
ISBN: 978-3-95573-908-9
1. Auflage, 2019
Umschlagabbildung: Klarant Verlag unter Verwendung von shutterstock-Bildern.

Printed in the EU.

Besuchen Sie uns im Internet: www.klarant.de

Prolog

Beast

„Du wirst es tun, Beast. Du hast keine Wahl!"

Ich mache mir nicht die Mühe, meinen Gesprächspartner anzusehen, sondern beobachte die lasziven Bewegungen der zwei Tänzerinnen, die sich im Rhythmus der Musik an den Stangen des goldenen Käfigs rekeln.

Dank des schummrigen Lichts kann ich ihre Gesichter nicht sehen. Das ist auch gar nicht nötig. Ich weiß auch so, was ich in ihren stark geschminkten Augen erkennen würde: Schmerz, Angst und Verzweiflung. Das dicke Vorhängeschloss, mit dem der Käfig gesichert ist, dient nicht zu Dekorationszwecken.

Marakoffs Zeichen, eine zackige Krone, die von dem Wort Rabynya eingerahmt wird, das ist russisch und bedeutet Sklavin, wurde auf ewig in die weiße Haut ihrer Schulterblätter gebrannt.

„Ich gebe dir 48 Stunden, um das Mädchen aufzuspüren und bei mir abzuliefern."

Um seinen Worten mehr Nachdruck zu verleihen, knallt er die goldene Münze, die ich ihm vor einer halben Ewigkeit überreicht habe, auf die gläserne Tischplatte.

Eine Schuldmünze.

Der Wert dieses Edelmetalls, das mit der Prägung einer mongolischen Tänzerin versehen wurde, ist nicht der Rede wert. Doch hier geht es nicht um finanzielle Belange, sondern um die Ehre. Es heißt, dass ich gnadenlos, eiskalt und unsichtbar wie ein Schatten bin – das alles trifft zu. Ein Mann ist nur so viel wert wie sein Wort – ich habe meines noch nie gebrochen.

Wenn ich etwas zusichere, bin ich bereit, mein Leben zu geben, um es einzuhalten.

Auf diese Weise definiert sich der Wert dieser Münze.

Vor einigen Jahren habe ich Marakoff, dem Russen, der sein Imperium auf Menschenhandel aufgebaut hat, diese Schuldmünze gegeben. Mir war klar, dass er sie eines Tages einlösen wird. Was ich jedoch nicht wusste, war, was es mich kosten würde.

Doch damals hatte ich keine andere Wahl.

„Was ist so besonders an der Frau, dass du für sie die Münze auf den Tisch legst? Wenn ich mich so umsehe, würde ich meinen, du hast genug Ware."

Die Spitze seiner kubanischen Zigarre abschneidend, klemmt er sie sich in den Mund und zündet sie an. Genüsslich paffend lehnt er sich in den Sessel zurück und lässt seinen Blick durch den düsteren Club gleiten. Der würzige Rauch steigt mir in die Nase. Etwas das verdächtig nach Zufriedenheit aussieht, zeichnet sich auf seinen slawischen Gesichtszügen ab.

„Das Mädchen ist nicht für den Verkauf, das will ich für mich. Ist etwas Persönliches. Du verstehst?“

Oh ja, das tue ich. Und daher weiß ich auch, dass die Frau, die ich für ihn einfangen soll, schlimmer dran ist als all die anderen gebrochenen Geschöpfe, die er in seiner Gewalt hat. Es mag sein, dass ich als der schwarze Mann bekannt bin, der den Tod bringt. Marakoff hingegen wird von allen nur der Teufel genannt.

Als Auftragskiller steht es mir nicht zu, moralische Urteile zu fällen. Dieses Recht habe ich längst verwirkt. Dennoch weiß ich, was er den Mädchen, die er sich für sein privates Vergnügen gönnt, antut. Keines von ihnen lebt länger als ein paar Monate, nicht wenige von ihnen setzen ihrem Leid selbst ein Ende.

An dem Whisky on the Rocks nippend, starre in die bernsteinfarbene Flüssigkeit und lasse sie kreisen, sodass die quadratischen Eiswürfel gegen das dicke Glas schlagen. Ich habe keine andere Wahl, als den Auftrag auszuführen, nur so erlischt der Wert der Münze.

„Kennst du ihren derzeitigen Aufenthaltsort?“

Er schüttelt den Kopf, greift in die Innentasche seines Jacketts und reicht mir ein Foto.

Mit neutraler Miene betrachte ich die darauf abgebildete Frau. Sie ist blutjung, wunderschön und voller Leben. Ihre blauen Augen strahlen. In dem Moment, in dem diese Aufnahme gemacht worden ist, war sie glücklich und sorgenfrei. Auf der Rückseite steht ihre Sozialversicherungsnummer und ihr Name: Claire Carter.

Ungewollt stelle ich mir die Frage, was ein unschuldiges Geschöpf wie sie mit dem Teufel zu tun hat? Wo ist die Verbindung zwischen ihr und Marakoff?

Aus welchem Grund will er sie so sehr, dass er dafür auf mich zurückgreift?

„Wie gesagt, du hast 48 Stunden. Schaffst du es in der Zeit, geht die Münze zurück in deinen Besitz und wir sind quitt. “

Für den Bruchteil einer Sekunde spiele ich mit dem Gedanken, diesem russischen Arschloch das Genick zu brechen, ich verwerfe ihn wieder. Es ist nicht meine Art, mich vor meinen Verpflichtungen zu drücken. Wenn ich Marakoff, nachdem ich diesen Auftrag ausgeführt habe, immer noch tot sehen will, werde ich dem Drang nachgeben und ihn kaltmachen.

Aber zuerst begleiche ich meine Schuld.

Den Whisky leerend, stecke ich das Foto ein und stehe auf.

Ohne mich zu ihm umzudrehen, teile ich ihm mit, dass ich mich melde, sobald ich die Ware habe. Er wünscht mir eine unterhaltsame Jagd. Gedanklich ramme ich ihm mein Messer in die Brust. Den Club verlassend, überquere ich den Parkplatz. Die aschfahle Kugel des Vollmondes erhellt den schwarzen Nachthimmel.

Das schmerzerfüllte Wimmern einer Frau hallt durch die Straßen. Ich beobachte, wie ein Käufer seine neu erworbene Rabynya an den Haaren zu seiner wartenden Limousine zieht. Die Scheiben sind getönt, der silberne Stern, der die Motorhaube ziert, ist frisch poliert.

Ein weiteres Mädchen, das spurlos verschwindet ...

1. Kapitel

Claire

Ich würde nicht sagen, dass ich mich verstecke, aber ich habe mein Leben definitiv so aufgebaut, das ich möglichst unauffindbar für die Schatten meiner Vergangenheit bin.

Weder habe ich ein Bankkonto noch eine Kreditkarte. Die Miete der kleinen, jedoch gemütlichen Zweizimmerwohnung, zahle ich immer am Ersten des Monats in bar. Auf einen Handyvertrag habe ich ebenso verzichtet wie auf eine Krankenversicherung. Anstatt eines Autos fahre ich mit den öffentlichen Verkehrsmitteln und ich vermeide es, fotografiert zu werden ...

Ich bin wahrscheinlich der einzige Mensch auf diesem Planeten der keinen Instagram, Facebook oder Twitter Account hat.

Manolo, der Inhaber des kleinen Diners, in dem ich arbeite, hat sich dazu bereit erklärt, mir mein Gehalt auf die Hand auszuzahlen. Für ihn bin ich wahrscheinlich ein Glücksfall, weil er sich so die Sozialabgaben spart. Ich hege schon länger den Verdacht, dass er auf mich steht, doch bis jetzt hat er sich mir gegenüber immer professionell verhalten – hoffentlich bleibt das auch weiterhin so.

Mein Leben ist überschaubar und einfach, genauso wie ich es will. Keine Katastrophen, keine unvorhersehbaren Überraschungen und keine Gefahren.

Was Männer angeht, bin ich vorsichtig geworden.

Wie heißt es so schön? Ein gebranntes Kind scheut das Feuer ...

Als ich fünfzehn war, hat meine Mutter einen Mann kennengelernt, an dem sie zerbrochen ist. Nach 38 Monaten des Leids, der Schmerzen und des Terrors hat sie eine Überdosis Schlaftabletten genommen und mich alleine mit ihm zurückgelassen. Ich muss wohl nicht erst betonen, dass das kein gutes Ende genommen hat.

Wann immer ich in den Spiegel sehe und meine Schulter betrachte, werde ich daran erinnert, dass es als Frau ein sehr gefährliches Spiel ist, sich auf Kerle einzulassen.

Die spitze Krone und die russische Bezeichnung für Sklavin wurden auf ewig in meine Haut gebrannt. An guten Tagen vergesse ich, dass sich dieses Mal dort befindet, an schlechten hingegen fühlt es sich so an, als würde ich unter der Last dieses Zeichens zerbrechen.

Der einzige Mann, den ich dauerhaft in meiner Nähe akzeptiere, ist Dillon, der vier Jahre alte Nachbarsjunge, auf den ich hin und wieder aufpasse.

Das Babysitten macht mir Spaß, bringt etwas Extra-Kohle und hilft mir über die Tatsache hinweg, dass ich selbst niemals Kinder oder eine eigene Familie haben werde.

Die Art zu leben, zu der ich verdammt bin, ist nichts für ein Baby. Davon abgesehen geht das ohne einen Kerl sowieso nicht.

Wie sollte ich jemals in der Lage sein, ein Kind zu versorgen, wenn ich dank meiner Vergangenheit dazu gezwungen bin, wie ein Geist zu leben?

Vielleicht kann ich irgendwann meine Vorsichtsmaßnahmen etwas lockern. Doch im Moment bin ich mir einfach zu sicher, dass Marakoff meine Existenz noch nicht vergessen hat. Vor drei Jahren, in der Nacht, in der er mich als seine Rabynya gezeichnet hat, ist es mir gelungen zu fliehen. Jetzt bin ich einundzwanzig und ich wette, dass er noch immer nach mir suchen lässt. Dieser Russe ist niemand, der schnell vergisst. Schon gar nicht, wenn es einem Mädchen gelungen ist, ihm, dem mächtigen Menschenhändler, zu entkommen.

Müde zappe ich mich durch das Fernsehprogramm, lausche ein paar Minuten der schrecklich geschminkten Tussi im Teleshopping-Kanal und schalte dann aus.

Es ist jetzt 22.00 Uhr abends, morgen früh um 6.00 Uhr beginnt meine Schicht im *Rocksy's* und anschließend passe ich für ein paar Stunden auf Dillon auf. Wenn das Wetter schön ist, geh ich mit ihm ein bisschen in den Kerry Park. Der süße Racker liebt jede Art von Ballspielen, doch am meisten mag er Fußball.

In den letzten Jahren bin ich oft umgezogen, doch in Seattle gefällt es mir bisher am besten. Diese Stadt hat etwas an sich, das mir das Gefühl von Sicherheit gibt ...

Das Licht ausschaltend, drehe ich mich um und schlafe. Es hat auch seine Vorteile, wenn das Wohnzimmer zugleich das Schlafzimmer ist.

Erleichtert, die letzten Stunden überstanden zu haben, begrüße ich Mary, meine Ablöse, und trage die nächsten zwei Essen an den Tisch. Heute war viel los im *Rocksy's*. Selbst jetzt, wo die Mittagszeit schon vorbei ist, sind noch alle Tische voll besetzt. Meine Füße brennen höllisch und zwischen meinen Schulterblättern hat sich ein fieses Stechen ausgebreitet.

Selbst Basil, unser immer gut gelaunter Koch, hat heute schlechte Laune. Bei einer Bestellung hatte einer unserer Gäste einen Sonderwunsch, was Basil dazu gebracht hat, eine Pfanne durch die Küche zu schleudern.

Und als ob das alles nicht schon schlimm genug wäre, hat Manolo sich ausgerechnet heute dazu durchgerungen und mich nach einem Date gefragt. Im Normalfall fertige ich alle Typen einfach schnell und schmerzlos ab. Aber da er mein Chef ist, wollte mir einfach keine einigermaßen Männerego schonende Abfuhr einfallen.
Jetzt bin ich kommenden Freitag mit meinem Boss verabredet und ich habe keine Ahnung, wie ich aus dieser Nummer wieder rauskommen soll. Zumindest kann ich mir bei ihm sicher sein, dass er keiner von Marakoffs Handlangern ist – immerhin etwas.

Durstig trinke ich mein Wasser aus und lasse die Augen prüfend über die Tische gleiten. Alle wirken zufrieden, unterhalten sich und verschlingen ihr Essen. Gerade als ich mich abwenden will, wird mein Blick von zwei eisblauen Augen abgefangen. Sie gehören zu dem beängstigenden Kerl, der gleich neben der Türe sitzt. Er ist alleine, nippt seit einer Ewigkeit an einem Glas Orangensaft und beobachtet mich wie der Löwe die Gazelle.

Dass ich die Aufmerksamkeit von unseren männlichen Gästen auf mich ziehe, ist nichts Ungewöhnliches. Vom Optischen her komme ich nach meiner Mum. Ich bin klein, schlank und habe einen runden Hintern und eine ansehnliche Körbchengröße. Mary behauptet immer, dass mein Körper die Form einer Sanduhr hat und dass die Kerle auf so etwas stehen. Damit könnte sie recht haben. Trinkgeldtechnisch ist es von Vorteil, attraktiv zu sein. In diesem speziellen Fall verfluche ich meine Optik jedoch.

Dieser Mann hat etwas Düsteres an sich. Er passt nicht wirklich zu dem Publikum, das für gewöhnlich ins *Rocksy's* kommt. Seine schwarzen, kurz geschnittenen Haare harmonieren hervorragend mit seinen markanten Gesichtszügen. Er hat schmale Lippen, eine gerade Nase und hohe Wangenknochen. Sein Kiefer ist eckig und sein Hals mündet in einem muskulösen Nacken.

Überhaupt scheint er ziemlich gut in Form zu sein. Das anthrazitfarbene Hemd, das genau wie seine Hose maßgeschneidert wirkt, spannt über seinem breiten Brustkorb. Die silberne Rolex an seinem rechten Handgelenk ist der beste Beweis dafür, dass er keine finanziellen Sorgen zu haben scheint. Alles an ihm strahlt pure Selbstsicherheit aus. Keine Ahnung wie ich darauf komme, aber ich würde mein heutiges Trinkgeld darauf verwetten, dass er genau weiß, wie viele Ausgänge es hier gibt, wie viele Menschen sich gerade hier aufhalten und wie viele ihm davon gefährlich werden könnten – ich würde sagen, keiner.

Im Gegenteil die Leute scheinen, genau wie ich, zu spüren, dass dieser Kerl gefährlich ist, denn sie weichen ihm aus und werfen ihm verstohlene Blicke zu.

Bis heute habe ich ihn noch nie hier gesehen, und mein erster Gedanke, als er hereingekommen ist, war, dass er für Marakoff arbeitet.

Jetzt stecke ich in einer Zwickmühle. Entweder verfalle ich in Panik, packe meine Sachen und verschwinde so schnell es geht. Oder aber ich bleibe ruhig und vernünftig. Wie groß ist schon die Chance, dass ausgerechnet heute, an einem sonnigen Herbsttag, ein Mann aus meiner Vergangenheit auftaucht, sich ein Glas Saft bestellt und dann stundenlang nichts weiter tut, als dazusitzen und zu beobachten?

Wenn er wirklich ein Handlanger des Russen wäre, dann wäre er hier reinmarschiert, hätte mich gepackt und mich kurzerhand zu seinem Boss geschleppt.

Es ist mir nur deshalb so lange gelungen, nicht erneut eingefangen zu werden, weil ich stets einen kühlen Kopf bewahrt habe.

Sinnlose Panik ist nicht besonders hilfreich.

Noch immer in seinem Blick gefangen, versuche ich, meinen außer Kontrolle geratenen Herzschlag wieder zu regulieren. Diese Stadt ist groß und der Hafen von Seattle ist ein bedeutender Punkt für den Handel mit Hawaii, Asien und Alaska. Hier gibt es viele Touristen und viele Durchreisende. Die Anwesenheit dieses Mannes kann also tausend verschiedene Gründe haben. Es wäre vermessen zu denken, dass er nur wegen mir hier ist.

Seine dämonische Ausstrahlung wird von den vielen schwarzen Tattoos, die seine Hände bedecken, verstärkt. Auf seinem rechten Handrücken prangt eine große Rosenblüte, ein Kreuz ziert seinen Daumen. Jeder seiner Finger wurde mit einem Symbol versehen.

Auf seinem Zeigefinger thront ein Anker, auf seinem Mittelfinger das Pik-Zeichen und auf seinem Ringfinger ein Stern, während auf dem kleinen Finger ein Totenkopf in die Haut gestochen wurde. Wie seine linke Hand aussieht, kann ich nicht sagen, ich hatte leider noch nicht die Zeit, sie mir genauer anzusehen. Es ist merkwürdig. Bisher konnte ich mich immer gut auf meinen Instinkt verlassen. Wenn er Alarm geschlagen hat, wusste ich, dass ich laufen muss.

Bei diesem Typen hingegen weiß mein Instinkt nicht, was er mir raten soll. Einerseits flüstert er mir zu, dass dieser Fremde eine Gefahr für mich darstellt, andererseits hingegen sagt er mir, dass ich mich vor diesem Dämon nicht zu fürchten brauche.

Jemand stupst mich an. Ich zucke erschrocken zusammen, was den Kerl zu einem kaum merklichen Schmunzeln bewegt. Aufgebracht unterbreche ich den Blickkontakt zu ihm und drehe mich zu Mary um.

„Verdammt, was soll das? Willst du mir einen Herzinfarkt einjagen oder was?“

„Sorry, Süße.“

Ihr Lachen verrät mir, dass es ihr überhaupt nicht leidtut.

„Kann ich ja nicht wissen, dass du so auf Mister Black konzentriert bist, dass du nichts mehr um dich herum wahrnimmst. Was ein sexy Kerlchen ... Hätte ja nicht gedacht, dass du dich für die bösen Jungs interessierst. Dachte eher, dass du auf die langweiligen Typen abfährst. Wie Versicherungsmakler oder so ...“

Aus Gewohnheit antworte ich ihr, dass ich auf niemanden abfahre. Dumm nur, dass in genau dem Moment Manolo aus der Küche kommt, mich hört und mir einen enttäuschten Blick zuwirft.

Ganz Klasse – genau das habe ich heute noch gebraucht.

Genervt beginne ich mit der Abrechnung, zähle mein Trinkgeld ab und ziehe mir die Schürze aus.

Während der ganzen Zeit frage ich mich, wie sich wohl der Fremde verhalten wird, wenn ich gehe. Etwas das sich verdächtig nach Sorge anfühlt, breitet sich in meinem Magen aus. Umso größer ist die Erleichterung, als ich feststelle, dass er, als ich mich von Mary verabschiede, bereits verschwunden ist.

Dieser Mann hatte eine unglaublich bedrohliche Ausstrahlung. Er hat auf mich gewirkt wie ein Jäger und ich glaube auch schon zu ahnen, was seine bevorzugte Beute ist ...

Echt froh darüber, dass er nicht mehr in Sicht ist, verlasse ich das *Rocksy's* und gehe in die entgegengesetzte Richtung zu meiner Wohnung los.

Falls ich doch von jemandem verfolgt werde, kann ich ihn so vielleicht in die Irre führen und abhängen. Drei Blocks und mindestens einhundert vorsichtige Blicke über meine Schulter später, wende ich wieder und nehme mehrere Seitenstraßen für den Rückweg. Erst als ich mir zu 100 Prozent sicher bin, dass niemand hinter mir her ist, traue ich mich nach Hause.

Herrgott, so langsam werde ich paranoid!

Bevor ich mich bei Cassie, meiner Nachbarin, melde, um ihr Dillon abzunehmen, gönne ich mir eine schnelle heiße Dusche, die hoffentlich dafür sorgen wird, dass sich die Anspannung der letzten Stunden von mir löst.

Für manche wäre nach einer langen Schicht das Babysitten zu anstrengend, ich hingegen freue mich schon auf den süßen Fratz. Kinder haben mich schon immer entspannt und mir dabei geholfen, die Welt mit anderen Augen zu sehen. Sie dabei zu beobachten, wie sie sich über die kleinsten Dinge freuen, zum Beispiel einen Käfer im Gras oder einen Vogel hoch oben in den Baumkronen, rückt alles wieder ins rechte Licht.

Dreißig Minuten später lasse ich die Fingernägel gegen Cassies abgeschrammte Wohnungstüre knallen. Das laute Klopfen hallt durch das schlecht isolierte alte Gemäuer. Etwas Farbe blättert vor meinen Füßen auf den Boden. Hier ist so einiges renovierungsbedürftig, doch das interessiert niemanden, vor allem nicht den Besitzer des Hauses. Mich stört das nicht. Warum sollte es auch?
Ich bin nur auf der Durchreise ...

Vor Seattle war ich einige Zeit in Las Vegas, Texas und anderen großen Städten unterwegs. Je mehr Einwohner, je höher der Durchreiseverkehr, umso sicherer war es für mich. Meine Devise lautet, nicht aufzufallen, alles andere spielt keine Rolle.

Dic Türc öffnct sich und Dillon kommt mir laut quietschend entgegengerannt. Sein leicht pummeliges Gesicht ist mit Schokolade verschmiert, in seinen Händen hält er sein rotes Spielzeugauto.

„Claire ... Claire ... kuck mal, ich hab neue Schuhe."
Stolz präsentiert er mir seine neuen Turnschuhe, er strahlt.

Ich gehe vor ihm in die Hocke und betrachte die blauen, für Adidas so typischen Streifen eingehend.

„Oh die sind aber wirklich schön."
Cassie taucht hinter ihrem Sohn auf. Sie wirkt müde und erschöpft. Kein Wunder, ich kann mir vorstellen, wie anstrengend es ist, alleinerziehend zu sein.

„Hallo Liebes, da bist du ja. Ich dachte schon, du kommst heute nicht mehr."
Sie drückt mich kurz und streift sich dann durch die Haare. Ich schätze sie auf Ende dreißig. Cassie hat mir mal erzählt, dass sie sechs Jahre lang verheiratet war, aber dass sich ihr Mann, nachdem er seine Arbeit verloren hatte, in ein trinkendes, aggressives Arschloch verwandelt hat, dass es völlig okay fand, seine Frau zu schlagen. Nachdem er ihr den Arm gebrochen hatte, hat sie die Konsequenzen gezogen und ihn verlassen.

Jetzt lebt sie, genau wie ich, am Existenzminimum.

„Ich habe doch gesagt, dass ich mit Dillon in den Park gehe. Ich musste nur einen kleinen Umweg gehen, darum hat es etwas länger gedauert."

Mein kleiner Schatz hört, was ich mit ihm vorhabe, und springt vor Begeisterung auf und ab. Schnell holt er seinen Ball, gibt seiner Mama einen Kuss und schnappt sich meine Hand.

„Können wir los?"

Über seine kindliche Begeisterung lachend, lasse ich mich von ihm zu den Treppen ziehen und höre noch, wie Cassie uns ein „Viel Spaß ihr beiden!", hinterherruft. Den werden wir bestimmt haben. Die ganze Zeit über quasselnd, bemerkt Dillon nicht, dass mir, sobald wir das Haus verlassen, das Lächeln vom Gesicht rutscht. Kaum das ich den Gehsteig betreten und die Haustüre hinter uns zugezogen habe, stellen sich die feinen Härchen in meinem Nacken auf.

Das beklemmende Gefühl, beobachtet zu werden, beschleicht mich, sorgt dafür, dass mir das Atmen schwerfällt. Prüfend sehe ich mich um, kann jedoch niemanden entdecken, der mir besondere Aufmerksamkeit schenkt oder mich gar anstarrt.

Im Gegenteil, die meisten Menschen eilen hektisch und von Terminen getrieben an uns vorbei.

Ich schiebe mein plötzliches Unbehagen auf die seltsame Begegnung mit dem Fremden im *Rocksy's*. Für jemanden in meiner Situation ist es sicherlich normal, hin und wieder etwas überzureagieren. Oder?

Frischen Sauerstoff in meine Lunge zwingend, greife ich Dillons Hand etwas fester und mache mich mit ihm auf den Weg zum Park.

So sehr ich auch versuche, tapfer zu sein, das Gefühl beobachtet zu werden, lässt sich einfach nicht abschütteln ...

2. Kapitel

Beast

In sicherer Entfernung folge ich der Zielperson zum Südhang des Queen Anne Hill. An der Ecke Second Avenue hätte ich sie wegen eines bescheuerten Radfahrers beinahe aus den Augen verloren.

Dass sie jetzt einen kleinen Jungen bei sich hat, irritiert mich.

Laut meinen Recherchen ist Claire Carter gerade erst einundzwanzig und somit volljährig geworden. Dass sie ein Kind hat, ist mir völlig neu und verkompliziert die Sache um ein Vielfaches.

Im Grunde genommen ist alles bereit. Ich muss das Mädchen nur noch einfangen, betäuben und in den Van stecken. Warum ich es nicht tue, ist selbst für mich unklar.

Claire aufzuspüren war nicht so leicht, wie ich gedacht habe.

Diese Frau hat ein Talent dafür, sich zu verstecken. Im Grunde genommen existiert sie wirtschaftlich seit ein paar Jahren gar nicht mehr. Weder hat sie ein Bankkonto noch irgendwelche Versicherungen.

Dass sie solch Strapazen auf sich nimmt, nur um von Marakoff nicht gefunden zu werden, ist für mich Beweis genug, dass sie sehr wohl wusste, in welcher Gefahr sie sich all die Jahre befunden hat.

Für gewöhnlich vermeide ich es, von meinen Zielpersonen im Vorhinein bemerkt zu werden. Ich zeige mich erst in dem Moment, in dem es für die Beute zu spät ist. In diesem speziellen Fall habe ich eine Ausnahme gemacht. Den ganzen Vormittag über habe ich in diesem Diner gesessen und das Mädchen, das der Russe so unbedingt für sich will, beobachtet. Selbst auf mich übt diese Claire eine gewisse Faszination aus. Ich kann nicht konkret benennen, was ihren Charme genau ausmacht, doch das ändert nichts an der Tatsache, dass sich alles in mir dagegen sträubt, sie an Marakoff auszuliefern.

Diese Frau ist jung und äußerst attraktiv. Sie hat Kurven, ein sexy Lächeln und eine Herzlichkeit, die man nur bei wenigen Menschen finden kann.

Und trotz der Unschuld, die sie ausstrahlt, kann jeder, der auch nur etwas genauer hinsieht, die Härte in ihren Augen erkennen.

Dieses Mädchen ist in der Vergangenheit auf das Böse getroffen. Und dieses Böse wirft noch immer seine Schatten auf ihre Existenz.

Wenn ich eine Wahl und Marakoff nicht die Schuldmünze auf den Tisch gelegt hätte, würde ich mich umdrehen und gehen.

Aber als der Mann, der ich nun mal bin, kann ich das nicht tun. Das würde gegen alles verstoßen, woran ich glaube:

- Loyalität
- Integrität
- Zuverlässigkeit.

Diese drei Eigenschaften sind alles, was mich ausmacht. Wenn ich sie missachte, wird das schwerwiegende Folgen haben.

Im Park angekommen sehe ich dabei zu, wie sie und der Junge Ball spielen. Die beiden scheinen in einer ganz eigenen Welt zu sein und nichts um sich herum wahrzunehmen.

Aus der Entfernung kann ich hören, wie der Kleine sie immer nur Claire und niemals Mum nennt. Anscheinend ist das doch nicht ihr Kind. Das ist gut. Das macht diesen Auftrag bedeutend leichter.

Ich selber habe bisher nur wenig Kontakt mit Kindern gehabt. Dennoch verstehe sogar ich, dass sie ein wertvolles Gut sind, das beschützt und nicht an Männer wie Marakoff ausgehändigt werden darf. So wie ich den Russen einschätze, hätte er nicht gezögert und den Jungen an den Höchstbietenden verkauft.

Die nächsten drei Stunden verbringe ich damit, Claire zu beobachten. Was nicht gut ist! Denn je mehr ich von ihr sehe, desto mehr wird mir bewusst, dass sie es nicht verdient hat, an den König der Sklaven ausgeliefert zu werden.

Als die Sonne immer weiter Richtung Westen wandert und die Temperaturen sinken, machen sich die beiden auf den Rückweg. Ich folge ihnen, warte bis sie im Haus verschwunden sind und stoppe die Türe, ehe sie ins Schloss fallen kann.

Lautlos schleiche ich die Stufen hoch und muss erneut den Kopf schütteln, als ich an Claires süßen Versuch denke, mich nach ihrer Schicht in dem Diner abzuschütteln.

Diese Frau ist klug. Sie hat instinktiv gespürt, dass sie beschattet wird, und hat eine falsche Fährte gelegt.

Es hat ihr nur nicht geholfen ...

Einzig dem Umstand, dass mein Auftrag lautet, sie zu fangen und nicht zu töten, verdankt sie es, noch am Leben zu sein.

Wobei ich mir nicht sicher bin, was schlimmer ist, der Tod oder eine von Marakoffs Rabynyas zu werden.

So oder so geht mich das Schicksal dieses Mädchens nichts an.

Es hat keinen Sinn, dass ich mir, während ich ihr zu ihrer Wohnung folge, darüber Gedanken mache. Es liegt nicht an mir, sie zu retten.

Ich bin der schwarze Mann – ich bringe den Tod, nicht das Leben.

Im Schatten verborgen lausche ich einem Klopfen, dann höre ich eine unbekannte Frauenstimme, die sich dafür bedankt, dass Claire auf Dillon aufgepasst hat. Diese versichert, dass es ihr eine Freude war, dann verabschieden sich alle.

Es ist also wie ich vermutet habe, der Junge ist nicht ihr Kind.

Das Klirren eines Schlüsselbundes übertönt das Knarzen der Treppe, die unter meinem Gewicht etwas nachgibt. Ich beobachte, wie meine Zielperson ihre Wohnung betritt, in dem Moment, in dem sie ihre Türe hinter sich schließen will, komme ich zum Vorschein. Unsere Blicke treffen sich, für die Dauer von wenigen Sekunden scheint die Zeit stillzustehen. Keiner von uns bewegt sich. Absolut regungslos sehen wir uns an.

Keine Ahnung womit ich gerechnet habe. Wahrscheinlich, dass sie laut schreien oder in Panik verfallen wird – nichts davon passiert.

Es hat eher den Anschein, als würde das Mädchen die Ausweglosigkeit ihrer Situation sofort erkennen und akzeptieren.

Ihr gewispertes „Ich wusste es!“, dringt zu mir durch.

Für einen Moment erwidert sie noch meinen Blick, dann wendet sie sich ab und geht in ihre Wohnung. Sie macht sie gar nicht erst die Mühe, mich auszusperren, sie weiß genauso gut wie ich, dass mich die marode Türe auch nicht davon abhalten kann, meinen Job zu erledigen.

Sie schaltet das Licht an. Ich folge ihr ins Innere und schließe die Türe.

Einen engen Flur später stehe ich in einer winzigen Küche. Claire ist damit beschäftigt eine Weinflasche zu entkorken. Nachdem sie zwei Gläser auf den Tisch gestellt hat, setzt sie sich auf einen zerbrechlich wirkenden Holzstuhl und schenkt uns beiden etwas von der roten Flüssigkeit ein.

„Was soll das werden?“

Sie zuckt mit den Schultern.

„Wenn du mich schon an den Teufel auslieferst, solltest du zumindest so ehrenhaft sein, mir noch ausreichend Zeit zu lassen, damit ich mich von meiner Freiheit verabschieden kann.“

Bloody Hell!

Ohne sie aus den Augen zu lassen, lehne ich mich an den Türrahmen und beobachte sie dabei, wie sie das erste Glas auf ex leert, es erneut füllt und sich zurücklehnt.

Welch ein faszinierendes Geschöpf.

„Du bist uns in den Park gefolgt?“

Ich nicke.

„Dachte ich es mir doch. Ich habe deine Anwesenheit gespürt ...“ Sie streicht sich mit den Fingerspitzen über den Hals, ihre Stimme wird so leise, dass ich sie kaum noch hören kann. „... gleich einem warnenden Windhauch kurz bevor ein Sturm aufzieht.“

Wieder trinkt sie den Alkohol in erschreckender Geschwindigkeit, wieder schenkt sie sich sofort etwas nach. Plötzlich hebt sie den Kopf und sieht mich aus zusammengekniffenen Augen an.

„Hätte es etwas gebracht, wenn ich nach der Arbeit nicht mehr hierher zurückgekommen, sondern sofort abgehauen wäre?“

Mich von der Wand abstoßend gehe ich auf sie zu und nehme ihr gegenüber Platz.

„Es gibt kein Entkommen für dich!“

Claire nickt, so als ob ich nur bestätigt hätte, was sie eh schon wusste.

„Danke, dass du gewartet hast, bis ich Dillon wieder zurückgegeben habe.“

Seltsam. Obwohl Sie weiß, was nun auf sie zukommt, denkt sie nicht an sich, sondern nur an den Jungen.

„Das Kind war kein Bestandteil des Auftrags.“

Furcht huscht über ihre zarten Gesichtszüge.

„Es klingt verrückt, aber ich wusste, dass es mir nicht ewig gelingen wird mich zu verstecken. Trotzdem habe ich auf ein langes und friedliches Leben gehofft.“

Das ist ein legitimer Wunsch.

Den Wein leerend, saugt sie ihre Unterlippe zwischen die Zähne und kaut darauf herum. Nachdenklich betrachtet sie die tintenverzierte Haut meiner Hände. Erkenntnis blitzt in ihren himmelblauen Iriden auf.

„Ich weiß, wer du bist. Du bist die Schwärze, vor der sich alle fürchten. Des Todes Handlanger, der keine Gnade kennt. Du bist Beast.“

Dem ist nichts hinzuzufügen.

„Ja.“

Ein „Wow“ ausstoßend, richtet sie sich gerade auf.

„Marakoff muss ja wirklich verzweifelt sein, wenn er dich braucht, um mich aufzuspüren. Das heißt, dass ich mich gar nicht so blöd dabei angestellt habe, unsichtbar zu sein.“

Genau genommen hat sie es sehr gut gemacht.

Claires Stirn runzelt sich.

„Was habe ich falsch gemacht. Wie hast du mich gefunden?“

Da ich sie süß finde, beschließe ich, mich auf dieses Gespräch einzulassen. Was kann es schon schaden?

„Vor einem Monat bis du mit der Metro gefahren und hattest keine Fahrkarte dabei. Der Kontrolleur hat deine Personalien aufgenommen und so bist du im System aufgetaucht."

Ihr gezischtes „Verfluchte Scheiße!", amüsiert mich.

„Das war es? Echt jetzt?" Sie schüttelt den Kopf und stößt ein freudloses Lachen aus.

„Weißt du, das Schlimme ist, dass ich eine Monatskarte habe, diese hatte ich nur hier auf dem Tisch vergessen."

Es sind die Kleinigkeiten, die Amateuren wie ihr das Genick brechen.

„Falls es dich tröstet. Du hast dich besser angestellt als die meisten Personen, die ich aufspüre."

Eine Träne rinnt ihr aus dem Augenwinkel.

„Es tröstet mich nicht. Ich werde enden wie sie. Eine Zeit werde ich kämpfen, dann werde ich zerbrechen und dann werde ich den Tod wählen."

Ich habe keine Ahnung, wovon Claire spricht.

„Von wem sprichst du?"

Noch eine Träne bahnt sich ihren Weg über ihre Wange. Zu meiner Verwunderung juckt es mich in den Fingern, die salzige Flüssigkeit wegzustreichen und zu kosten.

„Meiner Mutter."

Prüfend sehe ich das Mädchen an.

„Erzähl mir mehr."

Anstatt sich die Mühe zu machen, das Glas erneut zu füllen, greift sie dieses Mal gleich nach der Flasche.

Mehrere große Schlucke nehmend, wischt sie sich anschließend in einer undamenhaften Geste mit dem Handrücken über die vom Wein benetzten Lippen.

„Es ist lange her. Gott es fühlt sich an, als wäre es in einem anderen Leben gewesen. Damals, vor vielen Jahren hat Marakoff meine Mutter kennengelernt. Sie war Krankenschwester und er wurde in der Klinik, in der sie gearbeitet hat, wegen einer Schussverletzung behandelt. Irgendwie hat er es geschafft, dass sie sich in ihn verliebt ... Sie hat alles für diesen Psychopaten aufgegeben. Als sie endlich gemerkt hat, dass sie sich auf den Teufel höchstpersönlich eingelassen hat, war es bereits zu spät für sie, um einfach wieder gehen zu können. Es kam, wie es kommen musste. Sie ist an ihm zerbrochen. Schlussendlich hat sie eine Überdosis Tabletten genommen. Als ich sie gefunden habe, war es bereits zu spät ... Sie war tot."

Was für eine Geschichte. Zumindest weiß ich jetzt, wie der Russe auf Claire aufmerksam geworden ist.

Er war für eine gewisse Zeit ihr Stiefvater. Wenn ich allerdings an den Ausdruck denke, der in seinen Augen gestanden hat, als er von Claire gesprochen hat, weiß ich, dass die Gefühle, die er für sie hegt, alles andere als väterlich sind.

Er will dieses Mädchen für sich.

Das Schweigen, das sich nun zwischen uns ausbreitet, wird nur von ihren verzweifelten Schluchzern durchbrochen. Keine Ahnung, ob sie wegen des Schicksals ihrer Mutter oder wegen dem, was auf sie zukommt, weint, es spielt auch keine Rolle.

Ein letztes Mal führt sie die Flasche an den Mund und trinkt, dann reibt sie sich die Tränen aus den Augen und kämpft sichtlich um ihre Beherrschung.

Ohne ein weiteres Wort steht sie auf, geht in den Flur, nimmt sich eine Tasche und beginnt ein paar Dinge einzupacken. Ihren Reisepass, andere Unterlagen und eine Rolle mit Bargeld. Claire geht systematisch vor. Wie ein Mensch, der es gewohnt ist, aus seiner Umgebung gerissen zu werden. Ich frage mich, wie oft sie in den vergangenen Jahren ihren Wohnsitz aufgeben musste. Ihrer Routine nach oft. Als sie alles hat, was sie braucht, hängt sie sich die Tasche über die Schulter und lässt ein letztes Mal ihren Blick über die spärliche Einrichtung ihres Zuhauses gleiten.

Nachdem sie eine kleine Notiz an ihre Nachbarin geschrieben hat, in der sie ihr mitteilt, dass sie wegen einer Familienangelegenheit unerwartet fortmusste und nicht weiß, wie lange sie weg sein wird, dreht sie sich wieder zu mir um.

„Hier hätte ich mir gerne ein Leben aufgebaut. Diese Stadt hat mir gutgetan. Ich war glücklich."

Ohne einen Blick zurück verlässt sie ihre Wohnung, schiebt den gefalteten Zettel bei ihrer Nachbarin durch den Türspalt und verdreht, als ihr erneut die Tränen kommen, die Augen.

Claire ist eine wirklich erstaunliche Frau. Sie hat erkannt, dass es für sie kein Entkommen gibt und akzeptiert die Tatsache, dass ich sie mitnehmen und zu dem Mann bringen werde, der ihr Untergang sein wird, klaglos.

Die meisten Menschen, die ich aufsuche, verlieren die Nerven, flehen mich an, Gnade walten zu lassen und sie zu verschonen.

In den vergangenen zwei Jahrzehnten, die ich nun schon in diesem Business arbeite, habe ich jeden Auftrag eiskalt ausgeführt.

Expect no mercy ...

Claire zeigt Tapferkeit und Mut und dafür akzeptiere ich sie.

„Lass uns gehen. Wir haben einen langen Weg vor uns."

Nur um sicherzugehen, dass sie nicht doch schwach wird, ziehe ich die Handschellen aus meiner Jackentasche und fessle ihre rechte Hand an die meine.

Sicher ist sicher ...

3. Kapitel

Claire

In dem Moment, in dem sich das kalte Metall um mein Handgelenk schließt, wird mir erst so richtig bewusst, dass ich verloren habe. Die Vergangenheit hat mich eingeholt, meine Zukunft ist verloren.

Bei jedem anderen hätte ich versucht, zu entkommen, hätte gekämpft und wie wild um mich getreten, doch nicht so bei ihm – nicht bei Beast.

Dieser Mann ist nicht einfach nur irgendein Söldner, er ist eine lebende Legende. Er ist der Killer, der immer dann gerufen wird, wenn die Erfolgschancen verschwindend gering sind. Dass Marakoff ihn auf mich angesetzt hat, verrät mir, dass ich wohl doch so einiges richtig gemacht haben muss.

Ich hätte auf mein Gefühl vertrauen und mich noch während meiner Schicht unbemerkt davonschleichen sollen.

Tief in meinem Inneren habe ich geahnt, dass dieser Mann mit den vielen Tattoos nicht einfach irgendein Durchreisender ist. Doch ich wollte es nicht wahrhaben. Die letzten Jahre haben all meine Kraftreserven aufgebraucht, ich bin es leid, immer auf der Flucht zu sein – das ist keine gute Art zu leben.

Vielleicht sollte ich die Chance nutzen und die offene Rechnung, die mich mit Marakoff verbindet, endgültig begleichen. Dieses Monster hat meine Mutter in den Tod getrieben, dafür wird er sterben. Ich bin nicht mehr das verängstigte, unschuldige Ding von damals.

Zumindest hoffe ich das ...

Bei Gott! Ich bin eine erwachsene Frau und ich werde mich nicht in die Ecke kauern und darauf warten, bis andere darüber entscheiden, was mit mir passiert.

Es ist so sicher wie das Amen in der Kirche, dass der Mann, der mich an sich gefesselt hat, im Besitz mehrerer Waffen ist. Es muss mir nur gelingen an eine davon ranzukommen.

Marakoff mag sich für unbesiegbar halten, doch das ist er nicht.

Er besteht, wie alle anderen Wesen, auch nur aus Fleisch und Blut. Eine gut platzierte Kugel reicht aus, um die Welt für immer von diesem perversen Schwein zu befreien.

Wir verlassen das Haus, und die Gewissheit, dass ich Cassie und Dillon nie wiedersehen werde, lässt mich hart schlucken.

Beast führt mich die Straße entlang. Eine Gruppe junger Männer kommt uns entgegen. Zu ihrem Glück bemerken sie nicht, dass ich mit Handschellen an einen Verbrecher gekettet bin, der von Interpol weltweit gesucht wird.

Ich halte mich zurück und versuche, so wenig Aufmerksamkeit wie möglich auf uns zu ziehen. Falls einer von ihnen versucht, mir zu helfen, wird Beast nicht zögern und ihn töten.

Wir biegen dreimal ab, dann bleiben wir vor einem schwarzen SUV stehen. Dank dem Strichcode, der mit einem Aufkleber an der Seitenscheibe befestigt wurde, erkenne ich sofort, dass es sich hierbei um einen Leihwagen handelt. Da ich Marakoff immer im Auge behalten habe, weiß ich, dass sich sein Firmensitz, falls man den Wolkenkratzer, von dem aus er seine illegalen Geschäfte managt, so nennen kann, nach wie vor in New York befindet.

Diese Stadt ist eine der bedeutendsten Handels-, Finanz- und Kulturzentren der Welt. Marakoff hat in vielen Bereichen der Wirtschaft seine Finger im Spiel. Seine Kontakte reichen vom unbedeutenden Straßendealer bis rauf zu den ranghöchsten Politikern. Es wird wohl niemanden überraschen, wenn herauskommt, dass sich die Reichen und Mächtigen dieser Stadt in regelmäßigen Abständen eine von Marakoffs Rabynyas gönnen.

Je reicher und bekannter die Männer sind, desto tiefer sind die Abgründe, die sie mit diversen Wohltätigkeitsveranstaltungen und sechsstelligen Spendenbeträgen zu kaschieren versuchen. Genau diese weitreichenden Kontakte sind der Grund, aus dem der König aller Sklaven so unantastbar ist.

Weder der Polizeichef noch der hoch angesehene Senator will, dass jemals ans Licht kommt, dass sie ihre perversen Neigungen an gebrochenen und entführten Mädchen ausleben.

Beast nimmt mir meine Tasche ab, öffnet die hintere Türe, wirft meine Sachen auf den Sitz und fordert mich auf, einzusteigen.

„Was? Willst du mich nicht in den Kofferraum sperren?“

Er stößt ein Knurren aus und wiederholt seinen Befehl.

„Steig ein, Claire!“

Seine Stimme gleicht einem dunklen Grollen. Verängstigt hüpfe ich regelrecht in das verdammte Auto. Einen kleinen silbernen Schlüssel aus der Hosentasche ziehend, löst er die Schelle, die um sein Gelenk befestigt war und macht sie an der Nackenlehne des Beifahrersitzes fest.

Mit zitternden Fingern, rasendem Puls und einer immer stärker werdenden Wut, die in mir zu brodeln beginnt, beobachte ich, wie er den Wagen umrundet und auf dem Fahrersitz Platz nimmt.

„Sagst du mir auch, wie es jetzt weitergeht oder behandelst du mich weiterhin wie einen Gegenstand, den du ausliefern sollst? Falls es dir nicht aufgefallen ist, ich bin eine Frau und keine Warensendung!"

Unsere Blicke begegnen sich im Rückspiegel.

„Glaube mir Claire, dass du eine Frau bist, ist mir auf den ersten Blick klar gewesen."

Am liebsten würde ich ihm die Zunge rausstrecken. Doch da mir das zu kindisch erscheint, recke ich einfach nur meinen Mittelfinger hoch.

„Ich hab mich schon gefragt, wann du endlich etwas mehr Wehrhaftigkeit zeigst."

Ach, hat er das? So ein Arschloch!

„Für dich mag das alles nur ein Spaß oder ein Job oder sogar beides sein. Aber für mich geht es hier um alles. Also spar dir deine witzlosen Kommentare und tu einfach, wofür du bezahlt wirst."

Anstatt den Motor anzulassen dreht er sich langsam zu mir um und sieht mich direkt an.

„Du bist kein normaler Auftrag. Und nein, mein Vergnügen ziehe ich nicht daraus, kleine Mädchen zu entführen."

Was meint er damit, dass ich kein normaler Auftrag bin?

Bevor ich ihn das fragen kann, sieht er wieder nach vorne, dreht den Schlüssel um und fährt mit so viel Schwung an, dass ich in den kalten Ledersitz gepresst werde.

Unsicher wie es jetzt weitergeht, sehe ich aus dem Fenster und stelle fest, dass wir, genau wie ich es schon befürchtet habe, Richtung Flughafen fahren.

Das könnte interessant werden. Vielleicht bietet sich mir dort eine Gelegenheit zu flüchten. Er wird uns ja schlecht zwei Plätze in einem regulären Linienflug buchen können ...

Während der restlichen Fahrt spricht keiner von uns ein Wort.

Ich lasse das Beast, das mich gekidnappt hat, nicht aus den Augen und versuche mir darüber klar zu werden, wie es jetzt weitergeht. Je länger ich darüber nachdenke, umso sicherer bin ich mir, dass ich auf gar keinen Fall zulassen darf, dass er mich zu Marakoff bringt.

Ich bin noch nicht bereit, dem Mann gegenüberzutreten, der meine Mutter auf dem Gewissen und mich gebrandmarkt hat. Ich dachte wirklich, dass ich es könnte, aber da habe ich mich getäuscht. So stark bin ich nicht ... noch nicht zumindest!

Mit jeder weiteren Meile, die wir hinter uns bringen, fällt es mir schwerer zu atmen. Ich muss hier raus – sofort!

Vorsichtig zieh ich an den Handschellen, was dafür sorgt, dass die Nackenstütze, an der sie befestigt wurde, weiter nach oben geschoben wird. Das ist es ...

Wenn es mir gelingt, das Polster möglichst unbemerkt nach oben zu schieben, ist meine Hand frei und ich kann vielleicht irgendwie aus dem Auto flüchten.

Beasts Handy beginnt zu vibrieren, er zieht es aus seiner Tasche und nimmt das Telefonat an. Sehr gut, jetzt ist es abgelenkt.

Ich höre, wie er mit einem ausdruckslosen „Was gibt's?", seinen Gesprächspartner begrüßt. Stück für Stück schiebe ich die silbernen Stangen weiter nach oben. Nur noch ein paar Zentimeter und ich habe es geschafft.

„Ja, ich habe sie."

Mir ist klar, dass er über mich spricht. Wahrscheinlich ist Marakoff am anderen Ende der Leitung. Dieser Irre scheint es wohl kaum erwarten zu können, mich endlich in die Finger zu kriegen.

Nach einem letzten kraftvollen Ruck habe ich es geschafft. Als das Edelstahl der Fesseln gegen die Stange der Stütze knallt, ertönt ein lautes Scheppern, das mich verrät. Beasts Kopf schnellt zu mir, er sieht, was ich getan habe, und tritt gerade noch rechtzeitig auf die Bremse, als ein Fahrradfahrer aus einer Seitenstraße vor uns auf die Fahrbahn schießt.

Das ist meine Chance!

Ohne zu zögern schnappe ich mir meine Tasche, reiße die Türe auf und springe aus dem Auto.

Beats „Was zum Teufel!", ist das Letzte, was ich höre, ehe ich so schnell mich meine Füße tragen, losrenne. Ich stolpere über einen Gehsteig, laufe über eine stark befahrene Straße und danke Gott, als ich unversehrt auf der anderen Seite ankomme. Einen prüfenden Blick über meine Schulter riskierend, sehe ich, dass er mir folgt.

Dieser Mann hat viel mehr Kraft und viel längere Beine als ich. Früher oder später wird er mich sicherlich einholen, es muss mir irgendwie gelingen, ihn auszutricksen. Rechts neben mir taucht ein Metroeingang auf, schnell wechsle ich die Richtung und stürme darauf zu. Immer zwei Stufen auf einmal nehmend, eile ich die Treppen nach unten. Die Tasche rutscht mir von der Schulter, ich packe sie fester und drängle mich durch die Menschenmenge, die auf mich zukommt.

„Claire, verdammt bleib stehen. Du machst es nur noch schlimmer!"

Beasts dunkle Stimme dröhnt durch die U-Bahn-Station.

Dieser Killer hat wirklich keine Ahnung, was mich bei dem Russen erwartet. Sonst wüsste er, dass es schlimmer gar nicht mehr kommen kann. Die offenstehenden Türen der U-Bahn anvisierend, gebe ich alles und laufe noch etwas schneller. Ich schaffe es gerade ins Innere der Bahn, dann gleiten sie zu. Erleichtert presse ich mir die Handflächen gegen die schmerzenden Rippen – Seitenstechen.

Erst der entsetzte Blick einer älteren Dame erinnert mich daran, dass sich noch immer die Handschellen an meinem Gelenk befinden. Schnell verberge ich sie hinter meiner Tasche.

Das vertraute Piepen der aufgleitenden Türen dringt zu mir durch. Ruckartig hebe ich den Kopf und starre prompt in die eisblauen Iriden des schwarzen Mannes.

Seinen Gesichtsausdruck als wütend zu bezeichnen wäre maßlos untertrieben. Beasts Kiefer zuckt, die Muskeln in seinen Armen sind angespannt und der Ausdruck, der in seinen Augen steht, verrät mir, dass ich diese Aktion noch bereuen werde.

Ich bin geliefert …

4. Kapitel

Beast

Bloody Hell!
Ich habe dieses Miststück völlig unterschätzt.

Erst benimmt sie sich so, als hätte sie sich mit ihrem Schicksal abgefunden und dann gelingt ihr eine spektakuläre Flucht.

Hätte sie eine Sekunde mehr Vorsprung gehabt, wäre es ihr gelungen mir zu entwischen. So aber steht sie schwer atmend, mit weit aufgerissenen Augen und am ganzen Leib zitternd vor mir und sieht sich hektisch um.

Ich erkenne, was sie vorhat, und schüttle nur warnend den Kopf, während ich den Aufschlag meiner Lederjacke etwas anhebe, so das sie einen Blick auf die Beretta werfen kann, die sich, in einem Holster steckend, darunter befindet.

Ich würde es nur ungern tun, dennoch würde ich jeden, der ihr zur Hilfe kommt, ohne zu zögern abknallen. In den meisten Fällen lassen sich Kollateralschäden nicht vermeiden.

Claire kapiert die Warnung und presst die Lippen zu einem schmalen Strich zusammen.

Diese U-Bahnfahrt war nicht geplant und bringt meinen kompletten Zeitplan durcheinander.

Als dann auch noch zwei Polizisten auf uns zukommen, stoße ich einen leisen Fluch aus.

Entspannt gehe ich auf Claire zu, schlinge ihr meinen Arm um die Hüfte und ziehe sie an mich, sodass wir für die Cops wie ein Liebespaar wirken müssen. Claires wohlgeformter Hintern presst sich gegen meinen Schritt, sorgt so dafür, dass mein Glied anschwillt und hart wird. Der Körper dieses Mädchens würde sogar einen Heiligen in Versuchung führen, und ich bin weiß Gott weit davon entfernt, heiliggesprochen zu werden.

Ihr süßer Duft steigt mir in die Nase, während eine seidenweiche Haarsträhne über meine Kehle streift. Da eine feste Beziehung nicht zu meinem Lebensstil passt, kümmern sich Prostituierte um meine sexuellen Bedürfnisse.

Ich bin ein Mann, der in allen Bereichen seines Lebens großen Wert auf Professionalität legt. Dennoch kann ich nicht abstreiten, dass Claire mich über die Maßen in Versuchung führt. Das Wissen, dass schon bald Marakoff zu dem Vergnügen kommen wird, sich an der Kleinen auszutoben, lässt mich sauer aufstoßen.

Wie es wohl sein muss, eine Frau wie sie sein eigen nennen zu dürfen?

Das werde ich wohl nie erfahren!

Den Lauf meiner Waffe gegen ihr Rückgrat pressend, stelle ich sicher, dass sie keine weiteren Tricks versucht.

Zivilisten zu erschießen ist eine unschöne Sache, aber nichts Besonderes. Tote Cops hingegen verursachen unheimlich viel Ärger, auf den ich gut verzichten kann.

„Sag mir bitte, dass du zwei Pistolen auf mich gerichtet hast."

Claires gewisperte Worte amüsieren mich.

„Auf jeden Fall sind beide Waffen geladen."

Anscheinend teilt sie meinen Sinn für Humor nicht, denn sie wirft mir einen finsteren Blick zu.

„Falls du glaubst, dass ich dich als Dank dafür, dass du mich zu meinem Erzfeind verschleppst, auch noch ficke, muss ich dich enttäuschen. Sei lieber immer schön wachsam, Killer. Nicht das du noch mit einem Messer im Rücken endest."

Ihre geflüsterte Drohung lässt mich nun endgültig laut lachen. Etwas das nur selten passiert. Was wiegt das Mädchen? Sechzig maximal fünfundsechzig Kilo bei einer Größe von 1,55 Metern? Sie ist nicht mal halb so schwer wie ich und geht mir gerade mal bis zur Brust. Wenn ich wollte, könnte ich sie einfach so in zwei Teile zerbrechen und müsste mich dabei nicht mal sonderlich anstrengen.

Claire hat echt Schneid, das muss ich ihr lassen. Keine Ahnung wann sich das letzte Mal jemand getraut hat, mir zu drohen. Es muss Jahre her sein und es hat garantiert tödlich für ihn geendet.

„Gut zu wissen, ich werde wachsam sein."

Ein Schnauben von sich gebend, versucht sie, etwas mehr Abstand zwischen uns zu bringen. Was ich zu verhindern weiß ...

Mittlerweile ist mein Schwanz so hart, dass es schmerzt. Das Verlangen, das durch meine Adern pulsiert, ignorierend, erlaube ich mir erst, meinen Griff etwas zu lockern, als die Bullen im nächsten Waggon verschwunden sind. Die Fahrtzeit bis zur nächsten Haltestelle verbringe ich damit, Claires Nähe zu genießen und mir darüber Gedanken zu machen, wie ich nun, wo sich der Leihwagen außerhalb meiner Reichweite befindet, weiter vorgehen soll.

Die Chartermaschine, die am Flughafen steht, ist auf Standby. Der Pilot hat von mir die Anweisung erhalten, auf meine Ankunft zu warten.

Dank der fünfstelligen Summe, die ich ihm in bar überreicht habe, hat er keine weiteren Fragen gestellt.

Jetzt muss ich nur noch einen geeigneten Weg finden, Claire ohne viel Aufhebens dorthin zu bringen. Am besten wird es sein, wenn ich uns ein Hotelzimmer besorge, ihr dort die bereits vorbereitete Injektion, die sich in meiner Tasche befindet, verabreiche und, während sie bewusstlos ist, das Auto hole.

Die Bahn stoppt, ich schiebe Claire hinaus und muss mich erst mal neu orientieren. Nachdem wir den unterirdischen Bereich hinter uns gelassen haben, entdecke ich zwei Häuserblocks weiter das Zeichen einer Hotelkette.

Claire erneut mit den Handschellen an mich fesselnd, führe ich sie zu unserem neuen Ziel.

Mein Mobiltelefon beginnt zu surren, ich ignoriere es. Das ist garantiert Marakoff, der nachfragen will, aus welchem Grund ich unser vorheriges Telefonat so abrupt beendet habe.

Es wird Zeit, dass sich dieser Russe in Geduld übt. Von den veranschlagten 48 Stunden sind erst die Hälfte verstrichen.

In dem sauberen, jedoch in die Jahre gekommenen Hotelzimmer angekommen, sperre ich die Türe hinter uns ab und kette Claire ans Bett.

Wenn Blicke töten könnten, würde ich längst ohne Puls vor ihr auf dem ausgeblichenen Teppichboden liegen.

Aber das tun sie nicht. Kugeln töten Menschen. Und da ich derjenige mit der Knarre bin, verhält sie sich einigermaßen fügsam.

„Was hast du vor, Beast?“

Ich werde garantiert nicht so dumm sein und sie vorwarnen. Von der Abweichung meines eigentlichen Plans genervt, gehe ich zur Minibar und hole mir ein kleines Fläschchen Jack Daniels heraus.

Nachdem ich es mit einem Schluck geleert habe, zünde ich mir eine Zigarette an und setze mich in den Sessel, der sich auf der anderen Seite des Zimmers befindet.

„Respekt Babe, ich hätte nicht gedacht, dass du mir solche Komplikationen bereiten würdest!“

An den Handschellen ziehend, sieht sie mich herausfordernd an.

„Mach mich los und ich zeige dir, *wie viele* Komplikationen ich dir noch machen kann!“

Oh ja, sie ist so richtig sauer.

Erstaunlicherweise finde ich das echt süß. Claire wirkt wie ein wütendes Kätzchen, das seine Krallen ausfährt.

Entspannt rauche ich die Kippe fertig, dann ziehe ich die Jacke aus und kremple mir die Ärmel hoch.

„Was soll das werden?“
Wieder antworte ich ihr nicht. Stattdessen nehme ich die Spritze aus der Tasche, ziehe die Kappe ab und drücke leicht zu, sodass etwas von der klaren Flüssigkeit aus der Nadel perlt.
Claire beobachtet mich. Blankes Entsetzen zeichnet sich auf ihren zarten Gesichtszügen ab. Kaum dass ich einen Schritt auf sie zugegangen bin, weicht sie, soweit die Fesselung es zulässt, auf dem Bett zurück.
„Bitte nicht! Bitte Beast ... Bitte tu das nicht!“
„Du hast mir keine andere Wahl gelassen.“
Tränen rinnen ihr aus den Augen, sie wirkt nicht nur entsetzt, sondern auch panisch.
„Wie meinst du das?“
„Mit deiner Flucht aus dem Auto hast du meinen ursprünglichen Plan zunichtegemacht. Jetzt muss ich improvisieren, was die Spritze ins Spiel bringt.“
Wieder fleht sie mich an, ich halte an meinem Entschluss fest.
Als ich ihr näherkomme, tritt sie nach mir und beginnt wie eine Verrückte zu schreien. Da ich verhindern muss, dass wir die Aufmerksamkeit der anderen Hotelgäste auf uns ziehen, setze ich dem Spuk ein Ende, indem ich mir die Spritze zwischen die Zähne klemme, ihre Fäuste einfange und mit meinen Knien ihre Beine auf die Matratze drücke.
Bewegungslos auf das Bett gepinnt wird ihr kleiner Körper von heftigen Schluchzern durchgeschüttelt. Claire sieht mir tief in die Augen.
„Wenn du ein Herz hast, dann tust du das nicht.“
„Falls ich eines hatte, ist es längst tot!“
Mit einer Hand ihre Gelenke umspannend, richte ich mich auf, nehme die Spritze und drücke die Nadel durch das Shirt in ihren linken Oberarm.
Sie quietscht erschrocken auf und kämpft, so gut sie kann, gegen mich an.
Es dauert nur wenige Sekunden, bis das Sedativum seine Wirkung entfaltet und Claire ruhiger wird. Ihre Arme fallen kraftlos herab, ihre Beine erschlaffen.
„Beast? Du bist ein Monster!“
Das Beruhigungsmittel zeigt bereits seine Wirkung, ihre Aussprache wird undeutlich.
„Schhhh Babe. Keine Sorge, wenn du das nächste Mal die Augen aufschlägst, bin ich wieder bei dir.“

Keine Ahnung wieso, aber der Drang sie beruhigen zu wollen, wird immer stärker.
„Es wäre mir lieber, wenn du dieses Versprechen nicht einhalten würdest, Arschloch.“
Selbst jetzt, schon halb weggetreten, zeigt sie sich kämpferisch. Ihre Pupillen schaffen es nicht mehr, sich zu fokussieren, ihre Augen verdrehen sich und ihr Kopf kippt zur Seite.
Mir bleiben geschätzte drei Stunden, bis sie wieder zu sich kommt. Bis es so weit ist, will ich alle unsere Spuren verwischt und sie in das verdammte Flugzeug geschafft haben.
Claire in die Mitte des Bettes legend, decke ich sie zu und lasse meinen Blick über ihre Rundungen gleiten. Durch unseren Kampf ist ihr Shirt nach oben gerutscht, sodass ich ihren leicht gerundeten Bauch und den Ansatz ihrer vollen Brüste betrachten kann.
Dieses Mädchen ist wunderschön ...
Wehmut breitet sich in mir aus. Völlig egal, wie anziehend ich Claire auch finden mag, sie ist nicht für mich bestimmt.
Ein Wimmern entringt sich ihren leicht geöffneten, blutroten Lippen.
Wie es sich wohl anfühlen mag, diese zu küssen?
In meiner Fantasie liegt sie nicht betäubt vor mir, sondern sinkt mit geröteten Wangen vor mir auf die Knie. Ich vergrabe meine Finger in ihren seidigen Haaren, ziehe ihr Gesicht näher zu mir heran und schiebe meinen Schwanz in ihren Schneewittchenmund.
Ihre Zunge ist heiß und rau. Begierig, mich zu schmecken, lutscht sie stöhnend an meiner Eichel, ehe ich mich bis zum Anschlag in ihre enge Kehle stoße ...
Fluchend zwinge ich meine Gedanken in eine andere Richtung.
Claire ist für mich die Verkörperung der perfekten Frau, doch das tut nichts zur Sache. Sie gehört nicht mir, sondern Marakoff und dieser wird sie systematisch brechen und so abrichten, wie er sie haben will. Zu seiner perfekten Rabynya. Willenlos, gebrochen und von den Spuren der Peitsche gezeichnet.
Nach einem letzten prüfenden Blick auf die Handschellen wende ich mich von ihr ab und verlasse das Hotelzimmer.
Die Wirkung, die dieses Mädchen auf mich hat, ist gefährlich – sehr gefährlich!
Je schneller ich sie abgeliefert und die Schuldmünze eingelöst habe, umso besser ist es für mich.

5. Kapitel

Claire

Etwas Warmes streift über meine Stirn, es fühlt sich an wie eine zärtliche Liebkosung.

Träge strecke ich mich, meine Hände gleiten über etwas, das sich nach Seide anfühlt. Merkwürdig, so etwas besitze ich gar nicht.

Meine Bettwäsche war die billigste, die es im Walmart zu kaufen gab, und sie ist deutlich rauer. Seufzend versuche ich, meine Augen zu öffnen, es gelingt mir nicht. Meine Lider fühlen sich bleischwer an, so als ob ich seit hundert Jahren geschlafen hätte.

Das unverkennbare Geräusch von Eiswürfeln, die in ein Glas fallen und dabei leise klirren, dringt in meinen benebelten Verstand durch.

Ich bin nicht allein?

Ein ungutes Gefühl breitet sich in meinem Magen aus.

Irgendetwas stimmt hier nicht. Mit aller Willenskraft gelingt es mir endlich, die Augen zu öffnen. Das Erste, was ich sehe, ist dunkles Tropenholz, wunderschön gemustert und auf Hochglanz poliert.

Als Nächstes fällt mir der goldene Bettbezug auf und die mit Perlmutt verzierte Nachttischlampe. Obwohl mein Gehirn auf Hochtouren läuft, bringt es keine Erklärung für all das zustande. Von der noblen Umgebung, in der ich mich befinde, mal ganz abgesehen, fühle ich mich wie berauscht. So als ob ich mehrere Flaschen kostspieligen Champagner geleert hätte. Nicht dass ich das aus Erfahrung beurteilen kann, dieses prickelnde Zeug konnte ich mir nämlich noch nie leisten, aber zumindest stelle ich es mir so vor. Ich fühle mich schwerelos und desorientiert, was ich wirklich seltsam finde.

Die visuelle Reise fortsetzend, stoppe ich an einer fast vollen Whiskyflasche, die von langen, mit Symbolen versehenen Fingern gehalten wird. *Oha ...*

Den Blick an einem schwarzen Hemd und einem virilen Hals nach oben gleiten lassend, sehe ich in eisblaue Augen – Beast.

Mein Erinnerungsvermögen springt an. Unzählige Bildfetzen zucken durch meinen Kopf.

Schwarze Tattoos – unnachgiebige Handschellen – der Sprung aus dem Auto – die Flucht in die Metro – der Verfolger, den ich nicht abschütteln konnte. Ich sehe alles irgendwie verschwommen, so als ob meine Erinnerungen hinter dichten Nebelschwaden verborgen wären.

Das Letzte was ich weiß, ist, dass wir uns in einem Hotel befunden haben, ich war an ein Bett gefesselt, wir haben miteinander gekämpft und er hatte eine Spritze ...

Mit einem Schlag wird mir bewusst, was er getan hat.

„Wie geht es dir?"

Seine Frage irritiert mich.

„Tu nicht so, als wenn dich das interessieren würde."

Falten bilden sich auf seiner Stirn.

„Wo bin ich?"

„In einem Flugzeug."

Garantiert auf dem Weg nach New York.

„Wie lange war ich weg?"

Beast sieht kurz auf die kostspielige Uhr an seinem Handgelenk.

„Etwas über zwei Stunden."

Wenn ich mich nicht täusche, dauert der Flug von Seattle nach New York mehr als fünf Stunden. Da er mich noch hierherbringen musste, sind wir wahrscheinlich erst seit einer Stunde oder so in der Luft.

Mir bleiben also noch geschätzte vier Stunden, um mir eine neue Fluchtstrategie auszudenken. Wenn mir keine einfällt, wird Beast mich bei Marakoff abliefern und das kommt einem Todesurteil gleich. Erneut lasse ich meinen Blick über die luxuriöse Ausstattung gleiten.

„Das ist kein normales Linienflugzeug."

„Für dich nur das Beste, Babe."

Unter anderen Umständen wäre das das Romantischste, was ein Mann je zu mir gesagt hat. So aber ist es einfach nur geschmacklos.

„Du bist eiskalt. Bist du eigentlich in der Lage so etwas wie Mitgefühl, Reue oder gar Liebe zu empfinden?"

Er antwortet mir nicht, sondern reicht mir ein Glas mit Wasser.

„Hier. Du musst Durst haben."

Obwohl ich es ihm am liebsten ins Gesicht geschleudert hätte, nehme ich es dankend an.

Während ich es trinke, betrachte ich den Killer genauer. Über Beast sind unzählige Geschichten und Gerüchte im Umlauf.

Er ist wie eine lebende Legende.

Zwar wird sich erzählt, dass er attraktiv ist, aber ich finde, dieses Synonym wird ihm nicht gerecht.

Dieser Mann ist auf seine düstere Art unglaublich sexy. Die Aura von Gefahr, die ihn wie ein elektromagnetisches Feld umgibt, ist beinahe greifbar. Eigentlich sollte sie mich abschrecken, doch stattdessen frage ich mich, wie es wohl sein muss, wenn er seine Kraft dazu benutzt, mich zu beschützen, anstatt mich zu entführen.

Die Frau, die es schafft, dieses Beast für sich zu gewinnen, muss sich vor nichts und niemanden mehr fürchten.

Wie es sich wohl anfühlt, von ihm liebkost, berührt und gefickt zu werden?

„Wenn du mich weiter so ansiehst, forderst du etwas heraus, dem du nicht gewachsen bist."

Oh oh ...

Schnell wende ich den Blick ab, rutsche an die Kante des Bettes und stehe auf.

Das Gefühl, berauscht zu sein, verstärkt sich und alles um mich herum beginnt sich zu drehen. Ich versuche, mein Gleichgewicht wiederzufinden – es gelingt mir nicht. Meine Knie sacken ein und ich sinke mit einem erschrockenen Schrei zu Boden. Bevor ich aufschlagen kann, beugt Beast sich zu mir vor und schlingt mir seinen Arm um die Taille.

Mit einem kraftvollen Ruck zieht er mich an seine Brust, sodass ich die harten Wölbungen seiner Muskeln spüren kann.

Es fühlt sich an, als wäre ich in einem warmen Käfig gefangen. Beasts plötzliche Nähe hat eine gefährliche Wirkung auf mich. Sein herber Geruch steigt mir in die Nase und verwirrt meine Sinne. Es ist schon verdammt lange her, dass ich das letzte Mal in den Armen eines Mannes gelegen bin. Sex ist mittlerweile so etwas wie ein Fremdwort für mich. Doch mein verräterischer Körper scheint sich durchaus daran zu erinnern. Anders kann ich mir nicht erklären, weshalb er so auf meinen Kidnapper reagiert. Meine Brustwarzen ziehen sich zusammen und schwellen an. Zwischen meinen Beinen wird es feucht und ein dumpfes Pochen breitet sich in meinem Unterleib aus.

Unsere Blicke begegnen sich. Ein wildes Knurren löst sich aus seiner Kehle.

„Zur Hölle, Babe ..."

Mehr sagt er nicht, sondern packt mich mit beiden Händen an der Taille, beugt seinen Kopf zu mir herab und streift mit seinen Lippen federleicht über die meinen. Ich könnte ihm Einhalt gebieten, doch ich tue es nicht. Im Gegenteil, ich bin wie erstarrt.

Es ist nicht die Angst, die mich daran hindert ihn von mir zu stoßen, sondern reine Faszination.

Ich will wissen, wie er schmeckt. Ich will herausfinden, wie es ist, von dem schwarzen Mann, vor dem sich die ganze Welt fürchtet, beschützt und festgehalten zu werden.

Ein kleiner Teil in meinem Inneren schreit mich wütend an, er fordert mich auf, zu kämpfen und um mich zu schlagen.

Doch der Rest meines Ichs ist wie hypnotisiert. So muss sich ein Nachtfalter fühlen, während er auf ein helles Licht zufliegt, kurz bevor er sich die Flügel verbrennt, zu Boden sinkt und stirbt ...

Zaghaft öffne ich den Mund, gewähre seiner Zunge Einlass und stöhne leise, als sie träge Kreise zieht.

Meine Finger in seinen Schultern vergrabend, erwidere ich den Kuss und spüre den Strudel der Lust, der mich erfasst.

Bist du jetzt völlig bekloppt?

Du lässt dich gerade von deinem Entführer verführen!

Die entsetzte Stimme meines Unterbewusstseins ausblendend, lasse ich zu, dass Beast sich mit mir in seinen Armen auf die seidene Bettwäsche fallen lässt. Nun schirmt mich sein breiter Körper von der Außenwelt ab.

Erst als ich völlig atemlos bin, gibt er mich wieder frei, sodass ich japsend nach Luft schnappen kann.

„Schick mich weg. Sag mir, dass du das nicht willst. Die Erregung, die du verspürst, kommt nicht von dir, sondern ist eine Nebenwirkung des Sedativums, das ich dir verabreicht habe. In einer Stunde klingt diese ab und dann wirst du mich für das, was ich bis dahin mit dir getan habe, hassen.“

Ist es möglich einen Mann zu begehren und ihn gleichzeitig zu fürchten?

Tief in meinem Inneren kenne ich die Antwort längst.

Beast hat mich entführt und dafür verabscheue ich ihn. Dennoch will ich ihn tief in mir spüren. Es mag sein, dass er recht hat, und dass daran zum Teil das Mittel schuld ist, das er mir gegen meinen Willen injiziert hat, aber ich weiß auch, dass es dafür noch einen anderen Grund gibt.

Das hier ist die letzte Chance, um mit einem Mann Sex zu haben, den ich mir selbst ausgesucht habe. Sobald er mich an Marakoff übergeben hat, ist damit Schluss. Dieser Russe wird mich dazu zwingen, in sein Bett zu steigen, er wird mir Schmerz zufügen, mich leiden lassen und alles tun, um mich zu brechen.

Vielleicht ist das hier für mich wie ein Abschied von meinem freien Willen.

Vielleicht will ich einfach ein letztes Mal von einem Mann berührt werden, der mir Lust und kein Leid verschaffen will.

Hier in diesem Flugzeug, hoch über den Wolken, fällt es mir leicht, wagemutig zu sein. Vor allem, da mir schmerzlich bewusst ist, dass ich nichts mehr zu verlieren habe.

„Wenn ich ein Gewissen hätte, würde ich jetzt von dir ablassen."

Sein Eingeständnis bringt meinen Puls zum Flattern.

Mit seinen Knien drückt er meine Beine auseinander, richtet sich auf und sieht mit geblähten Nasenlöchern auf mich herab.

Einer Eingebung heraus folgend umfasse ich den Saum meines Shirts und ziehe es mir in einer fließenden Bewegung über den Kopf.

Erneut beginnt sich alles um mich herum zu drehen, es fühlt sich so an, als wäre ich schwerelos. Keine Ahnung, was er mir da für ein Mittel gespritzt hat, aber es rauscht noch immer durch meine Adern, macht mich wagemutig und high.

„Du bist ein faszinierendes Geschöpf, Claire ..." Mit seinen rauen Fingerspitzen zeichnet er die spitzenbesetzten Ränder meines BHs nach. „... und du bist nicht für mich bestimmt!"

Etwas das sich verdächtig nach Wehmut anhört, schwingt in seiner Stimme mit.

Die Hände nach ihm ausstreckend, beginne ich damit, die kleinen Knöpfe seines Hemds zu öffnen. Stück für Stück lege ich seinen braun gebrannten Brustkorb frei. Dicke Muskelstränge zeichnen sich unter seiner straffen Haut ab. Schwarze Tinte kommt zum Vorschein. Die Spitze des Tattoos hat die Form eines Schwertgriffs. Neugierig öffne ich auch die letzten Knöpfe und betrachte das düstere Kunstwerk, das seinen Oberkörper ziert. Es wirkt fast so, als würde mich der von Rissen durchzogene Totenkopf, der von einem langen Schwert durchstoßen wurde, aus seinen schwarzen Augenhöhlen anstarren. Er wird von gewundenen Blättern, die an Lilien erinnern, eingerahmt.

In dicken Lettern wurde der Schriftzug *EXPECT NO MERCY* unter den Skull gestochen.

„Es ist wunderschön und zugleich beängstigend, genau wie du."

Den Kopf leicht schief legend, lässt er zu, dass ich ihm das Hemd von den Schultern streife.

„Ich bin die Reinkarnation des Bösen, Babe. An mir ist nichts schön."

„Das sehe ich anders."

Seine Wangenmuskulatur zuckt.

„Wenn du wüsstest, was ich alles mit dir tun will, wärest du entweder entsetzt oder erregt, wahrscheinlich sogar beides. Auf jeden Fall würdest du endlich verstehen, wie es in mir aussieht."

Keine Ahnung was ich darauf erwidern soll.

Beast steigt aus dem Bett, öffnet meine Hose und zieht sie nach unten. Mit seiner großen Hand bedeckt er meinen Bauch. Nun liege ich nur noch in Unterwäsche vor ihm und komme mir unheimlich schutzlos vor.

Gleich einer Opfergabe, deren Blut vergossen werden soll.

„Wenn Marakoff herausfindet, dass ich mir dich genommen habe, wird er meinen Tod wollen.“

Er beginnt damit, sich auszuziehen, und ich kann mich kaum an ihm sattsehen. Jeder Zentimeter dieses Mannes ist beeindruckend, kraftvoll und tödlich. Die Wölbungen seines Sixpacks zucken ungeduldig, seine Oberschenkel sind angespannt. Als mein Blick auf seine Erektion fällt, läuft mir das Wasser im Mund zusammen. Dieser Killer hat eine beeindruckende Waffe zwischen seinen Beinen. Sein Penis ist dick, lang und leicht nach oben gebogen. Bläuliche Adern winden sich wie Schlangen um die komplette Länge, verlieren sich an der runden Wulst seiner Eichel.

Nervös lecke ich mir über die Lippen. Wie soll der jemals in mich reinpassen? Mein letztes Mal ist eine Ewigkeit her und keiner meiner bisherigen Liebhaber war so gut ausgestattet wie dieses Beast.

Mit geschmeidigen Bewegungen kommt er zurück zu mir ins Bett, legt sich auf mich und küsst mich mit so einer Gier, dass es mir den Atem verschlägt. Fieberhaft gleiten seine Hände über meine Rundungen, schieben sich zwischen meine Beine und bedecken meine Scham.

Ich wimmere, das Blut in meinen Adern beginnt zu kochen.

Die Lust und die Reste des Betäubungsmittels, das sich noch immer in meinem Kreislauf befindet, vermischen sich und werden zu einem explosiven Cocktail, der meinen Verstand lahmlegt.

Dass das, was ich gerade tue, ein Fehler ist, ist mir schmerzlich bewusst. Dennoch spielt es keine Rolle.

Mein bisheriges Leben ist vorbei. Wie es mit mir weitergeht, weiß nur der Teufel.

6. Kapitel

Beast

Bloody Hell!

Was tue ich hier? Ich muss völlig verrückt sein, mir wegen eines Ficks Marakoff zum Feind zu machen!

Dank meines Lebenswandels bin ich es gewohnt, mir zu nehmen, was ich will. Ich frage nicht, ich zögere nicht, ich packe einfach zu.

Seit ich das erste Mal getötet habe, sind meine Tage gezählt. Der Reaper ist mir längst auf den Fersen. In der Vergangenheit habe ich schon so einige Male das kalte Metall seiner Sense im Nacken gespürt.

Warum ich immer noch atme? Keine Ahnung!

Anscheinend ist meine Zeit noch nicht gekommen. Und bis es so weit ist, tue ich, wonach mir der Sinn steht. Und im Moment will ich nichts dringender wie dieses Mädchen.

Dieses kleine unschuldige Ding zieht mich an wie der Westen die Sonne.

Sie will ich ficken, wieder und wieder – mich bis zum Anschlag in ihren zerbrechlichen Körper rammen und mich so lange an ihr austoben, bis sich der Wahnsinn, der in meinem Kopf herrscht, auflöst. Sie heute Morgen, während ihrer Arbeit im Diner, zu beobachten, hat etwas in mir ausgelöst. Doch sie mit dem Jungen im Park spielen zu sehen, hat mir den Rest gegeben. Die Lebensfreude und die Unbekümmertheit, die sie ausgestrahlt hat, haben mich fasziniert.

Man kann sagen, dass Claire die Sonne ist und ich die finstere Nacht.

Es ist also nur natürlich, dass mich die Helligkeit, die sie umgibt, wie magisch anzieht.

Alleine das Wissen, dass ich sie an den Russen ausliefern muss, lässt mich beinahe durchdrehen.

Seit ich Sie aufgespürt habe, versuche ich, mich auf die Fakten zu konzentrieren, es ist mir nicht gelungen. Ich muss immerzu an das denken, was Claire in New York erwartet.

Es besteht kein Zweifel, Marakoff wird dieses faszinierende Geschöpf zerstören. Es würde mich nicht wundern, wenn Claire denselben Ausweg wählt wie ihre Mutter, und sich selbst umbringt.

Ihr schlanker Hals befindet sich direkt vor meinen Lippen. Schnuppernd fülle ich meine Lunge mit ihrem süßen Duft. Das Wissen, dass sie mir nicht entkommen kann, dass sie mir hier in diesem Flugzeug hilflos ausgeliefert ist, erregt mich maßlos.

Claires goldene Haare kringeln sich um ihre schmalen Schultern. Haut so weiß und rein wie Schnee, dazu blaue Augen, in denen ein lustvoller Ausdruck liegt – ich bin verloren!

She is the beauty and I'm the beast ...

Obwohl meine Arme vor Anspannung zucken, gelingt es mir, einigermaßen zärtlich zu sein. Ich massiere ihre Brüste, zwirble ihre Nippel und lasse meine Hand immer weiter nach unten gleiten.

Über die leichte sanfte Mulde ihres Nabels streichelnd, schiebe ich meine Finger über ihren Schamhügel hinab zwischen ihre Beine. Ihre weichen Falten erkundend, genieße ich die Feuchtigkeit, die sich bereits an ihrer Öffnung gesammelt hat.

Claire ist erregt, aus einem mir unerfindlichen Grund ist sie bereit, sich von mir nehmen zu lassen. Mit dem Daumen über ihren geschwollenen Kitzler reibend, tauche ich mit zwei Fingern in ihre enge Muschi ein. In ihrem Inneren ist sie so heiß, dass sie mich beinahe verbrennt. Keuchend stoße ich noch tiefer zu, entlocke ihr so einen wilden Schrei. Claire biegt den Rücken durch, presst sich meiner Hand entgegen und fordert nach mehr. Mehr als gewillt, ihr zu geben, was sie braucht, treibe ich sie immer weiter Richtung Höhepunkt. Wieder und wieder stoße ich zu, dehne den engen Kanal und krümme meine Finger leicht, sodass ich mit den Spitzen auf den schwammigen Punkt in ihrem Inneren treffe. Das bringt's ...

Der Engel in meinen Armen stöhnt, zuckt und windet sich vor Lust.

Mit geschlossenen Augen beißt sie mir in die Brust, leckt über die gepeinigte Stelle und nimmt mir so den Schmerz, den sie verursacht hat.

Wer hätte gedacht, dass sich dieses Mädchen in eine so hemmungslos Geliebte verwandeln wird?

Den Druck auf ihre Klit erhöhend, beuge ich mich zu ihr herab, sauge mich an ihrer Titte fest und lasse sie meine Zähne spüren – mehr braucht sie nicht. Ein undefinierbares Geräusch von sich gebend, schlägt sie ihre Fingernägel in meinen Rücken, stöhnt, schreit, krallt sich an mir fest und produziert immer mehr Feuchtigkeit.

Der Orgasmus, der sie heimsucht, ist heftig, er schüttelt Claire so richtig durch.

Sie dabei zu beobachten, wie sie sich in ihrer Ekstase verliert, ist das Erotischste, was ich jemals gesehen habe.

Langsam entziehe ich ihr meine Finger, verpasse ihren empfindlichen Falten einen harten Klaps und inhaliere den moschusartigen Geruch ihrer Lust. *Verdammt ...*

Ich habe noch nicht mal meinen Schwanz in sie gestoßen und weiß dennoch schon, dass mir dieses eine Mal Sex nicht reichen wird.

7. Kapitel

Claire

Es fühlt sich so an, als würde ich in Flammen stehen.

Dieser Killer hat eine ungeheure Macht über mich.

Obwohl eine immer lauter werdende Stimme in meinem Kopf panisch *Nein* schreit, schlägt sich mein verräterischer Körper auf seine Seite. Dieser Mann weiß genau, wie er mich anpacken muss, um mich zum Schmelzen zu bringen.

Eine heiße Welle nach der anderen schwappt über mich hinweg. Ich fühle mich wie ein Blatt im Wind.

Beasts Finger, die mich immer weiter dehnen, ausfüllen und zum Schreien bringen, fühlen sich auf eine verbotene Weise extrem gut an. Der Mix aus Schmerz, Leidenschaft und Begierde ist völlig neu für mich.

Der Wirbelsturm, bestehend aus extremer Lust, Angst und Gier, der über meine Sinne hinwegfegt, wird immer stärker, schwillt an und raubt mir den Atem. Meine Gedanken verpuffen, lösen sich auf und hinterlassen nichts weiter, als die Sucht nach mehr.

Ich biege den Rücken durch und drücke mich seinen Fingern entgegen. Gleichzeitig beiße ich mich an ihm fest und labe mich an dem salzigen Geschmack seiner Haut.

Keuchend fordere ich meinen Entführer auf, tiefer zuzustoßen.

Mich an seinem Rücken festkrallend, schreie ich seinen Namen.

Vor meinen Augen zucken goldene Blitze – ich bin verloren.

In dem Moment, in dem er in meine Brustwarze beißt, empfinde ich so viele Dinge auf einmal, dass ich sie nicht beschreiben kann ...

Dieses Beast hat mich so sehr unter seiner Kontrolle, dass ich gar nicht anders kann, als mich in seinem sicheren Griff fallen zu lassen und seine Dominanz anzuerkennen. Es fühlt sich so an, als würden meine Nervenbahnen verglühen.

Durch meine Adern rauscht glühende Lava. Das ist mit Abstand der intensivste Orgasmus, den ich jemals erlebt habe. Dank der erlebten Lust lässt die Spannung, die sich in mir aufgebaut hat, nach, und ich spüre, wie jeder meiner Muskeln erschlafft. Selbst wenn ich wollte, bin ich nicht mehr in der Lage, aus dem Bett zu flüchten.

Völlig schutzlos lasse ich zu, dass er mich an seinen stahlharten Körper presst. Seine Arme zucken, sein hartes Glied presst sich fordernd gegen meine pulsierende Mitte.

In diesem Moment fühle ich mich nicht nur wie seine Gefangene, sondern auch wie seine Geliebte ...

Über diesen skurrilen Gedankengang entsetzt, schüttle ich den Kopf und zwinge mich dazu, die Augen zu öffnen.

Beasts warme Hand streicht über meinen Bauch. Sein Daumen ruht auf meinem Beckenknochen. Heiß liebkosen seine Atemzüge meinen verschwitzten Hals. Das Gefühl seiner kratzigen Bartstoppeln an meiner Schläfe lässt mich erbeben.

Der Moment ist so intim, dass mir erneut Tränen in die Augen steigen. Wie kann sich etwas so Falsches nur so richtig anfühlen?

Seine Zähne knabbern an meinem Ohrläppchen, er raunt mir zu, dass er mich jetzt ficken wird.

Ich bin so erschöpft, ich habe nicht mal mehr genug Kraft, um ihm zu widersprechen. Aber wem will ich eigentlich etwas vormachen?

Ich bin gekommen – ich habe mich diesem Killer freiwillig hingegeben.

Er spürt garantiert die verräterische Feuchtigkeit, die aus mir heraustropft.

Langsam entzieht er mir seine Finger. Ich löse mich von ihm, rutsche auf die andere Seite der Matratze und wickle mich in die goldene Bettdecke ein, was Beast dazu veranlasst, fragend eine Augenbraue in die Höhe zu ziehen.

„Was soll das werden, Beauty?“

Flucht? Was weiß ich? Hauptsache Abstand!

„Es war ein Fehler. Wir dürfen nicht vergessen, wie wir zueinanderstehen. Du bist mein Entführer und ich bin deine Geisel. Dabei sollten wir es belassen!“

Seine Lippen kräuseln sich.

„Ach sollten wir das?“

Es schwingt so viel Spott bei seinen Worten mit, dass eine unangenehme Gänsehaut meine Schultern überzieht.

Instinktiv setze ich mich noch etwas aufrechter hin, ziehe die Knie an und schlinge die Arme darum.

„Ja!“

Seine Mimik bekommt einen strengen, unheilvollen Ausdruck.

„Du willst dich mir verweigern? Es beenden, bevor es überhaupt angefangen hat?“

Verweigern? Das soll wohl ein Witz sein. Er tut ja gerade so, als ob er ein Anrecht auf mich hätte.

„Ich ziehe nur einen Schlussstrich!“

Seine eisblauen Augen blitzen auf. Der gefürchtete schwarze Mann ist es offensichtlich nicht gewöhnt, dass sich ihm eine Frau verweigert.

Obwohl ich selbstbewusst seinen unheilvollen Blick erwidere, krampft sich mein Magen vor Unsicherheit zusammen. Die dicken Muskelstränge zeichnen sich deutlich unter seiner Haut ab.

Was passiert jetzt?

Mit langsamen, kontrollierten Bewegungen steigt er aus dem Bett, holt sich die Whiskyflasche und schenkt sich erneut etwas ein. Ohne den Blick von mir zu nehmen, trinkt er die bernsteinfarbene Flüssigkeit in einem Zug aus. Ich beobachte, wie sich sein Adamsapfel bewegt und warte ab, was er vorhat ...

„Ich bin deine Zielperson, schon vergessen? Vielleicht wäre es besser, wenn du mich auch so behandelst. Alles andere ist abartig und falsch!"

Bis zu dem Wort abartig ist er erstaunlich ruhig geblieben, doch kaum, dass ich fertig gesprochen habe, schleudert er das leere Glas durch den luxuriös ausgestatteten Raum. Sein Kiefer zuckt, er atmet geräuschvoll aus, ballt die Hände zu Fäusten und kniet sich mit einem Bein auf das Bett. Die Matratze gibt unter seinem Gewicht nach. Schnell rutsche ich noch ein paar Zentimeter von ihm weg. Jetzt lehne ich mit dem Rücken am Kopfende des Bettes und überlege fieberhaft nach einer Fluchtmöglichkeit. Es gibt keine!

Immerhin befinden wir uns in einem verfluchten Privatjet!

„Du wagst es, von abartig zu sprechen? Vor wenigen Minuten bist Du auf meinen Fingern gekommen und hast dabei meinen Namen geschrien ... Du hast mit diesem gefährlichen Spiel angefangen, obwohl ich dich gewarnt hatte ..."

Bedrohlich hallt der Klang seiner Stimme in meinem Inneren wider.

Ich weiß, dass er nur die Wahrheit spricht, was mir die Situation, in der ich feststecke, nicht gerade leichter macht.

Mit rasendem Puls erwidere ich seinen Blick und hole tief Luft.

„Ich befinde mich nicht freiwillig in diesem Flugzeug. Du hast mich entführt, betäubt und bringst mich nun zu dem Mann, der früher oder später meinen Tod bedeuten wird. Es spielt keine Rolle, dass du mich gewarnt hast. Du bist der Böse in dieser Geschichte und ich beschließe, dass es besser ist, wenn wir das, was wir gerade angefangen haben, nicht zu Ende bringen."

Aus zusammengekniffenen Augen sieht er mich an.

„Du kannst nichts beschließen, du bist das Opfer."

Sein leises, bedrohliches Flüstern frisst sich direkt in meine Seele.

Während er redet, verändert sich sein Gesichtsausdruck. Ich erkenne nicht nur die Entschlossenheit in seinen Augen, sondern auch die Kaltblütigkeit, mit der er vorgehen wird.

„Ich bin ein Mensch und ich habe das gottgegebene Recht, über mein Leben und über meinen Körper selber zu bestimmen!"

Beast beißt die Zähne so fest zusammen, dass ein lautes Knacken ertönt.

„Dieses Recht habe ich dir in dem Augenblick genommen, in dem ich dir in deinem Hausflur aufgelauert habe."

Bei diesen Worten packt er sich meinen Fuß, zieht mich näher zu sich heran und umfasst blitzschnell meine Handgelenke.

Mit unbändiger Kraft löst er meine Arme von meinen Knien und pinnt mich unter sich auf das Bett.

„Was? Willst du mir jetzt wieder eine Spritze reinjagen?"

„Nein Babe, ich stehe nicht auf Nekrophilie."

Auf was? Ich habe keine Ahnung, wovon er da redet.

Hilflos sehe ich auf sein erigiertes Glied und erneut steigt eine Panikwelle in mir auf.

Nach alldem, was er mir gerade gesagt hat, bin ich so verstört, dass ich es nicht ertragen könnte, wenn er jetzt mit mir schläft. Die Erregung, die ich vor wenigen Augenblicken noch verspürt habe, ist wie weggeblasen.

„Lass mich ..."

„Beruhig dich, Mädchen."

Ich soll mich beruhigen? Er hat ja keine Ahnung, wovon er da spricht!

Mit seiner rechten Hand bedeckt er meinen Mund, bringt mich zum Schweigen.

Ein Zittern durchläuft meine Glieder. Beast schiebt sich in einer fließenden Bewegung auf mich und drückt mich so noch fester aufs Bett.

„Wenn du mich dazu zwingst, mit dir Sex zu haben, werde ich dich auf ewig hassen."

Warm und weich streifen seine Lippen über meine Wange, seine Hände umfassen meine Taille, heben mein Becken an und pressen mich gegen seine Erektion.

„Ich hatte dir vorausgesagt, dass es so enden wird."

Das stimmt, und ich dumme Kuh wollte nicht auf ihn hören.

Dick und hart drückt sich sein Glied gegen meinen Bauch, während er zärtliche Küsse auf meine geschlossenen Lider haucht.

Was soll das alles?
Kann es sein, dass er unter irgendeiner psychischen Störung leidet?
Die trügerische Sanftheit seiner Verführung steht im starken Kontrast zu dem wilden Ausdruck, den seine Augen angenommen haben.
Mir ist klar, was er da gerade versucht, er will mich manipulieren.
Trotz meiner Verzweiflung und der Angst, die ich verspüre, reagiert mein Körper instinktiv und wird erneut feucht. Meine Brustwarzen ziehen sich zusammen und mein Herzschlag gerät aus dem Takt.
„Lass mich los, Killer!"
Wie nicht anders zu erwarten hört er nicht auf mich, sondern knabbert an meinem Ohrläppchen und leckt an meinem Hals hinab bis zu meinen Brüsten.
Beasts raue Zunge schnellt über den linken Nippel. Er saugt ihn in seinen Mund, beißt sachte zu und schiebt seine Hand zwischen meine Beine.
Als er spürt, wie bereit ich bereits für ihn bin, gibt er ein raues Knurren von sich.
„Du willst, dass ich dich ficke, Claire. Leugne es nicht ..."
„Ich will, dass du mich gehen lässt!"
Seine Lippen verziehen sich zu einem eiskalten Lächeln, das seine Augen nicht erreicht.
„Das kann ich nicht! Sorry."
Langsam taucht sein Finger in mich ein. Tief und tiefer – meine Atmung stockt.
Wie kann es sein, dass er meinen Körper dazu bringt, ihn zu begehren, während mein Verstand auf Abwehr gepolt ist?
Dieses Beast weiß ganz genau, wie und wo es mich berühren muss, um meine Abwehrmechanismen zu knacken.
Sein Handballen reibt über meinen Kitzler, er übt er genau den richtigen Druck aus, um mich vor Erregung aufkeuchen zu lassen, und beobachtet jede meiner Regungen.
Mit aller Kraft kämpfe ich gegen die Lust, die wellenförmig in mir aufsteigt, an. Es gelingt mir nicht. Die Wut, die ich eben noch für ihn empfunden habe, richtet sich langsam, aber sicher gegen mich selbst.
Die Art, wie er mit seinen Fingern in mich stößt, wird härter und brutaler. Die verstörende Zärtlichkeit, mit der er mich eben noch bedacht hat, löst sich gänzlich in Luft auf.
Das Beast verliert die Beherrschung ...
Um das Stöhnen, das er mir entlocken will, zu unterdrücken, beiße ich mir auf die Lippen. Grollend verpasst er meinen empfindlichen Falten einen schmerzvollen Klaps.

„Wenn du dir die Lust versagen willst, schön. Aber dann kannst du sie zumindest mir verschaffen."

Seine Faust in meinen Haaren vergrabend, steht er auf, zieht mich grob aus dem Bett und drückt mich auf den mit Teppich ausgelegten Boden.

„Sieh mich an, Claire."

Ich tue, was er sagt.

„Öffne deinen Mund."

Dieses Mal komme ich seinem Befehl nicht nach, was seine Augen vor Wut aufblitzen lässt. Beasts Iriden sind jetzt so dunkel, dass sie schwarz und unheimlich wirken, fast wie die eines Dämons.

„Mund auf oder ich schwöre dir, dass du deine Weigerung bereuen wirst!"

Er packt meine Haare noch fester. Zieht mich mit einem Ruck noch näher in die Richtung seines dicken Schwanzes. Da mir klar ist, dass es nicht besonders schlau ist, ihn noch weiter herauszufordern, gebe ich schlussendlich nach.

Die geschwollene, violett schimmernde Spitze seines Glieds befindet sich nur eine Handbreit vor meinem Gesicht. Sein herber Geruch steigt mir in die Nase, sorgt dafür, dass sich mein Unterleib erregt zusammenzieht.

Warum auch immer, aber dieser Mann hat eine unglaubliche Wirkung auf mich. Es ist fast so, als würde er meine Urinstinkte aus ihrem Tiefschlaf wecken.

„Sei ein braves Mädchen und lutsch an ihm. Solltest du so verrückt sein und mich beißen, werde ich dich so hart spanken, dass du die nächsten Wochen nicht mehr sitzen kannst."

Ich muss völlig irre sein, aber seine Drohung schreckt mich nicht ab, sie erregt mich nur noch mehr.

Wie er wohl schmeckt?

In Sachen Oralsex bin ich nicht besonders erfahren und ich kann nur hoffen, dass ich das Beast zufriedenstelle. Seine derzeitige Stimmung lässt mich nicht auf Gnade hoffen.

Mit seinem Becken nach vorne stoßend, schiebt er mir seine Eichel in den Mund.

Zaghaft lasse ich meine Zunge über den winzigen Schlitz schnellen und werde mit einem atemlosen Keuchen belohnt. Um nicht umzukippen, stütze ich mich an seinen Oberschenkeln ab und lasse seinen Penis in meinen Hals gleiten. Warm und prall reibt sein Schwanz an meinem Gaumen entlang.

Ungeduldig kommt er mir entgegen, schiebt sich noch etwas tiefer in mich und zieht an meinen Haaren. Noch bevor ich irgendwie reagieren kann, dirigiert Beast meinen Kopf in einem schnellen Rhythmus vor und wieder zurück. Seine Hüfte bewegt sich kreisend, die Muskeln in seinen Beinen zucken.

Er dringt so unglaublich tief in mich ein, dass ich ihm instinktiv ausweichen will, was er aber nicht zulässt. Gegen meinen Würgereflex ankämpfend, versuche ich, meinen Kiefer zu entspannen. Als er das nächste Mal besonders tief zustößt, schießen mir Tränen in die Augen.

„Saug an ihm!"

Dieses Mal tue ich, ohne zu zögern, was er von mir will.

Meine Wangen höhlen sich, während ich sein Glied mit meinen Lippen, meiner Zunge und meinem Gaumen bearbeite.

Das ungewohnte Gefühl löst sich, genau wie meine Angst, in ein süßes Nichts auf. Mein Widerstand zerbröckelt und plötzlich genieße ich es, seinen Schwanz in meinem Mund zu haben.

Was ist nur los mit mir?

Unsere Blicke verschmelzen. Er beobachtet, wie mir die Tränen aus den Augenwinkeln rinnen, wie sein Schwanz zwischen meinen Lippen verschwindet und ich jedes Mal, wenn er besonders tief vordringt, würge.

„Ja Babe, genauso. Lass mich noch tiefer!"

Unnachgiebig hält er mich fest, stößt zu und stöhnt dabei rau auf.

Diese devote Position und die Tatsache, dass er solche Macht über mich hat, macht mich überraschenderweise an. Ich spüre, wie sich mein Unterleib gierig zusammenzieht.

Mir bleibt nicht genug Zeit, um darüber nachzudenken, wie falsch das alles ist. Beast bearbeitet meinen Mund in so einem schnellen und tiefen Rhythmus, dass ich mich vollkommen darauf konzentrieren muss, zu atmen, zu saugen und zu schlucken.

Als er sich das nächste Mal in meinen Hals schiebt, zieht er sich nicht sofort wieder zurück, sondern verharrt tief in mir.

Mit krampfender Lunge beobachte ich, wie sich seine Nasenflügel blähen und wie er die Zähne fest aufeinanderbeißt.

Leise brummend, bohrt er sich noch etwas mehr in meine Kehle. Seiner dunklen Magie längst verfallen, packe ich mir seine Beine, und schiebe ihn freiwillig noch ein paar Zentimeter tiefer in meinen Hals. Meine Nase streift über die unterste Muskelreihe seines Sixpacks.
„Bloody Hell ... Claire ..."

Keine Ahnung woher auf einmal das starke Bedürfnis kommt, ihn zu befriedigen, doch es ist da und es wird mit jeder Sekunde stärker.

Mich meinem Entführer unterwerfend, konzentriere ich mich voll und ganz darauf, ihm so viel Lust wie möglich zu verschaffen.

Und wer weiß?

Wenn es mir gelingt, bis zu unserer Landung in New York eine Bindung zwischen uns herzustellen, hat er vielleicht Erbarmen und lässt mich laufen ...

Kaum dass mir dieser Gedanke durch den Kopf gezuckt ist, fällt mein Blick auf die schwarzen Buchstaben, die er für immer in seiner Haut verewigt hat: Expect no mercy.

Schlagartig wird mir klar, dass es einem Wunder gleichkommen würde, wenn es mir gelingt, dass das Beast Gnade walten lässt.

8. Kapitel

Beast

Ihre Weigerung, sich von mir ficken zu lassen, hat mich an den Rand meiner Beherrschung gebracht. Rot gleißender Zorn ist durch mein Inneres gezuckt und hat mich beinahe die Kontrolle verlieren lassen.

Was glaubt dieses Mädchen eigentlich, wer sie ist?

Was glaubt sie, wer ich bin?

Erst heizt sie mir ordentlich ein, lässt sich von mir fingern und dann macht sie auf unerreichbare Diva und stößt mich von sich.

Doch so nicht! Nicht mit mir!

Ich gehöre nicht zu den netten Kerlen, mit denen sie sich bis jetzt getroffen hat.

Ich lasse mir von keiner Frau auf der Nase herumtanzen, schon gar nicht von einer, deren Zukunft darin besteht, die Sexsklavin eines perversen Russen zu sein.

Solche Zicken sollte sie bei Marakoff gar nicht erst versuchen. Denn er wird nicht zögern und sie so lange auspeitschen, bis sich ihre Haut in Streifen von ihrem Rücken schält.

Mein Plan war es, ihren Mund zu ficken, sie meinen Saft schlucken zu lassen und darauf zu hoffen, dass sich die Faszination, die ich für sie empfinde, nach diesem Blowjob in Luft auflöst.

Doch eher das absolute Gegenteil ist eingetreten.

Mit jedem Mal, wo ich mich in ihre enge Kehle stoße, schwillt der Drang, sie besitzen zu wollen, mehr an.

Allein das Wissen, Claire in wenigen Stunden an Marakoff übergeben zu müssen, stellt seltsame Dinge mit mir an.

Ich kann nicht genau benennen, warum ich ausgerechnet dieses Mädchen für mich beanspruchen will, aber so ist es.

Knurrend schiebe ich mein Becken vor und ramme mich noch etwas tiefer zwischen ihre weichen Lippen. Am Anfang hat sie sich noch gegen mich gewehrt, doch jetzt saugt sie an meinem Schwanz, als ob ihr Leben davon abhängen würde.

Fuck! So etwas habe ich noch nie erlebt ...

Die kleine Unschuld hat eine geschickte Zunge.

Claires Gaumen ist glatt, ihre Zunge rau und ihre Lippen sind warm und fest.

Vor mir haben schon viele Frauen gekniet, jede von ihnen hatte garantiert mehr Erfahrung als dieses Mädchen und dennoch stellt sie all ihre Vorgängerinnen mühelos in den Schatten.

Wieder und wieder stoße ich zu, lasse sie meine komplette Länge schlucken und sehe schwarze Punkte vor den Augen, als sie geschickt über meine Eichel züngelt. Mit einer Hand massiert sie mir die Hoden, streicht über meinen Damm und sorgt so dafür, dass auch das letzte bisschen Blut von meinem Hirn hinab in meinen Schwanz rauscht.

Erschaudernd sehe ich auf sie herab, beobachte, wie mein Glied in ihrem Mund verschwindet und stöhne anerkennend, als sie zu saugen beginnt.

Bei meinem nächsten Vorstoß kommt sie mir willig entgegen, ihr heißer Atem streift über meinen Bauch.

Fluchend ringe ich um das letzte bisschen Beherrschung, das mir noch geblieben ist.

Meine Hoden ziehen sich schmerzhaft zusammen und ich weiß, dass ich dieses Spiel unterbrechen muss, wenn ich mich noch in ihrer süßen Pussy austoben will.

Mit aller Willenskraft löse ich meine Finger aus ihren Haaren, ziehe mich bis auf ein paar Zentimeter aus ihrem Mund heraus und erlaube ihr ein letztes Mal, an meinem Schwanz zu lutschen, ehe ich sie packe, hochziehe und grob auf die seidenen Laken werfe. Noch bevor Claire weiß, wie ihr geschieht, presse ich sie mit dem Bauch ins Bett, reiße ihre Knie auseinander und stoße mich mit einem kraftvollen Ruck bis zu den Eiern in ihren zitternden Körper.

„Fuuuuuuck! Das ist das Geilste, was ich jemals gespürt habe!“

Claire bäumt sich schreiend auf, bockt und versucht mich abzuwerfen – sie hat keine Chance gegen mich. Sie versucht mich zu kratzen, ich fange ihre Hände ein und nagle sie neben ihrem Kopf auf der Matratze fest. Mit aller Kraft gelingt es mir, ein paar Sekunden lang stillzuhalten, damit sie sich an das Gefühl, mich in sich zu haben, gewöhnen kann, ehe ich sie gnadenlos rannehme.

Stoß für Stoß vergrabe ich mich in ihrer zuckenden Mitte, beiße ihr in die Schulter und labe mich an ihrem göttlichen Geschmack.

Das Wissen, dass ich von diesem Mädchen niemals genug bekommen werde, macht mich wütend.

Ich bin so was von am Arsch ...

Mit gefletschten Zähnen lasse ich mich auf sie fallen und hämmere mich mit aller Kraft in ihre nasse Pussy.

Mein Leben wäre umso vieles leichter, wenn ich mich mit diesem einen Fick zufriedengeben könnte. Doch ich will mehr – ich will alles!

Vielleicht ist die Tatsache, dass sie unerreichbar für mich ist, der Auslöser für diese irrationale Gier.

Es gibt keine Frau auf diesem Planeten, die ich nicht einfach einfangen und behalten kann. Keine, außer Claire ...

Endlich beginnt sie sich unter mir zu bewegen. Sie kommt meinen Stößen entgegen und sieht mich unter halb gesenkten Lidern an.

Wenn sie doch nur nicht so unglaublich schön wäre, wäre es leichter für mich, sie wie eine von vielen zu behandeln. So aber kann ich mich kaum an ihr sattsehen.

Ein lustvolles Stöhnen entweicht ihren geschwollenen Lippen.

Zufrieden beobachte ich, wie sie die Augen zusammenkneift, nach Luft schnappt und meinen Namen stöhnt. Ihr gehauchtes „Gib mir mehr Beast ...“, feuert mich nur noch mehr an.

Das Bedürfnis, sie noch näher an mir zu spüren, nimmt überhand. Ich lege mich auf sie, demonstriere ihr so, dass sie mir völlig ausgeliefert ist, und ramme mich immer wieder in ihr pochendes Loch.

Es fällt mir immer schwerer, einigermaßen zivilisiert zu bleiben. Die primitive Gier, die ich in mir spüre, wird immer stärker.

Etwas Wildes ergreift von mir Besitz. Mit aller Kraft treibe ich mich in sie. Vergesse, Rücksicht zu nehmen, vergesse, dass ich sie dabei verletzen könnte ...

Sie zuckt schmerzerfüllt zusammen, ein gequältes Schluchzen von sich gebend, versucht sie mich von sich zu stoßen. Ihre Pein lässt mich, so krank es auch sein mag, nur noch härter werden.

Erst als ich sehe, dass sie weint, gelingt es mir, mich wieder zu beherrschen. Mit belegter Stimme raune ich ihr zu, dass ich ihr nur antue, was sie auch verkraften kann. Ihre Augen wirken wie Kristalle, sie ist einfach überirdisch schön.

Geschickt schiebe ich meine Hand zwischen ihre Beine, reibe über ihren Kitzler und stoße mich erneut tief in sie. Diesen Vorgang wiederhole ich einige Male, es dauert nicht lange bis sie sich wieder etwas entspannt. Ihre Pussy zurrt sich krampfend zusammen, zieht mich noch etwas tiefer in sich.

Ich kneife ihr in den Kitzler, mehr braucht sie nicht. Der heftige Orgasmus, der über sie hinwegfegt, wird von einem lang gezogenen Schrei begleitet.

Es fühlt sich an, als würde ihr Inneres vibrieren. Die Empfindungen sind so intensiv, dass sie mich mit sich reißt. Ein heißer Blitz zuckt an meinem Rückgrat entlang direkt in meine Eier. Laut brüllend pumpe ich Schub für Schub meines Spermas in das Mädchen, das ich eigentlich gar nicht hätte anfassen dürfen.

Atemlos und zutiefst befriedigt breche ich auf ihr zusammen.

Erst als ich bemerke, dass ich Claire mit meinem Gewicht zerquetsche, rolle ich mich von ihr und lege mich neben sie.

„Das war unglaublich ..."

Meine Stimme klingt noch rauer als sonst. Ich fühle mich, als hätte ich gerade zehn Kills hinter mir – berauscht und high.

Bloody Hell ...

Das war mit Abstand der beste Fick meines Lebens.

Es ist unglaublich, dass es einem unschuldigen Mädchen gelingt, solche Emotionen in mir auszulösen.

Claires erneut aufwallenden Widerstand ignorierend, ziehe ich sie an meine Brust, breite die Decke über uns aus und fülle meine Lungenflügel mit ihrem Geruch. Sie dreht den Kopf, sucht meinen Blick und runzelt die Stirn.

„Dafür wird Marakoff dich töten."

„Er kann es gerne versuchen."

Wenn sie denkt, dass ich Angst vor diesem Russen habe, täuscht sie sich. Hier geht es nicht um Machtspielchen oder um eine verdammte Schuldmünze.

Ich liefere Claire nicht bei Marakoff ab, weil ich mich vor ihm fürchte, sondern weil es Ehrensache ist, meine Schuld zu begleichen.

Was für ein Mann wäre ich, wenn mein Wort nichts wert wäre?

„Ruh dich aus, Babe. In ungefähr drei Stunden werden wir in New York sein. Du wirst deine Kraft brauchen."

Um ehrlich zu sein, rechne ich mit einer zickigen Erwiderung, doch Claire überrascht mich, indem sie schweigt.

Es dauert nicht lange, bis ihre Atemzüge gleichmäßig werden und sie tatsächlich eingeschlafen ist. Kein Wunder; die Aufregung der letzten Stunden und die Rückstände des Sedativums müssen sie erschöpfen.

Entspannt schließe ich die Augen und erlaube mir, noch für ein paar Minuten das Gefühl des weichen Frauenkörpers, der sich an mich drückt, zu genießen.

In meinem Leben sind friedliche Augenblicke rar. Doch jetzt und hier, hoch über den Wolken, kann ich es mir tatsächlich mal erlauben, unachtsam zu sein.

Eine halbe Ewigkeit bleibe ich liegen, starre an die Decke und mustere gedankenverloren die Maserung des Tropenholzes.

Ich habe alle möglichen Szenarien durchgespielt – es gibt keine unkomplizierte Lösung für die Besitzgier, die wie heiße Glut in mir schwillt.

Entweder liefere ich Claire bei dem Russen ab, bekomme die Münze zurück und gehe meiner Wege oder aber ich behalte das Mädchen und fange einen Krieg mit einem der mächtigsten Männer dieses Landes an. Ist es eine Pussy wert, für sie zu sterben? Wohl eher nicht!

Fuck!

Sobald ich meine Schuld beglichen habe, werde ich mir eine Prostituierte schnappen und mich an ihr abreagieren. Es wäre doch gelacht, wenn mir eine Professionelle nicht dabei helfen kann, ein unschuldiges kleines Ding zu vergessen.

Doppel Fuck!

Wie sagt man so schön?

Aus den Augen aus dem Sinn ...

Dreifach Fuck!

Dumm nur, dass ich jetzt schon weiß, dass Claire mir mit ihrer geschickten Zunge und ihrer süßen Muschi das Hirn vernebelt hat.

Es wird Zeit, sie aufzuwecken. Sie muss duschen und sich meinen Geruch vom Körper waschen, ehe sie sich in das Bett des Russen legt.

Mittlerweile ist die Whiskyflasche halb leer und meine Stimmung hat ihren Tiefpunkt erreicht.

Holy Shit!

Hätte mir jemand am Anfang dieses Auftrags gesagt, in was für eine verfluchte Katastrophe sich das alles entwickeln wird, ich hätte ihm lachend eine Kugel in den Kopf gejagt.

Einen Eiswürfel zerbeißend, beuge ich mich über die schlafende Schönheit, packe mir ihren Knöchel und rüttle daran.

Der Kuschelkurs, den ich bisher bei ihr eingeschlagen habe, endet genau jetzt!

„Aufwachen!“

Verschlafen blinzelt sie mich an.

„Mach die Augen auf und beweg deinen Arsch aus dem Bett! Dir bleiben geschätzte sechzig Minuten bis wir landen.“

Blinzelnd sieht Claire mich an. Es ist ihr deutlich anzusehen, dass sie noch immer nicht ganz bei sich ist.

Um ihr zu verdeutlichen, was Sache ist, ziehe ich die Decke weg und verpasse ihrer runden Pobacke einen kraftvollen Schlag. Sie quietscht erschrocken auf, innerhalb von Sekunden zeichnet sich mein roter Handabdruck auf ihrer Haut ab.

„Aua! Bist du irre? Was soll das?“

„Steh auf und geh duschen. Sofort!“

Wütend reckt sie mir ihren Mittelfinger entgegen.

„Falls du es schon vergessen hast. Wir befinden uns in einem Flugzeug. Wie soll ich da duschen?“

Diese blöde Frage ist der beste Beweis dafür, dass sie keine Ahnung von dem Luxus hat, den man sich mit dem passenden Kleingeld kaufen kann.

Mit dem Kinn deute ich auf die Türe rechts von mir.

„Dahinter befindet sich ein Bad. Und mach schnell, ich will, dass du vorzeigbar bist, wenn ich dich deinem neuen Besitzer überreiche. Ein Kleid in deiner Größe liegt bereit. Zieh es an und hübsch dich auf.“

Claires Augen werden so groß, dass sie aussieht wie einer dieser giftigen Frösche, die es im Amazonas gibt.

„Was soll das? Hast du dich, während ich geschlafen habe, in ein Arschloch verwandelt, oder was?“

Ho ... ho ...

„Hüte deine Zunge. Oder du wirst es bereuen, mich nicht mit dem nötigen Respekt behandelt zu haben!“

Ungläubigkeit blitzt in ihren Iriden auf.

„Ach? Und wie erweise ich dir den *nötigen Respekt*?“ Die letzten zwei Wörter spricht sie aus, als würde sie an ihnen ersticken. „In dem ich vor dir Knie und an deinem Schwanz lutsche? Du spinnst doch, Beast.“ Anmutig wie eine Königin steigt sich aus dem Bett und bleibt direkt vor mir stehen. Dass sie nackt ist, scheint sie nicht zu stören. Ein trockenes Lachen ausstoßend zeigt sie auf meine Knarre, die ich abgelegt habe.

„Du wirst mich weder erschießen noch verletzen. Ich kenne Marakoff, er will mich garantiert unbeschadet geliefert bekommen. Ergo ist diese Waffe absolut wertlos für dich. Also was willst du tun, um mich zum Gehorsam zu zwingen?“

Echt jetzt? Sie wagt es, mich herauszufordern?

Entweder ist sie völlig verrückt oder lebensmüde.

„Die Menschen denken immer, dass sie den Tod am meisten fürchten. In Wirklichkeit jedoch ist es der Schmerz, der sie erzittern lässt. Ich kenne mindestens ein Dutzend Wege, wie ich dir solche Pein zufügen kann, dass du deinen eigenen Namen vergisst, ohne dabei sichtbare Spuren auf deinem Körper zu hinterlassen.“

Ich mache eine kurze Pause, lasse sie das Gehörte verstehen, ehe ich weiterspreche.

„Wenn du denkst, dass ich Gnade walten lasse, nur weil ich dich gefickt habe, täuschst du dich. Es ist definitiv das Beste für dich, wenn du tust, was ich von dir verlange. Glaube mir, Schätzchen.“

Verwirrung, Angst und Unglauben spiegelt sich auf ihrer Mimik. Claire öffnet den Mund, ich denke schon, dass sie mich weiter beschimpfen will, doch dann zeigt meine Warnung ihre Wirkung und sie durchquert schweigend den Raum. Mein Blick fällt auf das Brandzeichen auf ihrer Schulter. Warum ist mir das nicht schon früher aufgefallen?

Das Blut in meinen Adern gefriert. Die Entdeckung, dass Marakoff Claire längst als sein Eigentum gezeichnet hat, bringt mich mental an einen finsteren Ort.

Holly Hell! Wenn die Dinge anders stehen würden, würde ich diesen Russen mit Freuden umbringen.

Angespannt und von den verwirrenden Gefühlen, die in meinem Inneren toben, überwältigt, fahre ich mir mit beiden Händen durch die Haare und ziehe so fest an ihnen, dass ein heftiger Schmerz durch meine Kopfhaut zuckt.

Dieses Mädchen ahnt gar nicht, wie recht sie hatte.

Ich werde sie weder töten noch verletzen. Doch das hat nichts mit Marakoff zu tun, sondern damit, dass sie mir zu viel bedeutet, als dass ich ihr ernsthaft Schaden zufügen will.

Es bereitet mir schon Qualen, dass ich sie an den König der Sklaven aushändigen muss.

In dem Moment, in dem sie das Wasser aufdreht, lasse ich mich auf die Bettkante sinken. Geduldig warte ich, dass sie sich fertig macht. Bald ist dieses Mädchen nicht mehr mein Problem. Eigentlich sollte mich das freuen, doch das tut es nicht.

Als sich die Türe zwanzig Minuten später wieder öffnet, weiß ich sofort, dass ihr das Kleid, das ich für sie ausgesucht habe nicht gefällt.

„Wieso bist du nicht angezogen, Babe?“

„Weil ich mich nicht als Nutte verkleiden werde.“

Aha ...

Mir über die Stirn reibend, stehe ich auf, stoße ein genervtes Knurren aus und atme tief durch. Zufrieden beobachte ich, wie Claire einen Schritt zurückweicht, ehe sie kampferisch das Kinn in die Höhe reckt, das weiße Handtuch fester um sich schlingt und mir direkt in die Augen sieht.

„Ich werde nach Hause gehen. Dieses Spiel ist hiermit zu Ende. Du hattest deinen Spaß, jetzt lass mich wieder frei.“

Spiel? Ist sie jetzt völlig durchgeknallt?

Ihre Körperhaltung drückt Angst und Unsicherheit aus und dennoch kämpft sie gegen mich an – diese Frau ist einfach unglaublich.

„Komm her!“
Sichtlich nervös beißt sie sich auf die Unterlippe und bleibt stur stehen.

Da ich nichts anderes erwartet habe, überwinde ich die Distanz zwischen uns.

Sie erzittert, meine Hoden ziehen sich erregt zusammen. Ihre Angst wirkt wie ein Aphrodisiakum auf mich. Claires Temperament und ihr Widerwille sind ein Grund, aus dem ich sie so faszinierend finde.

Wenn sie wie ein verängstigtes Kind in einer Ecke kauern, weinen und mich um Gnade anflehen würde, wüsste ich nichts mit ihr anzufangen.

Aber die Mischung aus Verletzlichkeit und Stolz, die sie ausstrahlt, ist unglaublich sexy.

Nun sind wir uns so nah, dass ich ihren warmen Atem spüre.

Unsere Blicke treffen sich, sie wimmert leise.

„Du denkst also allen Ernstes, dass das ein Spiel ist?“

Claire kneift die Augen zusammen.

„Das hier ist kein Film, sondern die Realität. Es gibt Gesetze, an die sich alle halten müssen. Und ich bin mir sicher, dass eines davon festlegt, dass Frauen nicht gegen ihren Willen verschleppt und durch das halbe Land geflogen werden dürfen. Hast du schon mal was von dem Begriff Menschenrechte gehört?“

Menschenrechte? Gesetze? Dass ich nicht lache.

Süchtig danach, sie spüren zu wollen, strecke ich meine Hand nach ihr aus, schlinge meine Finger fest um ihren Nacken und ziehe sie zu mir.

„In der Theorie magst du recht haben. Praktisch hingegen ...“

Claire versucht, sich aus meinem Griff zu befreien, doch gibt sie, sobald ich noch mehr Kraft aufwende, mit einem schmerzerfüllten Keuchen auf.

Die Nase in ihren noch feuchten Haaren vergrabend, schließe die Augen und atme tief ein. *Fuck!* Ich bin kurz davor sie zu packen, gegen die Wand zu pinnen und solange zu ficken, bis sie das Bewusstsein verliert.

„Wenn du mich Marakoff übergibst, ist das mein Tod. Genauso gut kannst du mich auch einfach aus dem Flugzeug werfen, oder mir das Genick brechen, das kommt aufs selbe raus.“

Wenn die Dinge zwischen uns anders stehen würden, wäre so eine Äußerung sehr gefährlich für sie ... Claires Hals ist so dünn und zerbrechlich, es wäre kaum Kraft nötig, um ihn zu brechen.

„Marakoff ist dein Schicksal. Je schneller du das akzeptierst, desto leichter wird es für dich.“

Ihre rosa Zungenspitze schnellt vor, sie leckt sich die Lippen. Sofort zieht sich mein Unterleib erregt zusammen.

Wieder versucht sie, sich loszureißen, dieses Mal brennen mir die Sicherungen durch.

Zum Teufel! Ich war lang genug nachsichtig mit dieser Frau. Es wird Zeit, dass sie endlich tut, was ich von ihr will.

Mein Zorn auf sie, auf den Russen und auf die ganze Welt überwältigt mich geradezu. Ich lasse ihren Nacken los, reiße ihr das Handtuch vom Leib und packe sie an der Hüfte. Claire ist so schmal, dass ich ihre Körpermitte mit beiden Händen mühelos umspannen kann. Sie schreit erschrocken auf, lässt ihre Fäuste immer wieder auf meine Brust sausen und versucht, mich von sich zu stoßen.

Ein netter, jedoch hoffnungsloser Versuch.

„Lass mich sofort los du Beast!“

Sie knallt mir eine, das laute Klatschen hallt durch den Raum.

Mutig, mutig ...

Mit gerunzelter Stirn steht sie da und wartet darauf, wie ich reagiere. Als sie den Mund aufmachen und etwas sagen will, packe ich sie an den Haaren und tackere meine Lippen auf die ihren. Hungrig sauge ich ihren Geschmack in mich auf, wühle mich mit der Zunge durch ihren samtenen Mund und stehle ihr den Atem.

Claires erste Taktik ist es, den Kuss einfach über sich ergehen zu lassen, doch das gelingt ihr nicht lang. Als Nächstes versucht sie, mich zu beißen, sofort ziehe ich fester an ihren Locken, sie keucht schmerzerfüllt auf und gibt meine Unterlippe wieder frei.

„Luder!“

„Falsch. Ich bin eine Kämpferin. Ich werde mich nie meinem Schicksal einfach so ergeben.“ Ihre an meiner Brust geflüsterten Worte lassen mich erschaudern.

Es fühlt sich falsch an, eine Bedrohung für sie zu sein. Viel lieber wäre ich der Mann, der das Recht hat, sie zu beschützen.

Wieder küsse ich sie, unsere Zähne schlagen krachend aufeinander, ihre Fingernägel graben sich tief in mein Fleisch. Es mag sein, dass Claire mich für das, was ich ihr antue, hasst, aber jetzt, in diesem Augenblick, beginnt sie den Kuss zögerlich zu erwidern.

Erst als sie sich, um zu atmen, von mir lösen will, gebe ich ihre Lippen wieder frei. Bestimmend schiebe ich sie rückwärts, Richtung Badezimmer.

Mein Blick fällt auf ihre prallen Tittchen, die von rosa Nippeln gekrönt werden.

Ich lasse meine Augen über ihren Bauch bis hinab zu ihrer Pussy gleiten. Krauses Schamhaar bedeckt ihre Falten und verbirgt so das meiste vor meinem eindringlichen Blick.

„Zieh das Kleid an und mach dich fertig. Dir läuft die Zeit davon, Babe.“

Wie um meine Aussage zu bestätigen, klopft es an der Türe.

Eine brünette Stewardess teilt uns mit, dass wir uns in zehn Minuten im Landeanflug befinden werden und wir uns aus Sicherheitsgründen auf unsere Sitze begeben sollten.

Claire sieht mich an. Dieses Mal steht weder Zorn noch Wut in ihren wunderschönen Augen, sondern Resignation und Hoffnungslosigkeit.

Mit einem Fluch wende ich mich von ihr ab und packe mir den Whisky. Was für eine verfickte Scheiße das Leben doch manchmal sein kann ...

9. Kapitel

Claire

Ich kralle mich mit so viel Kraft am Rand des Waschbeckens fest, dass meine Finger davon taub werden. Es ist fast so, als ob ich eine Halluzination hätte. Das Frauengesicht in dem Spiegel vor mir wechselt immer wieder seine Gestalt. Mal sehe ich meinem Spiegelbild in die Augen, dann stehe ich meiner Mutter gegenüber.

Entweder spielt mir mein völlig überforderter Verstand Streiche oder aber das liegt an dem Mittel, das Beast mir verabreicht hat.

So oder so ...

Wann immer ich in ihre Augen starre, kann ich den Blick kaum abwenden. Ich vermisse meine Mum so schmerzlich, dass ich es nicht in Worte fassen kann.

Die Tatsache, dass der Killer, mit dem ich verrückterweise Sex hatte, mich an genau den Mann ausliefern will, der für ihren Tod verantwortlich ist, ist heftig.

Es fühlt sich fast wie ein Déjà-vu an, obwohl es eigentlich keines ist.

Schweigend und reglos stehe ich da und weiß, dass es kein Entkommen mehr für mich gibt.

Expect no mercy ...

Ich bin nicht so dumm, Gnade zu erwarten. Im Gegenteil, mittlerweile bin ich an dem Punkt angekommen, mir Beasts Lebensmotto zu eigen machen zu wollen.

Vielleicht wird es endlich Zeit, den Spieß umzudrehen und dem Russen das Fürchten zu lehren. Als seine persönliche Rabynya bin ich in der einzigartigen Lage, bei ihm zu sein, wenn er seinen Personenschutz wegschickt. Was so gut wie nie vorkommt. Das bringt mich in eine gute Position, um ihm die Pulsadern aufzuschlitzen.

Auch die mächtigsten Männer haben ihre schwachen Momente, und auf genau so einen muss ich warten ...

Irgendwann ist der Zeitpunkt der Rache gekommen und dann wird Marakoff am eigenen Leib erfahren, wie es ist, wenn keine Gnade gewährt wird.

Still schwöre ich meinem Spiegelbild, stark zu sein, dann drehe ich mich um und mache mich daran den Fetzen, den Beast als Kleid bezeichnet, anzuziehen.

In dem mir bevorstehenden Krieg bleiben mir nur die Waffen einer Frau – es wird also Zeit, diese bestmöglich in Szene zu setzen.

Der schwarze Stoff bedeckt gerade so meine Brüste und endet sehr knapp unter meinem Hintern.

Bei einer schmaleren Frau, die weniger Kurven hat, würde das Kleid vielleicht mehr Haut bedecken, bei mir hingegen setzt es alle meine Rundungen regelrecht in Szene.

Dank dem eklatanten Mangel an Unterwäsche fühle ich mich ziemlich nackt. Schuhe habe ich ebenfalls keine. Die müssen, während ich bewusstlos war, abhandengekommen sein.

In einer der Schubladen habe ich einen Föhn gefunden. Mit seiner Hilfe gelingt es mir, meine Locken zu bändigen. Make-up habe ich keines entdeckt, aber das stört mich nicht. Bis auf ein wenig Wimperntusche benutze ich eigentlich eh nie welches.

Mit meinem Erscheinungsbild zufrieden, setze ich mich auf den Toilettendeckel und gönne mir noch eine Minute Pause.

Es fällt mir immer noch schwer, zu begreifen, dass ich mich in einem Flugzeug befinde. Das alles hier ist so unglaublich dekadent.

Das Badezimmer in meiner Wohnung in Seattle ist zwar genauso groß, jedoch nicht annähernd so kostspielig ausgestattet.

Bei einer Sache kann ich mir sicher sein. Meine Zeit bei Marakoff wird einem goldenen Käfig ähneln. Luxus und Schmerzen ohne Ende.

Beasts dunkle Stimme tönt durch die verschlossene Türe zu mir durch. Er teilt mir mit, dass wir gleich landen und dass ich rauskommen soll.

Da mir klar ist, dass es mir nichts bringt, mich auf ewig in diesem Bad einzusperren, gehe ich zu ihm und lasse zu, dass er mich aus dem Schlafzimmer raus in den vorderen Teil des Jets bringt.

Hier befinden sich mehrere breite und gemütlich aussehende Ledersessel. Die komplette Einrichtung hat wahrscheinlich mehr Geld gekostet, als ein normaler Durchschnittsarbeiter in seinem ganzen Leben verdient.

Mich neben sich platzierend, befiehlt er mir, dass ich mich anschnallen soll.

Ungläubig sehe ich ihn an.

„Ach jetzt auf einmal bist du um meine Sicherheit besorgt? Soll das ein Witz sein? In diesem Flugzeug zu verunglücken wäre um einiges besser für mich, als bei Marakoff zu enden."

Grob packt er sich die zwei Sicherheitsgurte und lässt sie vor meinem Bauch einrasten. Ich spüre seinen gierigen Blick auf meiner Haut und weiß, was ihm durch den Kopf geht. Genau wie ich denkt er an das, was wir in dem angrenzenden Schlafzimmer auf den Seidenlaken getrieben haben.

Ich kann immer noch nicht fassen, dass ich tausend Meilen über der Erde mit dem legendären schwarzen Mann Sex hatte.

Willkommen im Mile High Club, Claire.

„Gefällt dir, was du siehst?“

Er sagt nichts. Beißt lediglich die Zähne zusammen.

„Sobald wir wieder auf dem Boden sind, gehört das alles einem anderen.“

Jetzt stößt er einen Fluch aus und befiehlt mir, die Klappe zu halten.

Ich tue ihm den Gefallen. Denn wenn ich ehrlich sein soll, schwillt die Angst in meinem Inneren immer weiter an.

Nur noch wenige Minuten und ich werde dem Mann gegenüberstehen, vor dem ich die letzten Jahre geflohen bin ...

Die Landung erfolgt, genau wie erwartet, ereignislos. Der Pilot weiß, was er tut, denn wir setzen so sanft auf der Landebahn auf, dass ich es kaum spüre.

Es kostet mich meine gesamte Selbstbeherrschung, dass ich ruhig sitzen bleibe und nicht vor Beast auf die Knie sinke und ihn anflehe, mich laufen zu lassen.

Einzig der Umstand, dass ich ganz genau weiß, dass es mir nichts bringt, mein letztes bisschen Würde auch noch zu verlieren, hält mich davon ab.

Zwei freundlich grüßende Stewardessen tauchen plötzlich auf und erkundigen sich bei Beast, ob wir einen angenehmen Flug hatten. Für eine Sekunde spiele ich mit dem Gedanken, sie anzubetteln die Polizei zu rufen, doch dann verwerfe ich ihn wieder.

Erstens hätte Beast die Frauen wahrscheinlich getötet, wenn sie auch nur den geringsten Versuch unternommen hätten, mir zu helfen. Und zweitens sind wir jetzt in New York. Diese Stadt gehört Marakoff, was bedeutet, dass kein Cop auch nur einen Finger rühren wird, um mich zu befreien.

Mit zitternden Fingern löse ich den Gurt, werde sogleich von Beast aus dem weichen Leder gezogen und spüre, wie sich das kalte Eisen der Handschelle um mein Gelenk schließt.

Fragend sehe ich zu dem Killer neben mir.

„Den Fehler, dich zu unterschätzen, begeh ich nur einmal.“

Mich vor sich herschiebend, dirigiert er mich zur aufgeklappten Türe. Auf wackeligen Knien und barfuß gehe ich die Stufen nach unten, und bemerke die drei silbernen Limousinen, die sich uns nähern. Eisige Luft umschmeichelt meine Beine, eine Gänsehaut überzieht meine Arme.

Jetzt ist es soweit ...

Hilflos drehe ich mich zu Beast um, doch er bedenkt mich nur mit einem eiskalten Blick.

Spitze Steine drücken sich in meine Fußsohlen. Der Asphalt ist kalt und feucht, hier muss es erst vor Kurzem geregnet haben.

Keine zwei Meter von uns entfernt bleibt die Kolonne stehen. Auf der Motorhaube des sich in der Mitte befindenden Mercedes prangt die zackige, schwarze Krone, die auch meinen Rücken ziert.

Wahrscheinlich sollte ich es als Ehre auffassen, dass sich der mächtige Marakoff persönlich auf den Weg gemacht hat, um mich abzuholen, anstatt nur ein paar seiner gewaltbereiten Gorillas zu schicken. Bevor der Chauffeur aussteigen und seinem Boss die hintere Türe öffnen kann, beugt Beast sich unmerklich zu mir nach unten.

„Wenn du leben willst, dann unterwirf dich ihm. Solltest du gegen ihn ankämpfen, wird er dich so lange quälen, bis du an den Folgen deiner Verletzungen stirbst."

Er sagt das so knallhart und emotionslos, als würden wir uns über das Wetter und nicht über mein Schicksal unterhalten.

„Was interessiert es dich, was mit mir passiert? Ich werde nur ein weiteres spurlos verschwundenes Mädchen sein ... In diesem Bereich kennst du dich doch bestens aus, oder?"

In der Zwischenzeit ist der Russe ausgestiegen und kommt, von zwei seiner Wachmänner flankiert, auf uns zu. Ich spüre seinen Blick auf mir und sehe starr zu Boden. Beast zieht den winzigen Schlüssel hervor, sperrt die Handschelle auf und löst somit die Fessel, die mich an ihn gebunden hat. Die Botschaft ist deutlich: Ab jetzt bin ich nicht mehr sein Problem.

„Ah, mein Freund. Wie ich sehe, hast du dein Wort gehalten."

Marakoff wirft einen Blick auf die Uhr, ehe er weiterspricht.

„Du warst viel schneller, als ich es mir erhofft hatte. Wie immer wirst du deinem Ruf gerecht."

Anstatt sich mir zuzuwenden, zieht Marakoff eine goldene Münze aus der Innentasche seines Sakkos. Er überreicht sie Beast, der dankend nickt.

„Somit sind wir quitt."

Der Russe nickt ebenfalls.

„Ja das sind wir."

Beast sieht mich ein letztes Mal düster an. Der Muskel an seinem Kiefer beginnt erneut zu zucken und ich bemerke, dass sich ein tödlicher Ausdruck in seinen Augen ausbreitet.

Es wirkt fast so, als ob er über die Situation, auf die er die ganze Zeit über hingearbeitet hat, nicht besonders glücklich wäre.

Sekundenlang sehen wir uns an, dann befiehlt Marakoff einem seiner Männer, mich in sein Auto zu bringen.

Ich will etwas sagen, schreien und kreischen, doch meine Lippen bleiben stumm. Zum ersten Mal seit Jahren sehe ich das Monster, dass ich mehr als alles auf der Welt hasse, direkt an.

„Willkommen zu Hause, kleine Rabynya."

All meinen Mut zusammenkratzend spucke ich ihn an. Mein Speichel landet mitten in seinem Gesicht. Seine Hand den Bruchteil einer Sekunde später mit voller Wucht auf meiner Wange.

Der Schlag ist so heftig, dass es mich von den Füßen reißt. Ich werde auf den Boden geschleudert, lande mit einem schmerzerfüllten Schrei im Dreck.

„Wie ich sehe, hast du dich kein bisschen verändert, Claire. Es wird Spaß machen, dir eine angemessene Erziehung zuteilwerden zu lassen."

Etwas Warmes rinnt mir über den Hals. Ich fasse mir an den Mund und stelle fest, dass meine Lippe durch die enorme Wucht des Hiebs aufgeplatzt ist.

Einer der anzugtragenden Typen, die für Marakoff arbeiten, zieht mich hoch und zerrt mich zu der hintersten Limousine. Unsicher sehe ich zu Beast und stelle fest, dass er mich beobachtet.

Ich forme ein stummes „Bitte hilf mir!", mit den Lippen, was ihn dazu bringt leicht den Kopf zu schütteln.

Das war's ...

Meine letzte Hoffnung zerplatzt gleich einer schillernden Seifenblase.

Ohne groß Widerstand zu leisten, lasse ich mich in den Wagen setzen, und starre aus der getönten Fensterscheibe.

Es fängt zu regnen an.

Die Stirn gegen das kühle Glas lehnend, beobachte ich, wie dicke Tropfen an ihm herunterrinnen, sie verbinden sich und bilden expressionistische Muster. Vor meinen Augen verschwimmt alles.

Die Konturen von Beasts Körper werden unscharf.

Der einzige Mann, der genug Macht besitzt, um mich retten zu können, geht und lässt mich mit dem Schicksal, das seit dem Tod meiner Mutter auf mich gewartet hat, alleine zurück ...

10. Kapitel

Beast

Ohne besonderes Ziel marschiere ich durch den Regen, Hauptsache weg von dem Arschloch, das Claire geschlagen hat.
Die Münze in meiner Tasche scheint plötzlich eine Tonne zu wiegen. Eigentlich sollte ich froh sein, dass ich meine Schuld beglichen habe – ich bin es nicht.

Es fühlt sich fürchterlich an, Claire bei Marakoff zu lassen.

Dieses Mädchen hat es nicht verdient, als Sklavin in einem Käfig gehalten zu werden.

Bloody Hell!

Was ist nur mit mir los?

Seit wann interessiert mich das Schicksal irgendeiner Frau?

Ich kenne die Antwort. Claire ist längst nicht mehr nur *irgendeine Frau* für mich. Dass was in diesem Privatjet zwischen uns passiert ist, hat einfach alles verändert.

Keine Ahnung was Claire so besonders macht, aber es ist ihr gelungen mich tief in meinem Inneren zu berühren. Sie hat es geschafft, dass ich mich für sie interessiere, dass ich mich um sie sorge und dass ich sie begehre.

Heilige Scheiße!

In dem Moment, in dem Marakoff sie geschlagen hat, wollte ich ihn töten. Dass er noch am Leben ist, verdankt er einzig meiner eisernen Selbstbeherrschung.

Jetzt, in genau dieser Sekunde, bringt er das Mädchen, das ich für mich will, in seine Festung.

Der Wolkenkratzer, in dem er lebt und von dem aus er seine Geschäfte führt, ist neben dem Weißen Haus das meistbewachte Gebäude dieses Landes.

Die Sicherheitsvorkehrungen sind bestens, sie haben keine Schwachstelle.

Der rationale Teil meines Ichs weiß, dass ich gar nicht erst darüber nachdenken sollte mir Claire zurückzuholen - dennoch tue ich es!

Wahrscheinlich kann keiner verstehen, warum ich sie überhaupt erst an den Russen ausgehändigt habe, wenn ich nun, keine dreißig Minuten später, schon in Erwägung ziehe, sie ihm wieder zu entreißen.

Die Antwort ist einfach. Als der Mann, der ich nun mal bin, konnte ich nicht anders handeln.

Ich habe mich auf den Deal eingelassen, das Mädchen gegen die Schuldmünze zu tauschen. Das habe ich getan.

Alles was nun passiert, steht auf einem völlig anderen Blatt.

Mit jedem Schritt, den ich weiter durch die dunklen Straßen wandere, wird mir klarer, was ich zu tun habe.

Es gilt Vorbereitungen zu treffen, ehe es losgehen kann ...

11. Kapitel

Claire

Luxus und Kälte umgeben mich.

Mein Inneres fühlt sich hohl und emotionslos an. Es ist überraschend, aber seitdem Marakoff mich in diesem Zimmer eingesperrt hat, fühle ich absolut nichts!

Der auf Hochglanz polierte, weiße Marmorboden, der von silbernen Strukturen durchzogen ist, glänzt dank der hellen Deckenstrahler.

Das überdimensionale weiße Bett, das in der Mitte des Raumes steht, versprüht den Duft von Lavendel und Vanille – genau wie damals. Zwei gläserne Nachttische rahmen es ein, auf jedem von ihnen steht eine teuer wirkende Lampe.

Ein großer, ultramoderner Flachbildfernseher hängt an der Wand, daneben befindet sich eine silberne Kommode, auf der eine schöne, violett blühende Orchidee thront. Ein weicher, cremefarbener Flokati-Teppich liegt vor dem Designer-Sessel, in dem ich gerade sitze und vor mich hinstarre. Alles wirkt kostspielig, modern und gemütlich ...

Doch der Eindruck täuscht. Das hier ist nichts weiter als ein Käfig. Dank der Jahre, die ich bereits in diesem Tower verbracht habe, kenne ich mich mit den Räumlichkeiten aus und daher weiß ich auch, dass jeglicher Fluchtversuch reine Zeitverschwendung wäre.

Wir befinden uns im 45. Stockwerk. Die Fenster sind alle gesichert und bestehen aus unzerstörbarem Panzerglas, der Lift ist mit einem sechsstelligen Code abgeriegelt und der Personalausgang kann nur mit einer Chipkarte geöffnet werden. Selbst wenn es mir gelingen sollte, an so eine ranzukommen, müsste ich an den unzähligen Sicherheitsmännern vorbei, die überall auf ihren Posten stehen und alles und jeden im Auge behalten.

Meine Mutter hat damals schon alles versucht und ist zu dem Entschluss gekommen, dass der einzige Ausweg für sie der Tod ist.

Noch bin ich nicht so verzweifelt, genauso weit zu gehen wie sie, noch verspüre ich den Hauch einer Chance ...

Den Umstand, dass ich alleine bin, habe ich der Tatsache zu verdanken, dass Marakoff einen Anruf erhalten hat, in dem von einem Problem berichtet wurde.

Dieses Problem, ich hoffe, dass es unlösbar ist und sein Ableben bedeutet, hat mich vor weiteren Misshandlungen bewahrt.

Um ehrlich zu sein, hat mich der Flug ziemlich durcheinandergebracht.

Was war das zwischen Beast und mir?

Einfach nur bedeutungsloser Sex?

Ist das seine Masche? Fickt er seine Opfer immer, bevor er sie entweder ausliefert oder gar tötet? Keine Ahnung!

Was ich aber weiß, ist, dass mich das zwischen ihm und mir völlig aus der Bahn geworfen hat. Ein verrückter, völlig unrealistischer Teil meiner Seele hat gehofft, dass er mich, nachdem wir es wild und tabulos miteinander getrieben haben, nicht an den Russen ausliefern wird. Falsch gedacht!

Es war naiv zu glauben, dass ausgerechnet ich einen Mann wie ihn dazu bringen kann, so etwas wie Mitleid zu verspüren.

Expect no mercy ...

Beast ist als der Schwarze Mann bekannt, der sich wie ein Schatten auf dieser Welt bewegt. Jeder fürchtet ihn – keiner kann ihm entkommen.

Jetzt sitze ich hier, in einem Sessel, der mehr gekostet hat, als ich in den letzten zwei Jahren verdient habe, und denke daran, wie gut es sich angefühlt hat, von ihm geküsst und gehalten zu werden.

Oh verdammt!

Was ist nur mit mir los?

Ich habe weiß Gott genug andere Sorgen als den Killer, der mich hatte, jedoch nicht behalten wollte.

Obwohl die Türe nicht verschlossen ist, versuche ich erst gar nicht, durch das 400 Quadratmeter große und sich über zwei Etagen erstreckende Loft zu schlendern.

Warum sollte ich auch?

Weder bin ich hier zu Hause noch bin ich ein Gast, ich bin eine Gefangene und es wird Zeit, dass ich mir Gedanken darüber mache, wie es weitergeht.

Dieses Problem, das Marakoffs Aufmerksamkeit gefordert hat, wird nicht ewig andauern und dann wird er zu mir zurückkommen.

Tief durchatmend stehe ich auf, zupfe das winzige Kleid zurecht und sehe mich genauer in dem kostspieligen Domizil, das mein Gefängnis darstellt, um.

Trotz meiner Wut auf alles und jeden muss ich zugeben, dass die Aussicht auf das nächtliche New York spektakulär ist. Der nur schwach beleuchtete Central Park wirkt wie eine dunkle, grüne Insel inmitten des Lichtermeers.

Menschen kann ich dank des Wetters und der Höhe keine erkennen, aber die immer wieder aufblitzenden Scheinwerfer der Autos lenken meine Aufmerksamkeit auf sich.

Es muss mir irgendwie gelingen, aus diesem Wolkenkratzer und aus der Stadt zu entkommen. New York ist Marakoffs Revier, hier kontrolliert er alles.

Nur wie soll es mir gelingen, die unzähligen Sicherheitsvorkehrungen zu umgehen?

Im Film gelingt es der Frau meist, sich als Dienstmädchen zu verkleiden oder das Herz des Bösen für sich zu gewinnen – alles Quatsch!

Scheiß auf Hollywood. Seit dem Moment, in dem ich meine Mum verloren habe, weiß ich, dass die Realität anders aussieht.

Beast, dieses verfluchte Arschloch!

Ihm ist es gelungen mich aufzuspüren und ihm habe ich es zu verdanken, dass ich nun hier festsitze. *Soll ihn doch der Teufel holen!* Wenn ich nicht so viel Angst vor den Konsequenzen hätte, würde ich Marakoff verraten, dass sich sein Auftragskiller an mir vergangen hat. Doch das würde leider nicht nur Beasts Tod, sondern wahrscheinlich auch den meinen bedeuten und ich habe keine Lust, als zerstückelte Leiche im Hudson-River zu enden.

Für die Situation, in der ich mich gerade befinde, wurde das Wort ‚aussichtslos' erfunden. Ich habe immer versucht, ein optimistischer Mensch zu sein, gerade gelingt mir das nicht. Mich von der Panoramascheibe, die die komplette Westseite des Raums einnimmt, abwendend, öffne ich den mit indischen Schnitzereien verzierten Kleiderschrank und stelle fest, dass er, bis auf einen seidenen Morgenmantel, leer ist. Schade, eine Waffe oder ein Generalschlüssel wäre mir deutlich lieber gewesen.

In dem Highboard daneben befindet sich ein kleiner Safe und, ich kann es kaum glauben, eine Minibar. Neugierig öffne ich die Türe und erspähe eine kleine Flasche Cola, Pinot Grigio, Wodka, und andere Spirituosen.

Ohne zu zögern schnappe ich mir den Wodka, schraube den Deckel auf und gönne mir mehrere große Schlucke. Die klare Flüssigkeit brennt in meiner Kehle wie Feuer, doch ich trinke immer weiter, so lange bis ich die Flasche absetzen und Luft holen muss.

Wahrscheinlich ist es Einbildung, doch es fühlt sich so an, als würde der Alkohol sofort meine blank liegenden Nerven beruhigen. Mir gefällt die Vorstellung, dass Marakoff zurückkommt und mich völlig betrunken vorfindet, also leere ich die erste Flasche und mache mit der zweiten weiter. Vielleicht ist das ja die rettende Idee ...

Vielleicht muss ich dem Russen einfach den letzten Nerv rauben und ihm so verdeutlichen, dass ich ganz gewiss nicht die Frau bin, die er als seine Sklavin haben will.

Auf leeren Magen zeigt der Alkohol schnell seine Wirkung. Über die Skurrilität meines Lebens lachend, bekomme ich heftigen Schluckauf. Über meine eigenen Füße stolpernd, lande ich hicksend und mit einem lauten Plumps auf dem Boden.

Mein „Scheiße!“, hallt von den Wänden wider und hat die Folge, dass sich die Türe öffnet und einer der anzugtragenden Typen seinen Kopf hereinstreckt, um zu prüfen, ob bei mir alles okay ist.

Mit so viel Würde wie möglich stehe ich auf, ziehe den Saum des Kleides nach unten und gehe auf den Security zu.

„Was? Willst du wissen, ob ich noch lebe? Ja das tue ich! Wäre auch wirklich schlecht für dich, wenn ich tot umfalle, während du Dienst hast. Stimmt's?“

Ich zwinkere dem verwundert kuckenden, gut 1,90 Meter großen Kerl zu. Schnappe ihn an der Krawatte und ziehe ihn so etwas weiter zu mir nach unten.

„Ob Marakoff begeistert davon sein wird, dass ich den Wodka entdeckt und nun einen leichten Schwips habe?“

An der Art, wie sich seine Augenbrauen finster zusammenziehen, erkenne ich, dass er die Antwort genauso gut weiß wie ich. Mein Blick fällt auf das schwarze Holster, das sich unter seinem Jackett befindet und in dem eine silberne Waffe steckt.

Bin ich verrückt genug es zu wagen?

Soll ich oder soll ich nicht?

Ach verdammt! Was habe ich schon zu verlieren? Nichts!

Den mit der Situation leicht überforderten Typen noch etwas weiter zu mir nach unten ziehend, drücke ich meine Brüste gegen seinen Arm und grinse zufrieden, als seine Augen wie geplant zu meinem Dekolleté huschen.

„Weißt du, du würdest mir ja viel besser gefallen als dein Boss ... Und im Augenblick bin ich sooo alleine ...“ Einen Schmollmund ziehend, unterdrücke ich einen lauten Hickser. „... komm doch rein zu mir und wir feiern eine kleine Party! Von hier drinnen kannst du mich doch auch gleich viel besser bewachen.“

Allein die Tatsache, dass er tatsächlich über den Vorschlag nachdenkt, ist der beste Beweis dafür, dass er wohl noch nicht lange für Marakoff arbeitet. Ansonsten wüsste er, dass er mich packen, zurück in das Zimmer schubsen und mich keines weiteren Blickes würdigen sollte.

Gegen den aufsteigenden Schwindel ankämpfend, verfluche ich mich insgeheim dafür, dass ich so viel getrunken habe. Hätte ich gewusst, dass sich mir so eine Fluchtmöglichkeit bietet, wäre ich nüchterner an die Sache herangegangen.

Den Idioten langsam etwas in den Raum ziehend, schiebe ich meine Hand an seiner Taille entlang, spüre das Metall der Pistole und löse so vorsichtig wie möglich den Druckknopf, mit dem sie befestigt ist. Als mir das gelungen ist, umfasse ich den Griff und reiße sie blitzschnell aus der Halterung.

Als der Security endlich bemerkt, was ich vorhabe, ist es bereits zu spät und ich habe ihn entwaffnet. *So ein Trottel ...*

Geschickt löse ich die Sicherung, und lege den Finger auf den Abzug.

„Hey was soll das?"

Entsetzt und fassungslos sieht er mich an.

„Was das soll? Deine Stellenbeschreibung hat sich gerade eben geändert. Du wurdest befördert und bist nun mein Fluchthelfer. Bring mich aus dem Haus raus. Und sobald du das getan hast, solltest du, genau wie ich, so schnell es geht um dein Leben laufen. Marakoff wird dir dein Versagen niemals verzeihen!"

Kaum dass ich ausgesprochen habe, ertönt ein freudloses Lachen und ein gezischtes „Allerdings!". Dann ertönt ein lauter Knall und der Wachmann, dem ich gerade die Knarre abgenommen habe, sinkt mit einem großen Loch im Kopf direkt vor mir auf den weißen Marmorboden.

Die rote Pfütze, die sich mit erschreckender Schnelligkeit unter ihm bildet, lässt mich zurückweichen. Noch während ich beobachte, wie sich das Blut auf dem polierten Stein ausbreitet, kommt Marakoff auf mich zu und schlägt mir die Waffe aus der Hand, sodass diese auf den Boden schlittert. Ohne den Blick von mir abzuwenden, steigt er über die Leiche, steckt seine Halbautomatik hinten in seinen Hosenbund und packt mich an den Haaren.

Mit einem Ruck schleudert er mich durch die Luft, sodass ich auf die Knie falle. Ich versuche nach der Pistole zu greifen, doch er ist schneller und entfernt diese aus meiner Reichweite.

Scheiße ...

Langsam und meine Angst genießend, zieht er sich das Sakko seines maßgeschneiderten Anzugs aus, wirft es auf das Bett und krempelt sich die Hemdsärmel hoch.

Doppelte Scheiße!

Der Kampfgeist, den ich eben noch verspürt habe, verpufft und lässt nichts als blankes Entsetzen zurück. Es war ein Fehler zu glauben, dass es mir gelingen könnte, abzuhauen.

„Was hattest du vor, Claire? Wie hat dein Plan ausgesehen?"

Seine Iriden erinnern mich an Steine: hart und kalt. Nicht der Hauch eines Gefühls spiegelt sich darin. Das Wissen, dass ich gleich durch die Hölle gehen werde, ernüchtert mich schlagartig. Entschlossen ihm nicht zu zeigen, wie intensiv die Furcht ist, die an meiner Wirbelsäule hinaufkriecht und mich zu lähmen droht, sehe ich ihm direkt in die Augen.

„Ich hatte keinen Plan. Ich habe eine günstige Gelegenheit gewittert und diese genutzt. Früher hast du deutlich mehr auf professionelles Personal geachtet!"

Das Zischen, das er von sich gibt, erinnert mich an eine giftige Schlange.

Mir ist klar, dass ich ihn nicht reizen sollte, doch ich habe die Schnauze davon, das verängstigte Mädchen zu mimen, voll.

„Steh auf!"

Den toten Wachmann anstarrend komme ich dem Befehl umgehend nach.

Meine Knie zittern, ich hasse mich für diese Schwäche.

„Es wird Zeit, dass du herausfindest, welche Konsequenzen dich erwarten, wenn du ungehorsam bist."

Oh ... Oh ....

„Komm her, Claire."

Da ich weiß, dass er schlussendlich eh seinen Willen durchsetzt, tue ich wieder was er von mir verlangt. Es wird mir nicht helfen ihn noch mehr zu reizen.

Seine Finger schlingen sich um meinen Nacken, drücken so fest zu, dass ich gequält aufwimmere.

„So wunderschön ... So empfindsam ..."

Kaum das seine schaurigen Komplimente verhallt sind, holt er aus und verpasst mir einen kraftvollen Schlag in den Magen.

Mit einem gepressten *Ufff* klappe ich wie eine Marionette, der man die Fäden durchgeschnitten hat, zusammen. Sofort zieht er mich wieder nach oben, und reißt mit einem kraftvollen Ruck das Kleid in zwei Teile. Nun bin ich vorne herum entblößt, während die Ärmel dafür sorgen, dass der Stoff in Fetzen an mir hängt. Sein Blick legt sich auf meine Brüste, gleitet an meinem Bauch hinab zu der Stelle, an der sich meine Schenkel treffen.

Ehe ich weiß, was los ist, wirft er mich auf das Bett, zieht den Gürtel aus den Schlaufen seiner Hose und wickelt sich das Leder um die Hand.

Ich kapiere, was er vorhat, und beginne zu weinen.

„Spar dir deine Tränen, Claire. Sie werden dir auch nicht helfen. Wir fangen genau jetzt mit deiner Erziehung an. Je schneller du dich in eine fügsame Rabynya verwandelst, umso leichter wird es für dich. Ich würde ja gerne sagen, dass du dir so Schmerzen ersparen könntest, doch daraus wird nichts. Als der Sadist, der ich nun mal bin, genieße ich es viel zu sehr, dich leiden zu lassen!"

Ich schlucke schwer, riskiere einen Blick zur Türe.

„Versuch es gar nicht erst. Es gibt kein Entkommen für dich! Ein weiterer Fluchtversuch würde dir nur zehn weitere Schläge einbringen und ich bezweifle, dass du diese aushalten kannst."

Bevor ich dazu komme, ihn anzuflehen es nicht zu tun, stellt Marakoff sich neben mich, drückt mich mit einer Hand bestimmend auf die Matratze und schiebt das zerrissene Kleid nach oben, sodass ihm meine Rückseite schutzlos ausgeliefert ist.

Ein kalter Schauer lässt mich erbeben, Gänsehaut überzieht meine Arme.

„Bitte ni..." Weiter komme ich nicht. Erst vernehme ich das unverkennbare Surren, dann trifft das Leder mit so einer Wucht auf die Stelle, an der mein Po in die Oberschenkel übergeht, dass ich keine Luft mehr bekomme. Der Schlag wurde mit so viel Kraft ausgeführt, dass es sich so anfühlt, als hätte er mir damit die Haut abgezogen. Ein ersticktes Geräusch entweicht mir. Ich versuche mich aufzurichten, doch Marakoff hält mich mühelos in Position.

„Wie es sich für eine brave Rabynya gehört, wirst du laut mitzählen. Du erhältst zehn Hiebe für den Versuch zur Flucht und zehn weitere, weil du mich einen Wachmann gekostet hast!"

Das sind zwanzig Schläge, das überlebe ich nicht ...

Wieder trifft das Leder auf meinen Hintern, dieses Mal auf eine andere Stelle. Wieder fühlt es sich so an, als würde ich in Flammen stehen.

Ich kreische, wehre mich und versuche ihm auszuweichen – vergebens.

Schlag für Schlag steigert sich die Pein. Nach der Hälfte der angesetzten Strafe schreie ich so laut ich kann und wünsche mir zu sterben. Während es für mich die Hölle ist, kommt Marakoffs Atem immer lauter, es klingt fast, als würde er stöhnen und mir wird klar, dass er nicht gelogen hat. Er ist ein Sadist, es erregt ihn mich leiden zu lassen und mir unerträgliche Schmerzen zuzufügen.

Mit letzter Kraft hauche ich die Zahl zwanzig aus mir heraus und kämpfe gegen die Schwärze, die an meinem Bewusstsein leckt, an. So sehr ich mich auch vor weiteren Schlägen fürchte, die Vorstellung, ohnmächtig zu werden und ihm weiterhin ausgeliefert zu sein, macht mir noch mehr Angst. Dieser Russe ist pervers, ich bin mir sicher, dass er sich auch an bewusstlosen Frauen vergeht und Spaß dabei empfindet.

Das Rascheln verrät mir, dass er seine Hose nun ganz öffnet.

„Ich werde dich nicht ficken. Meinen Schwanz hast du dir heute nicht verdient. Aber ich werde dich zeichnen und als mein Eigentum markieren."

Vor Erleichterung bricht mir der Schweiß aus. Instinktiv hoffe ich, dass ich ihn mir niemals verdienen werde.

Mit seiner Hand über meine Pobacke streichend, entlockt er mir ein lautes Wimmern.

Gott, tut das weh ...

Er zieht mir das Kleid nun endgültig aus und wirft es auf den Boden.

Aus dem Augenwinkel beobachte ich wie er sein Glied umfasst, es massiert und sich einen runterholt. Sein Blick ist auf meine ausgepeitschte Rückseite gerichtet. Der unnatürliche Glanz, den seine Augen bekommen haben, verrät mir, wie unheimlich geil es ihn gemacht hat, mir das anzutun. Verzweiflung überkommt mich. Die Gewissheit, dass ich so etwas nicht oft über mich ergehen lassen kann, breitet sich in mir aus, verwandelt sich in Hass und Abscheu.

Sein lustvolles Keuchen wird lauter, er grunzt und spritzt nach nur wenigen Minuten seinen Samen auf die Krone mit den spitzen Zacken, die er mir schon vor Jahren in die Haut gebrannt hat. Ich spüre die warme Flüssigkeit und ein nie gekannter Ekel ergreift von mir Besitz.

„Endlich gehörst du mir, Claire. Jetzt bist du tatsächlich meine Rabynya!"

Das Sperma verreibend, sucht er meinen Blick. Dann zieht er sich wieder an und wendet sich von mir ab.

Es fühlt sich an, als würde ich unter Schock stehen.

Entsetzt sehe ich, wie er über den Toten steigt, und ohne einen Blick zurück die Türe hinter sich zuzieht.

Die leblosen Augen des Wachmanns starren mich vorwurfsvoll an.

Keine Ahnung, ob ich ihn bemitleiden oder beneiden soll?!

Ihm kann zumindest keiner mehr wehtun – er hat es auf die andere Seite geschafft.

Mit letzter Kraft schnappe ich mir die Decke, wische mir Marakoffs Sperma von der Haut und kauere mich in das Bett.

Die Türe lasse ich keine Sekunde aus den Augen, während ich mir überlege, wie oft ich das noch über mich ergehen lassen muss.

Beasts eisblaue Augen kommen mir in den Sinn.

Warum hat er mich nicht gerettet?

Vielleicht bilde ich es mir ja auch einfach nur ein. Aber ich hatte wirklich das Gefühl, dass da etwas zwischen uns war.

Eine Bindung, die ich zwar nicht mit Worten beschreiben kann, die ich jedoch deutlich gespürt habe. Irgendetwas war da zwischen uns. Doch es war offensichtlich nicht stark genug, um den Schwarzen Mann dazu zu bringen, seine Regeln zu brechen.

Expect no mercy ...

Warum um alles in der Welt konnte er nach dem, was in dem Privatjet zwischen uns passiert ist, nicht ein Mal gegen seine Prinzipien verstoßen und Gnade walten lassen?

Die Schmerzen werden immer stärker, doch ich verbiete es mir zu weinen.

Völlig egal was noch alles passiert, ich werde nicht zulassen, dass es dem Russen gelingt, mich zu zerstören.

12. Kapitel

Beast

Die Zeit verstreicht, die Eiswürfel in meinem Glas schmelzen, den Whisky habe ich nicht angerührt.

Stattdessen sitze ich einfach nur reglos da und starre auf die Ansammlung von Messern, Dolchen, Maschinengewehren, Granaten und Handfeuerwaffen, die ich vor mir auf dem Glastisch ausgebreitet habe.

Die Wohnung, in der ich mich befinde, habe ich vor einigen Jahren gekauft. Sie dient mir, wann immer ich in New York, bin als Unterschlupf. Als mein Zuhause würde ich sie dennoch nicht bezeichnen – ich habe keines. Ich besitze in sechs Ländern insgesamt zehn Immobilien. Jedes dieser Verstecke gleicht den anderen.

Sie sind mit den grundlegenden Gegenständen ausgestattet, die ich für meinen Lebensstil benötige: einem Bett, Bargeld, Pässen, die meine gefälschten Identitäten bezeugen sollen, Waffen und genug Munition, die für einen kleinen Krieg ausreicht.

Mehr benötige ich nicht. Es ist gefährlich, Dinge zu besitzen, für die man das Risiko, geschnappt zu werden, eingeht. Die meisten Menschen können nicht nachvollziehen, wie es sich anfühlt immer unterwegs zu sein. *Fuck off!*

An manchen Tagen wache ich auf und weiß nicht, in welcher Stadt oder gar auf welchem Kontinent ich mich befinde. Und das ist gut so ...

Doch jetzt sitze ich hier und spiele mit dem Gedanken, alles, was ich mir in den letzten Jahrzehnten aufgebaut habe, für ein Mädchen zu riskieren.

Bloody Hell!

Was ist nur los mit mir?

Was ist in diesem verfluchten Jet nur passiert, dass es mich so weit getrieben hat.

Nicht zum ersten Mal in den vergangenen Stunden frage ich mich, wie es Claire wohl, seit ich sie an Marakoff überreicht habe, ergangen ist.

So wie ich sie einschätze, wird sie meinen Rat, sich zu fügen, ignorieren und ihre Krallen ausfahren. Die Vorstellung, wie sie sich dem König der Sklavinnen verweigert, lässt mich schmunzeln.

Aye, Claire hat definitiv genug Courage, um sich mit Marakoff anzulegen.

Wenn ich mit meiner Vermutung richtig liege, hat sie gewiss längst seinen Unmut geweckt und sich eine Bestrafung eingehandelt.

Die Vorstellung, dass der Russe sie fickt, sie schlägt und züchtig, lässt mich vor Eifersucht beinahe durchdrehen.

Ich will derjenige sein, der seinen Schwanz in diese enge Pussy schiebt, den roten Kirschmund fickt und auf ihrer empfindlichen Haut seine Spuren hinterlässt!

Erst als das Glas in meiner Hand zerspringt und sich die bernsteinfarbene Flüssigkeit samt den Scherben auf dem schwarzen Boden verteilt, kapiere ich, dass ich gerade dabei bin die Kontrolle zu verlieren. Allein die Fantasie, Claire erneut zu unterwerfen, erregt mich über die Maßen.

Fluchend stehe ich auf und beschließe, dass es Zeit wird, mir zu selbst zu beweisen, dass meine Gier nach weiblicher Gesellschaft nichts mit diesem blonden Mädchen zu tun hat, das ich dem Russen übergeben habe, sondern einzig und allein der Tatsache geschuldet ist, dass ich mehr Sex brauche.

Die Lösung meines Problems sind also nicht die Waffen, sondern feuchte Muschis. Tief in meinem Inneren spüre ich, dass ich mir etwas vormache und dass keine Hure dieser Welt den Hunger, den Claire in mir geweckt hat, zu stillen vermag.

Einen Versuch ist es dennoch wert.

Schließlich lege ich mich hier mit niemand Geringerem, als dem König von New York an. Da sollte ich mich zuerst dem Ausschlussverfahren widmen, ehe ich meinen Hals riskiere.

Nur weil ich den Tod nicht fürchte, bedeutet es noch lange nicht, dass ich das Leben nicht zu schätzen weiß ...

Die goldene Münze aus der Hosentasche ziehend, lasse ich sie über meine Fingerknöchel tanzen und betrachte die Prägung. Es gibt weltweit nur 100 Stück dieser in Gold gestanzten balinesischen Tänzerinnen. Jede von Ihnen ist eine Schuldmünze und jede kann einen Hitman in ernste Schwierigkeiten bringen.

Ich bin das beste Beispiel dafür, dass eine eingeforderte Schuld einfach alles ändern kann. Den verhängnisvollen Taler zu den Scherben auf den Boden schnippend, werfe ich einen letzten Blick auf das Waffenarsenal, nehme mir die Glock, stecke sie in den Hosenbund und lösche das Licht.

Die Österreicher stellen einfach geile Knarren her.

Die Selbstladepistole wurde um 1980 von dem österreichischen Ingenieur Gaston Glock entwickelt.

Und was soll ich sagen?

Dieser Mann war ein Genie. Dank der Neuerungen der Sicherungstechnik und dem Polygonlauf ist sie eine meiner absoluten Favoriten. Und aufgrund der Teniferierung zur Beschichtung der Stahlteile der Waffe, ergibt sich ein äußerst geringer Verschleiß, was die Glock sehr langlebig macht.

Wieder etwas was ich sehr zu schätzen weiß.

Im Gegensatz zu vielen meiner Kollegen bin ich niemand, der sein Werkzeug gerne wechselt. Ich schätze meine Ausstattung, pflege sie regelmäßig und warte sie monatlich.

Eine gute Waffe ist wie ein guter Freund.

Die Glock, die mich heute Nacht begleitet, hat mir schon so manches Mal den Arsch gerettet. Mit ihr habe ich unzählige Aufträge abgeschlossen und wenn es sein muss, werde ich mit ihr auch Marakoff eliminieren. Doch ob es wirklich dazu kommt, wird sich in der nächsten Stunde erst herausstellen.

Dieser Russe ist ein mächtiger Mann, ihn macht man sich nicht zum Feind, ihn löscht man schnell und effizient aus, bevor er zu einem Rückschlag ausholen kann.

Nur um auf Nummer sicher zu gehen, stecke ich noch eine weitere Waffe ein.

Dann mache ich mich auf den Weg.

Die Treppen nach unten steigend, Aufzüge sind nicht so mein Fall, verlasse ich das Haus und mache mich auf den Weg zu meinem Auto. Der 1969er Fastback ist nicht einfach nur irgendein Wagen, sondern der Boss aller Mustangs.

Mir ist bewusst, dass dieses Auto allen Auftragskiller-Klischees sämtlicher 0815-Actionfilme entspricht. Aber hey, irgendwoher müssen die Regisseure doch ihre Ideen haben.

Die Nacht ist schwarz wie das Gefieder eines Raben und die Luft ist angenehm kühl. Ich mag die Kälte, sie passt zu dem, wie ich mich tief in meinem Inneren fühle.

Das *Danger Zone* ist ein Edelbordell am Stadtrand. Die Mädchen dort sind absolute Profis. Es gibt kein Bedürfnis, dass nicht von ihnen befriedigt wird, und keine Tabus.

Die Frauen dort sind 1a Ware, die dank Marakoff bereit sind, die Wünsche ihrer Freier anstandslos über sich ergehen zu lassen.

Ich werde mir eine hübsche Blonde aussuchen, klein mit perfekten Rundungen, die blaue Augen hat und es kaum erwarten kann, an meinem Schwanz zu lutschen und sich von mir in den Arsch ficken zu lassen.

Die nächsten Stunden werde ich mich an ihr austoben, meine Begierde stillen und mir selbst beweisen, dass Claire nichts Besonderes ist und dass ich sie einfach vergessen kann.

Die Fahrt dauert knapp dreißig Minuten.

Trotz der Uhrzeit sind die Straßen voll – diese Stadt schläft nie.

Ich zünde mir eine Zigarette an, kurble das Fenster herunter und versuche, an nichts zu denken.

Die Wände des heruntergekommenen Backsteinhauses, das sich am Ufer des Hudson-Rivers befindet, wurden mit Graffiti besprüht.
Die verwitterte Eingangstüre sieht auf den ersten Blick unspektakulär aus. Im Inneren wird sie von zwei breitschultrigen Schlägern bewacht, die kein Problem damit haben, einem Zechpreller das Genick zu brechen und ihn anschließend in den nahe liegenden Fluss zu werfen. Der normale Durchschnittsbürger weiß weder von der Existenz des Bordells noch wird er jemals einen Fuß in das Freudenhaus setzen.

Dieses Etablissement gehört zu meiner Welt – der Welt der Vergessenen, der Kriminellen und der gut Betuchten.

Hier gibt es nur eine Regel und an die muss sich jeder Freier halten.

Bezahlt wird immer! Je schlimmer die Nutte, nachdem du mit ihr fertig bist, aussieht, umso teurer wird die Rechnung.

In diesem Bordell ist genau festgesetzt, was das Leben einer gut ausgebildeten Rabynya wert ist – 20 000 Dollar.

Den Mustang auf der Westseite des Gebäudes parkend, steige ich aus und mache mich daran, Claire zu vergessen ...

Allein die Tatsache, dass ich nicht die geringste Vorfreude auf die bevorstehenden Stunden verspüre, ist der beste Beweis dafür, dass mich dieses Mädchen um ihre Finger gewickelt hat.

Entschlossen verbanne ich Marakoffs neue Sklavin aus meinem Kopf und betrachte den antiken Bronze-Türklopfer, der das Gesicht der Medusa darstellen soll.

Laut Mythologie gab es drei Schwestern, Medusa, Stheno und Euryale. Sie waren von göttlicher Abstammung und alle schön anzusehen. Doch nur Medusa, war von so betörender Schönheit, dass ihr sogar Poseidon, der Gott des Meeres nicht widerstehen konnte.

Er lockte sie in einen Tempel und nahm sie sich mit Gewalt ...

Welch passende Geschichte für einen Ort wie diesen hier.

Die Interpretation ist leicht: All die Huren sind die Medusen und wir, die Freier, sollen Poseidon darstellen.

Den schweren, bronzenen Klopfer gegen die Türe schlagend, zünde ich mir erneut eine Zigarette an.

Was ein Bullshit!
Ich stehe vor einem der besten Bordelle der Welt und philosophiere über notgeile Götter der griechischen Mythologie.
Der Eingang öffnet sich, mein Blick fällt auf den silberglänzenden Dolch, der sich in den prankenartigen Händen des Türstehers befindet. Wie nicht anders zu erwarten erkennt er mich sofort und weicht respektvoll einen Schritt zurück.
Sein Kollege zieht die Türe hinter mir zu und fraget mich, ob er mein bevorzugtes Zimmer herrichten lassen soll. Als ich verneine, sehen mich beide überrascht an. Eine deutlich spürbare Anspannung breitet sich plötzlich in dem kleinen Vorraum aus.
„Wenn ich das fragen darf, sind sie geschäftlich hier?"
Mir ist klar, was er wissen will, nämlich ob ich auf der Jagd nach einem gerade anwesenden Freier bin. Ich kann den Grund dieser Frage nachvollziehen, schließlich ist es seine Aufgabe, Blutbäder zu verhindern.
Für gewöhnlich gelten solche Etablissements als neutraler Boden, in dem keine Aufträge ausgeführt werden. Doch in bestimmten Fällen, zum Beispiel wenn Emotionen wie Rache oder Eifersucht im Spiel sind, gibt es diese Grauzonen nicht.
„Nein, privat."
Erleichterung spiegelt sich in seinen kantigen Gesichtszügen.
Soweit ich weiß, werden die anderen Gäste gebeten, ihre Waffen für die Dauer ihres Aufenthalts abzulegen, ich wurde das noch nie.
Wahrscheinlich wissen sie, dass ich nicht auf die Glock in meinem Hosenbund angewiesen bin. Wenn ich jemanden töten will, dann tue ich das. Mit Knarre oder ohne ...
Nachdem das geklärt wurde, sperrt Brian, der ältere der beiden, ich schätze er ist genau wie ich Ende dreißig, die zweite Türe auf.
Mit einem knappen Nicken bedanke ich mich bei ihm und betrete das *Danger Zone.*
So abgefuckt das Gebäude von außen auch aussehen mag, das Innere entspricht dem absoluten Gegenteil.
Die schwarz-weißen Fliesen wurden in Schachbrettoptik verlegt. Die silbernen Sofas und Sessel wurden in unterschiedlich große Sitzgruppen aufgeteilt. Mehrere Paravents unterteilen den großen Saal in viele kleinere Bereiche, die für eine gewisse Privatsphäre sorgen.
Unzählige Huren, die nichts weiter als einen schwarzen String, schneeweiße High Heels und silberne Nippel-Pasties tragen, servieren den Gästen ihre bestellten Drinks.
Im Keller befinden sich verschiedene Zimmer.

Vom Folterkerker über den Dschungelbereich bis hin zum normalen SM-Raum ist alles da.

Völlig egal, welche Fantasie die Gäste ausleben wollen, hier bekommen sie die Möglichkeit dazu.

An sich eine wirklich unterhaltende Sache, aber im Augenblick ist mir nicht nach Rohrstöcken zumute. Es hat etwas Entspannendes eine kleine Sklavin so lange zu bearbeiten, bis sie verheult und zitternd um Gnade winselt.

Doch heute bin ich nicht hier, um meine dominante Seite auszuleben, sondern um mir selbst etwas zu beweisen.

Einen etwas abseits liegenden Platz ansteuernd, setze ich mich mit dem Rücken zur Wand gerichtet in einen der weichen Sessel und lehne mich zurück. Das Ambiente hier hat mir schon immer dabei geholfen, mich zu entspannen. Der Geruch von Frau, Yasmin und Vanille, der hier durch die Luft wabert, sorgt dafür, dass meine Kopfschmerzen etwas besser werden.

In Sekundenschnelle wird ein *Whisky on the rocks* vor mir auf den geschwungenen Glastisch gestellt. Dank der Wandleuchter kann ich nicht nur erkennen, dass die Nutte blonde Haare hat, sondern sehe auch, dass ihre Augen beinahe denselben Blauton haben wie die von Claire. Zwar ist die Frau etwas größer und wesentlich schlanker, doch das macht nichts. Ich habe nie damit gerechnet, eine Bitch zu finden, die Claire 1:1 gleicht.

Nachdem sie mir ein schüchternes Lächeln zugeworfen hat, dreht sie mir den Rücken zu und ich kann die Krone erkennen, die in ihre Schulter gebrannt wurde. Das Zeichen sieht frisch und leicht gerötet aus, was meinen Verdacht, dass sie hier neu ist, erhärtet.

Schüchterne Huren sind eher eine Seltenheit, vor allem in einem Bordell wie dem *Danger Zone*. Ihre Unerfahrenheit ist genau das, was ich suche.

Ein zerbrochenes Mädchen, das durch die vielen Freier, das es bereits überstanden hat, zu einem emotionslosen Roboter geworden ist, entspricht nicht meinem Geschmack.

„Warte."

Sie bleibt abrupt stehen. Der Jäger in mir wittert ihre Angst und knurrt zufrieden.

Oh ja, sie ist die perfekte Beute. Wenn es ihr nicht gelingen wird, mich von Claire abzulenken, dann schafft es keine.

Zögerlich dreht sie sich zu mir um.

„Ja, Sir?"

„Bist du für heute schon eingekauft?"

Wut blitzt in ihren Iriden auf. Welche Methoden Marakoff auch angewendet hat, um sie zu brechen, es ist ihm nicht gelungen – noch nicht zumindest.

Es gefällt mir, dass sie Kampfgeist besitzt, den hatte Claire auch.

„Nein Sir. Ich stehe ihnen, falls sie wollen, zur Verfügung."

Und wie ich das will.

Ich erhebe mich, greife nach meinem Glas und gehe auf die Prostituierte zu.

„Führ mich auf dein Zimmer."

Wieder zögert sie kurz, doch dann senkt sie ergeben den Kopf und wispert mir ein „Sehr gerne, Sir" zu.

Meinen Blick auf die Rundung ihres Arschs heftend, folge ich ihr durch das *Danger Zone*. An dem Andreaskreuz, an dem eine zierliche Rothaarige fixiert ist, bleibe ich kurz stehen und betrachte die roten Striemen, die sich allzu deutlich an ihren Schenkeln abzeichnen.

Die Wimperntusche der Hure ist verschmiert, ihre Augen sind vom Weinen geschwollen.

Zwischen ihren gespreizten Beinen liegen Nippelklemmen, ein großer Dildo und ein Butt-Plug aus Edelstahl bereit.

Wer auch immer sich die Kleine gekauft hat, er ist noch lange nicht mit ihr fertig. Als sie mich sieht weiten sich ihre Augen erschrocken. Im Gegensatz zu der Bitch, die mich gerade in ihre Räumlichkeiten führt, weiß sie ganz genau, wer ich bin.

Ich könnte schwören, dass sie plötzlich gar nicht mehr so unglücklich mit ihrem Los ist, an dieses Kreuz gefesselt zu sein. Ihre Furcht ist durchaus berechtigt. An meinen dunklen Tagen kann ich ein brutaler Bastard sein, dem es schwerfällt sich zu zügeln.

Heute Nacht hingegen verlangt es mich nicht nach dem Blut einer Rabynya, sondern einfach nur nach primitiven Sex. Erneut führt mich mein Weg an zwei Wachposten vorbei. Im ersten Stock angekommen folge ich ihr in das zweite Zimmer von rechts.

Es ist, genau wie vermutet, mit einem Bett, an dem Fesselungsvorrichtungen angebracht sind, mit einem Teppich und einem thronähnlichen Stuhl ausgestattet. An der Wand befindet sich ein Regal, in dem verschiedene Sextoys bereitstehen und gegenüber von der Stelle, an der ich mich gerade befinde, geht es in das angrenzende Badezimmer.

Soweit ich das beurteilen kann, sind die Räume der Huren alle gleich ausgestattet. Meine Augen über die Rundungen ihrer Brüste gleiten lassend, setzte ich mich, mehr als zufrieden mit meiner Wahl, in den Stuhl.

Das Mädchen sinkt, genau wie der Russe es seinen Mädchen beibringt, in Erwartung meiner Befehle neben dem Bett auf die Knie.

Ihre Beine sind leicht gespreizt, sodass ich einen Blick auf die Stelle werfen kann, an dem der Hauch von Stoff versucht, ihre glattrasierten Schamlippen zu bedecken.

Weich, rosa und empfindlich wartet ihre Pussy nur darauf, dass ich sie ficke.

Entschlossen nichts zu übereilen, überkreuze ich die Beine und gönne mir einen Schluck des eisgekühlten Whiskys.

„Zieh den Tanga aus und beug dich über das Bett."

Grazil wie eine Balletttänzerin erhebt sie sich, streift sich das spitzenbesetzte Höschen nach unten und beugt sich anmutig über die burgunderrote Tagesdecke.

„Beine auseinander."

Wieder tut sie, was ich will, nun bleibt meinen gierigen Blicken nichts mehr verborgen.

Das Mädchen ist nicht nur hübsch, sondern schön. Unter anderen Umständen hätte sie mich wirklich begeistert, so aber erwische ich mich dabei, wie ich sie immer wieder mit Claire vergleiche.

Den restlichen Inhalt des Glases in meine Kehle schüttend, erhebe ich mich und streiche mit der Hand über die weiche Rundung ihrer Pobacke. Ein Schauer lässt sie erbeben und ihre Atmung beschleunigt sich.

„So empfindsam ... Nenn mir deinen Namen, Rabynya."

Den Kopf auf die Seite drehend, sieht sie mich an.

„Bevor ich hierhergebracht wurde, hat man mich Sara genannt."

Obwohl ich sie gut verstehen kann, höre ich ihren Dialekt, kann ihn jedoch nicht genau zuordnen. Ich tippe auf Osteuropa.

„Woher kommst du, Sara?"

„Aus Krakau. Das ist eine südpolnische Stadt an der Grenze zur Tschechischen Republik."

Dass ihre Antwort so ausführlich ist, verrät mir, dass sie denkt, dass ich keine Ahnung habe wo Krakau liegt. Aber da täuscht sie sich. Erst vor Kurzem habe ich dort einen Politiker im Auftrag seiner Frau eliminiert.

„Seit wann bist du in den USA?"

„Anfang Juli bin ich hierhergekommen."

Es ist ihr deutlich anzuhören, dass sie diese Entscheidung bitter bereut. Mit den Fingern streife ich durch den Spalt ihres Pos bis hinab zu ihren Schamlippen.

Weich, warm und eng umfängt ihre Muschi meinen Daumen.

Als ich in sie eindringe, zuckt sie leicht zusammen.
„Beruhige dich, Sara. Heute steht mir nicht der Sinn danach, Angst und Schmerzen zu verbreiten. Ich will dich einfach nur ficken."
Etwas das nach Erleichterung aussieht, huscht über ihre Gesichtszüge.
Wie um mir zu zeigen, dass sie damit einverstanden ist, öffnet sie ihre Schenkel etwas weiter und gewährt mir so besseren Zugang.
Die Zähne fest aufeinanderbeißend, richte ich den Blick auf ihren Hinterkopf und stelle mir vor, dass es Claires zuckende Pussy ist, die meinen Finger wie glühender Samt umschließt.
Sofort ziehen sich meine Eier zuckend zusammen, mein Schwanz wird hart und steif.
Bloody Hell!
Ich muss nur an dieses Mädchen denken und schon pumpt mein verräterischer Körper sämtliches Blut meines Hirns in die unteren Regionen.
Was hat diese Frau mit mir in diesem verfluchten Jet angestellt?
Was ist nur los mit mir?
Und das Wichtigste, wie werde ich diese unerklärliche Besessenheit, die ich Claire gegenüber empfinde, möglichst schnell wieder los?
Vielleicht muss ich mit der Bitch einfach genau das wiederholen, was ich mit Claire angestellt habe. Ungeduldig ziehe ich meinen Finger aus der Möse, packe Sara an den Haaren und drehe sie zu mir herum.
„Auf die Knie!"
Falls sie mein plötzlicher Stimmungswechsel verwundert, lässt sie es sich nicht anmerken.
Kaum das ihre Beine den Boden berühren, beginne ich damit, meinen Gürtel zu öffnen, nehme meine Glock und lege sie auf den Stuhl.
Saras Augen sind auf meine Hände gerichtet, neugierig betrachtet sie die unterschiedlichen Symbole, die auf ewig meine Haut zieren.
Kaum dass ich meine Hose nach unten geschoben habe, sieht sie mir kurz in die Augen, ehe sie ihre Aufmerksamkeit meiner Erektion widmet.
Mit ihren Fingern massiert sie pumpend die komplette Länge, erhöht den Druck und lässt ihre Daumenkuppe über den kleinen Schlitz an der der Eichel gleiten. Zischend atme ich ein - das fühlt sich gut an. Unter halb geschlossenen Lidern beobachte ich die Bitch dabei, wie sie ihren Kopf senkt. Ihr heißer Atem streift über die Spitze meines Schwanzes, ehe sie die Wulst in den Mund nimmt.
Heiß, nass und schlüpfrig ...

Züngelnd, saugend und lutschend sorgt sie dafür, dass ich Claire gänzlich vergesse und mich nur auf ihre weichen Lippen konzentriere.

Trotz der Angst, die sie verspürt, gibt Sara sich alle Mühe mich zufriedenzustellen. Sie züngelt über mein Glied, als könnte sie sich nichts Besseres vorstellen.

Wer auch immer ihr diese Zungenfertigkeit beigebracht hat, ich muss ihm meinen Dank aussprechen. Ihre spitzen Zähne knabbern an meinem empfindlichen Fleisch, ehe sie mein Glied langsam jedoch stetig tiefer in ihre Kehle gleiten lässt.

Gekonnt erhöht sie den Druck, verwöhnt mit ihrer Zungenspitze mein empfindliches Frenulum und beginnt zu saugen.

„Yes!"

Fluchend packe ich mir eine Handvoll ihrer Haare, wickle sie mir fest um die Faust und stoße gnadenlos zu.

Ich habe damit gerechnet, dass sie ein Problem mit dem Deep Throat hat, doch sie schluckt meine Länge ohne Probleme.

Die heiße Enge ihres Schlundes fühlt sich einfach nur göttlich an.

Vor wenigen Stunden hätte ich mir nichts Besseres vorstellen können, jetzt hingegen lausche ich dem schmatzenden Stöhnen, das sie von sich gibt und vergleiche es sofort mit dem sinnlichen Keuchen, das Claire ausgestoßen hat, als sie an meinem Schwanz gelutscht hat.

Sie krault mir die Eier, fährt mit ihren scharfen Fingernägeln über meinen Damm, reibt über meinen Schließmuskel.

Die kleine Nutte lässt sich Zeit, sie scheint es nicht eilig zu haben, das nächste Mal durchatmen zu können.

Meinen Blick auf ihren Scheitel gepinnt, ramme ich mich wieder und wieder in ihren Mund. Mit rau kommendem Atem beobachte ich, wie mein Schwanz immer wieder tief zwischen ihren Lippen verschwindet.

Saras weiche Haarspitzen, die über meine Schenkel streifen, lassen mich erschaudern.

Ein heißer Blitz zuckt an meinem Rückgrat hinab, explodiert in meinen Hoden.

Das Pochen in meinem Glied wird immer stärker.

Verdammt! Es wird nicht mehr lange dauern, ehe ich sie meinen Saft schlucken lasse. *Was ein Bullshit!*

Obwohl Sara wirklich gut darin ist, vor mir zu knien und mir die Eier zu kneten, ist es ihr nicht gelungen, mich Claire vergessen zu lassen.

Wütend beginne ich damit, ihren Kopf tiefer auf mein Glied zu drücken, während ich zeitgleich in einen schnellen Rhythmus verfalle.

Soll mich doch der Teufel holen!

Saras Atmung stockt, während sie ihre Finger tief in meine Oberschenkel gräbt.

Anstatt sich gegen meine Grobheit zu wehren, überlässt sie sich meiner Führung und nimmt alles hin, was ich ihr antue – und bei Gott, ich nehme keine Rücksicht auf die Tränen, die ihr jetzt über die Wangen rinnen.

Der Moment ist so geil, dass ich mich für einen kurzen Augenblick absolut zufrieden fühle. Knurrend ramme ich mich in ihren Mund, wühle mich durch ihre Haare und ziehe mich ein letztes Mal zurück.

„Sieh mich an."

Sie öffnet die Augen und sucht meinen Blick.

Langsam ziehe ich mich aus ihrer Kehle heraus, sodass meine Eichel auf ihrer Unterlippe ruht.

Blitzschnell schießt ihre Zunge vor und umspielt die Spitze meines Glieds.

Meine Oberschenkel sind so angespannt, dass es schmerzt.

Ohne ihren Blick freizugeben, schiebe ich mich wieder tief in ihren Hals. Ihre Kehle krampft, sie stützt sich ergeben an meinen Beinen ab.

Knurrend kneife ich die Augen zusammen, stelle mir Claires Gesicht vor und lasse zu, dass mich die Erlösung packt.

Schub für Schub lasse ich die Nutte mein Sperma schlucken.

Die Schluckbewegungen massieren bis auf den letzten Tropfen alles aus mir heraus.

Normalerweise fühle ich mich nach einem Kehlenfick entspannt und zufrieden – normalerweise. Mag sein, dass mein Schwanz mit Sara zufrieden ist. Er war noch nie wählerisch: Hauptsache eng und feucht. Der verräterische Teil meines Verstands, der der sich nach Claire sehnt, lässt sich jedoch nicht so leicht zufriedenstellen.

What a fuck!

Kaum das ich ihre Haare losgelassen habe, weicht sie zurück und wischt sich mit dem Handrücken über die geschwollenen Lippen.

Falls sie hofft, dass ich jetzt mit ihr fertig bin, muss ich sie enttäuschen.

Alleine die Tatsache, dass ich noch immer an Claire denke, beweist mir, dass ich mich noch mehr anstrengen muss, um dieses Mädchen zu vergessen.

Bis jetzt hat es noch keine Frau geschafft, mich so nachhaltig zu faszinieren. Aus den Augen aus dem Sinn hat bei Claire schon mal nicht funktioniert.

Alleine das Wissen, dass sie einem anderen Mann gehört, macht mich rasend.

Ich werde diese Bitch jetzt so lange ficken, bis ich endlich wieder klar im Kopf bin.

Ich bin in meinem Leben nicht so weit gekommen, weil ich mich leicht habe ablenken lassen. Ohne kostbare Zeit zu verlieren, packe ich die vor mir auf dem Boden sitzende Nutte, hebe sie hoch und werfe sie auf das Bett. Erschrocken reißt sie die Augen auf.

Die nervigen Glitzer-Dinger von ihren Titten zupfend, umfasse ihre weichen Brüste und massiere das feste Fleisch.

Es ist zu wenig ... Die von Claire haben meine Handflächen perfekt ausgefüllt, Saras hingegen sind klein und fest und absolut unzureichend.

Ein heftiger Zorn beginnt in mir zu brodeln, ich verpasse ihren Nippeln einen harten Klaps und entlocke ihr so ein schmerzerfülltes Keuchen.

In der Hoffnung, dass sie zumindest ähnlich schmecken, züngle ich über das köstliche Fleisch. Sara windet sich unter mir.

Es ist ihr deutlich anzusehen, dass sie nicht weiß, wie sie mit mir umgehen soll.

Tief einatmend zwinge ich mich dazu, ruhig zu bleiben. Es ist nicht ihre Schuld, dass sie die falsche Frau ist. Entschlossen lasse ich meine Hand über ihrem Bauch, bis hinab zwischen ihre Schenkel gleiten.

Sara ist zwar feucht, doch noch nicht ausreichend genug.

Unzufrieden schiebe ich meinen Finger in ihre Möse. Massiere die Innenwände und reibe mit dem Daumen über ihre Klit.

Trotz der Tatsache, dass ihr Körper instinktiv auf die Berührungen reagiert, wirkt sie im Vergleich zu Claire temperamentlos und langweilig.

Es ist mir scheißegal, ob die Nutte Lust empfindet oder nicht – sie hat Zeit bis ich fertig bin, wenn sie es bis dahin nicht geschafft hat zu kommen, ist das nicht mein Problem.

Um ihr eine Reaktion zu entlocken, zwicke ich ihr hart in den Kitzler.

Sie schreit leise und sieht mich erschrocken an.

„Ich verlange von dir, dass du nicht wie eine leblose Puppe unter mir liegst, sondern dass du dich auf diese Sache hier voll und ganz einlässt. Kapiert?“

Noch bevor sie antworten kann, dringe ich mit zwei weiteren Fingern in sie ein. Sara keucht ein „Ja, verstanden“, ich brumme zufrieden.

Gut für sie. Ich erwarte Emotionen von ihr. Wenn schon keine durch Lust entstandene, dann zumindest von Schmerz ausgelöste.

Mit der Zunge lecke ich an ihrem Hals hinab zu ihrem Schlüsselbein, beiße zu und verpasse ihr so ein leuchtend rotes Mal.

Das Stöhnen, das sich jetzt aus ihrer Kehle löst, ist echt.

Na also, wer sagt es denn ...

Geschickt öffnet Sara die Knöpfe meines Hemds, schiebt es auseinander und streicht mit den Fingern über meinen Brustkorb. In ihren Augen blitzt erneut Unsicherheit auf.

„Habe ich keine Gnade zu erwarten?"

„Nein! Aber da du eine Hure und keine Zielperson bist, stehen deine Chancen, diese Nacht zu überleben, gut."

Anscheinend weiß sie nicht, was sie darauf erwidern soll.

Sie entscheidet sich zu schweigen und ahnt instinktiv, dass es besser ist, mich zufriedenzustellen, anstatt mich zu verärgern. Ganz die brave Hure, die sie nun mal ist, umfasst sie mein bereits erneut hart werdendes Glied und lässt ihre Hand federleicht über die komplette Länge streichen.

Gierig lasse ich meinen Blick über ihre Hüfte hinab zu ihrer Pussy gleiten.

Sofort spreizt Sara ihre Beine. Ihre Falten sind rosa, nass und geschwollen.

Ohne meinen Blick von ihrer perfekten Muschi abzuwenden, stehe ich auf, ziehe mir die störenden Klamotten aus und bringe mich vor ihr in Position.

„Die Kondome befinden sich rechts in der Schublade."

Meine Ungeduld steigert sich mit jedem Atemzug, es braucht meine komplette Selbstbeherrschung, damit ich mich nicht mit einem gnadenlosen Stoß in sie ramme.

Fuck!

Einzig der Umstand, dass ich keine Prostituierte ohne Schutz poppe, hält mich davon ab. Sara beobachtet mich aus halb geschlossenen Augen. Ihre Zungenspitze blitzt kurz hervor, sofort muss ich wieder an Claire denken, und daran, wie verdammt gut es sich angefühlt hat, sie zu küssen.

Meine Instinkte verraten mir, dass es mir nicht gelingen wird mein Mädchen zu vergessen. Nur Claire reizt meine Urinstinkte, sie hatte nicht nur genug Courage mich herauszufordern, oh nein, sie hatte auch genug Mut, sich mir zu verweigern.

Claire passt perfekt zu mir.

Auch wenn ich es noch nicht wahrhaben will, ahne ich, wie die Sache enden wird. Sobald ich mit dieser Nutte fertig bin, werde ich in meine Wohnung fahren und das Unausweichliche in Angriff nehmen.

Mich in der Fantasie, was ich mit Claire alles anstellen werde, sobald ich sie wiederhabe, verlierend, streife ich mit meinen Fingern durch Saras nasse Spalte, schiebe ihre Schamlippen auseinander und lege so ihren zuckenden Eingang frei.

Von dem süßen Geruch wie magnetisch angezogen, senke ich den Kopf und lecke durch ihre seidige Spalte.

Ihr moschusartiger Duft steigt mir in die Nase, ihr Geschmack legt sich auf meine Zunge. Ich spüre die Anspannung, die sich in ihrem Unterleib aufbaut. Kurz bevor sie kommt, löse ich meinen Mund von ihr und verpasse ihrer gierigen Pussy zwei harte Schläge.

Ihr heiserer Schrei hallt von den Wänden wider.

Schnell schnappe ich mir eines der Kondome, knie mich zwischen ihre gespreizten Beine und stoße mich tief in ihren bebenden Körper.

Es kostet mich all meine Kraft, nicht wie ein Monster über sie herzufallen und sie nicht dafür zu bestrafen, dass sie die falsche Frau ist. *Bloody Hell!*

Zuckend zurrt sich ihr Unterleib um meinen Schwanz herum zusammen – es dauert nicht lange, bis sie unter meinem Ansturm kapituliert.

Sara liegt völlig schutzlos unter mir, während ich mich immer wieder kraftvoll in ihr versenke. Das Wissen, dass ich diese Nutte nicht einfach nur ficken, sondern auch verletzten oder gar töten könnte, lässt mich noch härter werden. Ihr Leben ist wie eine Ware, das hier im *Danger Zone* angeboten wird.

Nicht in der Lage, mich auch nur eine Sekunde länger zu beherrschen, verliere ich die Kontrolle.

Immer wieder treibe ich mich bis zum Anschlag in sie. Lasse sie all meine Kraft spüren und meiner Gewalt ihren Lauf.

Ihre Schreie klingen immer verzweifelter, ihr Körper beginnt unkontrolliert zu zucken und ihre Augen rollen nach hinten.

Eine dünne Schweißschicht überzieht meinen Rücken – *fuck off* – das fühlt sich verdammt gut an!

Ich spüre wie sich meine Hoden puckernd zusammenziehen. Wie von selbst umfassen meine Hände ihre Kehle. Langsam drücke ich zu, schnüre ihr die Luft ab und genieße den panischen Ausdruck, der sich in ihren Iriden spiegelt. Stöhnend ficke ich sie noch etwas härter, werfe den Kopf in den Nacken und brülle meine Erlösung aus mir heraus.

Saras gurgelnde Geräusche und ihre immer schwächer werdende Gegenwehr turnen mich unheimlich an.

Ja sie mag die falsche Frau sein, aber das hat auch einen Vorteil, nämlich den, dass es keine Rolle spielt, welchen Schaden ich ihr zufüge.

Krampfend und zuckend pumpe ich mein Sperma in ihre Pussy.

Jetzt wo ich endgültig beschlossen habe, dass ich mir mein Mädchen zurückholen werde, überkommt mich eine friedliche Ruhe.

Die Nutte unter mir loslassend, ziehe ich mich zurück, rolle das Kondom von meinem Schwanz und werfe es auf den Boden.

Sara beginnt zu husten, japst nach Luft und weint.

Ich würdige sie keines Blickes, sammle meine Klamotten auf und ziehe mich an.

Es wird Zeit zu gehen ...

„Amerika ist die Hölle und ihr Männer seid die Teufel."

Ihre geflüsterten Worte lassen mich innehalten.

Ohne lang darüber nachzudenken nehme ich meine Ersatzwaffe und werfe sie zu Sara auf die zerwühlte Decke.

„Du bist die Herrin deines Schicksals!"

Panisch zuckt sie davor zurück.

Sie sich selbst überlassend, gehe ich aus dem Zimmer die Treppe nach unten und raus zu meinem Wagen.

Noch bevor ich eingestiegen bin, höre ich mehrere Schüsse – anscheinend hat die Bitch ihre Wahl getroffen ...

Endlich in meiner Wohnung angekommen schalte ich die Alarmanlage ein, nehme zwei Schlaftabletten und steige unter die Dusche. Anschließend lasse ich mich in mein Bett fallen und starre die Decke an.

Ich habe versucht, Claire zu vergessen, es hat nicht funktioniert und jetzt muss ich die Konsequenzen ziehen.

Morgen werde ich Marakoff gegenübertreten und zurückfordern, was mein ist!

Je nachdem, wie er bis dahin mit ihr umgegangen ist, wird sein Tod sein. Wenn er sie verletzt hat, werde ich ihn ebenfalls leiden lassen.

Im Grunde widerstrebt es mir, den Russen wegen eines Mädchens zu eliminieren, doch genau darauf wird es hinauslaufen.

Für viele mag das unverständlich sein. Aber ich respektiere diesen Mann. Er gehört genau wie ich zur alten Schule.

Wir haben einen Ehrenkodex, dem wir treu sind und auf unser Wort ist Verlass. Ich falle in einen unruhigen Schlaf. Träume von blauen Augen, blasser Haut und blutroten Lippen ...

Als ich das nächste Mal die Augen öffne, wird es draußen bereits hell.

Noch nicht ganz wach reibe ich mir über das Gesicht und sehe, dass ich eine Textnachricht bekommen habe.

>> Du schuldest mir eine Hure und zwei Männer! <<

Die SMS ist von niemand Geringerem als Marakoff höchstpersönlich. Offensichtlich ist ihm zu Ohren gekommen, dass ich Sara meine Waffe überlassen habe. Wenn ich seine Worte richtig verstehe, ist es ihr gelungen zwei Wachmänner zu erschießen, ehe sie gestoppt wurde. Dieser Zwischenfall ist vielleicht genau die Möglichkeit, die ich brauche, um an den Russen ranzukommen.

Wenn er mich wegen des Blutbades im *Danger Zone* zu sich in den Tower bestellt, bin ich schon mal in einer guten Ausgangsposition, um mir Claire zurückzuholen. In das Haus hereinzukommen, ohne große Aufmerksamkeit auf mich zu ziehen, war mit der schwierigste Teil meines Plans. Wer hätte gedacht, dass mir der Tod dieser Medusa so perfekt in die Hände spielt?

Ohne zu zögern tippe ich eine Antwort.

>> Es liegt nicht in meiner Verantwortung, wenn deine Securitys ihren Job nicht richtig erledigen. So was nennt sich natürliche Auslese. Du solltest mir dankbar sein. <<

Noch bevor ich mir eine Zigarette anzünden kann, piept es erneut.

Ich lese die Nachricht und kann nichts gegen das zufriedene Grinsen tun, zu dem sich meine Mundwinkel verziehen.

Marakoff hat für 13.00 Uhr ein Treffen anberaumt. Angeblich geht es um einen neuen Auftrag – ich weiß es besser.

Er ist wütend, weil ich Sara eine Möglichkeit gegeben habe, ihm Probleme zu bereiten. Nachdem ich ihm mitteile, dass ich kommen werde, lege ich das Handy weg, gehe in die Küche und schalte die Kaffeemaschine ein.

Nicht mehr lange und ich werde mir mein Mädchen zurückholen!

Es wird viele Leichen geben. Sobald sich in der Unterwelt herumgesprochen hat, dass ich Marakoff ausgeschaltet habe, wird Chaos ausbrechen. Mir soll es recht sein, ich habe nicht vor mit Claire in New York zu bleiben. Bis jetzt habe ich meine Anwesenheit in dieser Stadt immer auf ein Minimum reduziert und so werde ich es auch zukünftig halten.

13. Kapitel

Claire

Die Nacht kam mir endlos vor – die letzten Stunden waren die Hölle.

Dass ich keine Sekunde lang die Augen zugemacht habe, lag nicht nur daran, dass ich unerträgliche Schmerzen, sondern auch panische Angst davor hatte, dass Marakoff zurückkommt.

Er ist es nicht und dafür bin ich unendlich dankbar. Ich habe keine Ahnung, wie es weitergehen soll, aber ich weiß, dass ich die Hölle, in der ich feststecke, nicht lange ertragen kann.

Vor ungefähr einer Stunde kamen zwei Männer und eine Frau, die den toten Wachmann mitgenommen und anschließend alles gereinigt haben. Die Effizienz und die Routine, mit der die drei ans Werk gegangen sind, war echt heftig.

Mich würde interessieren, was in der Stellenbeschreibung des Reinigungspersonals so alles aufgezählt wurde.

Wieder öffnet sich die Türe, dieses Mal kommt eine junge Asiatin auf mich zu. In ihren Händen balanciert sie ein Tablett, auf dem sich nicht nur eine dampfende Tasse Kaffee, sondern auch ein Croissant, ein Brötchen und Brotaufstriche befinden.

„Was soll das?“

Die Frau sieht mich verwirrt an, so als ob es selbstverständlich wäre, dass man erst gegen seinen Willen hierhergebracht, eingesperrt, geschlagen und angewichst wird, nur um anschließend Frühstück serviert zu bekommen.

„Er will, dass sie etwas essen.“

Auch wenn sie seinen Namen nicht nennt, weiß ich genau, von wem sie spricht.

Obwohl sich mein Magen bei dem leckeren Duft hungrig zusammenzieht, schüttle ich vehement den Kopf.

„Richten sie Marakoff aus, dass ich lieber verhungere.“

Ihre mandelförmigen Augen weiten sich entsetzt.

„Nein Mrs, das können sie nicht machen. Er wird Sie bestrafen – schlimm bestrafen.“

Trotz der erneut aufwallenden Angst bleibe ich bei meinem Entschluss und schicke die Asiatin aus dem Zimmer.

Vielleicht steigere ich mich ja gerade in etwas hinein. Aber ich habe nicht vor, mich dieser Situation und diesem Russen einfach so zu unterwerfen.

Was denkt er sich eigentlich?
Dass er mich erst mit seinem Gürtel auspeitschen und anschließend mit einem Frühstück milde stimmen kann?
Nein! Niemals! Nicht in diesem Leben!
Mit schmerzenden Gelenken steige ich aus dem Bett. Ich bin noch keine drei Schritte weit gekommen, da stürmt auch schon ein aufgebrachter Marakoff auf mich zu.
„Du willst mich herausfordern?"
Seine Stimme klingt gefährlich ruhig, steht im starken Kontrast zu dem gnadenlosen Funkeln in seinen Augen.
Wahrscheinlich wäre es besser, wenn ich meine Klappe halte und ihn nicht noch weiter reize. Aber wenn ich das tue, wenn ich meiner Angst nachgebe, dann hat er gewonnen und das kann ich nicht zulassen.
„Nein! Ich will dich weder herausfordern, noch von dir geschlagen oder eingesperrt werden. Um ehrlich zu sein will ich überhaupt nichts mit dir zu tun haben. Du bist ein Monster!"
Kaum das mir die Wörter über die Lippen gekommen sind, bereue ich sie auch schon.
Sofort fällt mein Blick auf seinen Gürtel, und meine Knie beginnen zu zittern. Anstatt dem erwarteten Wutausbruch, schüttelt Marakoff nur langsam den Kopf.
„Ich hätte dich wirklich für intelligenter gehalten, Claire."
Die Distanz zwischen uns überwindend kommt er auf mich zu, streckt seine Finger nach mir aus, und streicht mir trügerisch sanft über das Schlüsselbein.
„Dein Schicksal ist entschieden, du bist mein. Daran kannst du nichts mehr ändern. Aber es liegt in deiner Hand wie dein Leben als meine Rabynya sein wird. Entweder bist du folgsam, führst meine Befehle aus und lebst in diesem schönen Zimmer. Oder aber du widersetzt dich mir weiter und ich werde dich in einen Käfig sperren. Damit dir die Entscheidung leichter fällt, bekommst du eine Kostprobe von dem, was dich erwartet."
Noch bevor ich weiß was er meint, packt er mich an der Schulter, zieht mich aus dem Raum, den langen Gang entlang und lässt mich nicht mal, als wir an einer Tür stoppen und er diese mit seinem Fingerabdruck entriegelt, los.
„Was wird das?"
Marakoff schweigt, stößt mich hinein und schaltet das Licht an. Sofort fällt mein Blick auf den goldenen Käfig, der sich in der Mitte des komplett in Schwarz gehaltenen Zimmers befindet. Vor Entsetzen verschlägt es mir den Atem.

Lieber Gott steh mir bei ...

Das kann nicht sein Ernst sein!

„Tu das nicht. Bitte!“

Die Türe des Käfigs öffnend sieht er mir tief in die Augen.

„Wenn du eine artige Rabynya gewesen wärst, würdest du jetzt in einem weichen Bett sitzen und ein frisches Croissant essen. Doch du hast dich dazu entschieden, dich gegen mich aufzulehnen ...“

Er führt den Satz nicht aus, und das ist auch gar nicht nötig.

Ich versuche mich von ihm loszureißen. Es gelingt mir nicht.

„Wenn du dich weigerst und ich Gewalt anwenden muss, wirst du das bitter bereuen.“

Das glaube ich ihm sofort.

„Bitte, ich kann das nicht. Ich kann da nicht rein.“

„Oh ich werde dich lehren, dass du mehr aushalten und mehr ertragen kannst, als du je für möglich gehalten hast.“

Die Sekunden verstreichen. Panisch betrachte ich die eisernen Stangen, die mich meiner Freiheit berauben werden. In einer herausfordernden Geste zieht er eine Augenbraue nach oben und ich weiß, dass mir die Zeit davonläuft.

Die Erinnerung an den Schmerz von letzter Nacht ist noch so frisch, dass sie mir die Entscheidung abnimmt. Noch mal halte ich es nicht aus, von ihm mit seinem Gürtel gezüchtigt zu werden.

Tränen rinnen mir über die Wange, ich atme tief durch und steige, nackt wie ich bin in den Käfig.

Das silberne Kissen, das auf dem eiskalten Boden liegt, hilft nicht gegen die Kälte, die mich überkommt.

„Gutes Mädchen. Nutze die Zeit, um über dein Verhalten nachzudenken. Erst wenn du ehrliche Reue zeigst, werde ich mir überlegen, wann ich dich wieder zurück in dein Zimmer lasse.“

Sein Blick gleitet über meine Brüste, an meinem Bauch hinab bis zu der Stelle, an der sich meine Schenkel verbinden.

Zum ersten Mal wird mir klar, dass ich all meiner Rechte beraubt wurde.

Marakoff wendet sich von mir ab, und macht Anstalten, mich alleine zu lassen. Erschrocken richte ich mich auf und schlinge meine zitternden Finger um die Gitterstäbe.

„Was machst du?“

Keine Ahnung wovor ich mich mehr fürchte. Davor hier einsam zurückgelassen zu werden, oder davor, ihn noch länger in meiner Nähe zu haben.

„Mich um meine Geschäfte kümmern, Mädchen.“

„Was für Geschäfte? Gibt es noch mehr Frauen, die du von Beast entführen lassen und einsperren willst?“

Zumindest habe ich ihn so weit gebracht, dass er sich langsam zu mir umdreht.

„Entführen? Nein. Beast hat letzte Nacht in einem meiner Bordelle für ein Blutbad gesorgt. Jetzt muss er für meine Verluste aufkommen.“

Ich traue meinen Ohren nicht. Dieses blöde Arschloch!

Es hat Beast wohl nicht gereicht mich in dem Flugzeug zu ficken, nein, er musste noch, nachdem er mich abgeliefert hat, zu einer Hure gehen.

Die Erkenntnis, dass ich für den Schwarzen Mann nur eine von vielen war, schlägt ein wie eine Bombe.

Gott ich bin so naiv!

Ich habe mir echt eingebildet, dass da etwas zwischen uns war ...

Da Marakoff mich aus zusammengekniffenen Augen beobachtet, bemühe ich mich um eine gleichgültige Mine.

„Was hast du mit ihm vor? Willst du ihn auch in einen Käfig sperren?“

„Nein. Wobei mir der Gedanke gut gefällt.“

Seltsamerweise finde ich ebenfalls Gefallen an der Vorstellung, dass Beast am Ende dasselbe Schicksal widerfährt wie mir.

Von dem eben Gehörten noch immer erschüttert, schweige ich dieses Mal, als der Russe sich daran macht, mich alleine zu lassen.

Die Tatsache, dass Beast, nach der Übergabe direkt zu einer Prostituierten gegangen ist, sollte mir eigentlich nicht so zusetzen ...

14. Kapitel

Beast

Marakoffs Geschäftsbereich nimmt die komplette oberste Ebene ein. Jede Türe, an der ich vorbeigekommen bin, ist durch Codes gesichert.

In den Ecken hängen Sicherheitskameras und alle paar Meter stehen Wachposten.

Wenn ich nicht mit solchen Sicherheitsvorkehrungen gerechnet hätte, wäre ich beeindruckt.

Nach dem Zwischenfall im *Danger Zone* wurde mir meine Waffe abgenommen, aber das beunruhigt mich nicht im Geringsten.

Erstens befindet sich an meinem rechten Knöchel ein Dolch und zweitens habe ich schon immer gerne mit bloßen Händen getötet.

Das Gefühl von brechenden Knochen hat etwas äußerst Stimulierendes.

Seit gut zehn Minuten sitze ich nun schon in einer Art Besprechungszimmer, genieße die Aussicht und warte auf das Auftauchen des Russen.

Er will mir seine Macht demonstrieren, indem er mich warten lässt – einfach lächerlich.

Erstens weiß ich, dass er diesen Tag nicht überleben wird, und zweitens ist ihm garantiert bewusst, dass er mir kämpferisch nicht gewachsen ist.

Entspannt nippe ich an dem *Whisky on the rocks,* den mir eine kleine Asiatin gebracht hat, und betrachte die unterschiedlichen

Schwarz-Weiß-Portraits, die an der gegenüberliegenden Wand angebracht wurden. Auf jedem der Fotos ist ein Mann abgebildet. Ich erkenne ihre Gesichter auf Anhieb.

Al Capone, Pablo Escobar, Carlo Gambino, John Gotti, Wan Kuok-Koi und Charles Luciano waren die berühmtesten und zugleich gefährlichsten Mafia-Bosse der Geschichte. Semjon Mogilewitsch, Taoka Kazuo, Meyer Lansky und Dawood Ibrahim haben ihre internationalen Imperien durch Waffenhandel, Glücksspiel, Prostitution und Drogenhandel aufgebaut.

Diese zehn Herren der Unterwelt waren die berüchtigtsten Gangster-Bosse aller Zeiten.

So wie ich Marakoff einschätze, erhofft er es sich, eines Tages in ihre Liga aufzusteigen. Zu dumm, dass ich fest entschlossen bin, das zu verhindern.

Erst als die bernsteinfarbene Flüssigkeit leer ist und die Eiswürfel zu schmelzen beginnen, taucht der Russe auf.
An seiner selbstverliebten Mimik kann ich ablesen, dass er von seiner Überlegenheit überzeugt ist.
Ich gönne ihm seinen Höhenflug und gebe mich unbeeindruckt.
„Wartest du schon lange?"
Bloody Hell! Wie sehr ich diese Spielchen verabscheue.
Marakoff ist über alles, was in seinem Tower passiert, informiert. Er kennt also die Antwort auf seine Frage längst.
„Nicht wirklich."
Allein das Wissen, dass er die letzte Nacht mit Claire verbracht hat, während ich mich an einer Bitch ausgetobt habe, lässt mich die Fäuste ballen.
Nachdem er sich einen Wodka eingeschenkt hat, setzt er sich mir gegenüber an den gläsernen Schreibtisch.
„Kommen wir direkt zur Sache, Beast. Der Vorfall im *Danger Zone* war äußerst unerfreulich. Willst du mir erklären, wie die Nutte an deine Waffe kommen konnte?"
Für den Bruchteil einer Sekunde spiele ich mit dem Gedanken, ihn zu belügen, dann beschließe ich jedoch, dass jetzt der perfekte Zeitpunkt gekommen ist, um Klartext zu reden.
„Ich habe sie ihr gegeben."
Die selbstgerechte Maske rutscht ihm aus dem Gesicht.
„Du hast was?"
„Sara war mit ihrem Los unzufrieden und daher habe ich ihr die Möglichkeit gegeben, etwas an ihrem Leben zu ändern."
Selbst für mich klingt meine Erklärung paradox.
Doch so war es nun mal.
Vor Wut schleudert der Russe seinen Wodka auf den Marmorboden. Das Glas zersplittert, die Scherben verteilen sich in der klaren Flüssigkeit. Eine Ader zeichnet sich deutlich auf seiner Stirn ab.
„Du schuldest mir 100 000 Dollar."
„Wie begründest du diese Summe."
In seiner Muttersprache fluchend steht er auf und sieht auf mich herab.
„Du hast vorsätzlich für den Tod zwei meiner Männer gesorgt. Dazu kommt der Verdienstausfall, den ich durch dich erlitten habe. Wegen deiner Idiotie habe ich eine frisch ausgebildete Rabynya verloren."
Ohne unseren Blickkontakt zu unterbrechen erhebe ich mich nun ebenfalls.

„Diese Nutte ist deine geringste Sorge. Ich bin nicht hier um mich mit dir über tote Sklavinnen zu unterhalten, sondern um dir einen Tauschhandel vorzuschlagen."

Skepsis blitzt in seinen Iriden auf.

„Was für einen?"

Sein Blick huscht zur Tür, so langsam scheint er zu verstehen, dass es gefährlich für ihn werden könnte.

„Du gibst mir Claire zurück und dafür gewähre ich dir einen schnellen Tod."

Mit gerunzelter Stirn schüttelt er den Kopf.

„Du musst völlig verrückt geworden sein, Beast."

Mag sein, dass er damit gar nicht so unrecht hat, doch das ändert nichts an der Tatsache, dass ich dieses Haus nicht ohne mein Mädchen verlassen werde.

„Wo ist sie, Marakoff? Wo hast du sie untergebracht?"

Kaum dass er realisiert, dass ich es ernst meine, stolpert er nach hinten, reißt die Schublade auf und zieht eine schwarze Halbautomatik hervor.

Nett. Aber das bringt meinen Puls nicht aus dem Takt. Die Zeiten sind längst vorbei. Ein genervtes Zischen ausstoßend, lasse ich meinen Arm vorschnellen, packe den Lauf der Waffe und betätige die Entriegelung, sodass ich seine Knarre mit wenigen Handgriffen in ihre Einzelteile zerlegen kann.

Bevor er dazu kommt den Abzug zu betätigen, ist die Waffe nicht mehr schussfähig.

„Enttäuschend. Vom selbst ernannten König von New York habe ich mehr erwartet."

„Das kannst du nicht tun. Denk an den Kodex, Beast. Wir hatten eine Vereinbarung, du standest in meiner Schuld."

Den Dolch aus dem Holster an meinem Knöchel ziehend streiche ich mit der Daumenkuppe über die scharfe Klinge.

„Ich habe mein Wort gehalten. Die Münze wurde ausgelöst und dem Kodex ist damit Genüge getan. Das hier ist eine völlig neue Angelegenheit."

Für eine Weile sehen wir uns einfach nur an.

„Du schaffst es niemals lebend aus dem Tower. Das ist dir doch bewusst."

„Wenn alle deine Männer so miserabel ausgebildet sind, wie die zwei, die Sara im *Danger Zone* erschossen hat, wird es ein Kinderspiel hier raus zu spazieren."

Vor Wut schlägt Marakoff mit der Faust so fest auf die Tischplatte, dass das Sicherheitsglas einen dicken Riss bekommt.

„Du riskierst dein Leben wegen einer Pussy? Ehrlich? Ich habe tausende von Sklavinnen, such dir eine aus und wir vergessen diesen unangenehmen Zwischenfall.“

Unangenehm? Zwischenfall? Nette Wortwahl!

„Genau darin liegt das Problem, Russe. Ich habe mir schon ein Mädchen ausgesucht.“

„Du wirst sie nicht bekommen. Nur über meine Leiche.“

Genau das war der Plan.

Marakoff wirft seinen Stolz über Board und eilt Richtung Türe.

Er kommt genau drei Schritte weit, dann verpasse ich seiner Kniekehle einen kraftvollen Tritt, sodass sein Bein einknickt und er längs auf den Boden schlägt.

„Deine Angst vor dem Tod ist der Grund, aus dem du niemals in die Liga von Al Capone, Pablo Escobar oder Carlo Gambino aufsteigen wirst. Du bist schwach und ängstlich. Für mich ist es ein Wunder, wie du es überhaupt geschafft hast, so viel Macht zu erlangen.“

Mühevoll steht er auf. Aus Respekt zu ihm beende ich dieses Trauerspiel, lege ihm die Klinge an den Hals und fordere ihn auf, mich zu Claire zu bringen.

„Ich kann dir nur raten, dass du Claire gut behandelt hast. Solltest du ihr Schaden zugefügt haben, werde ich dir alle Gliedmaßen einzeln abschneiden.“

Marakoff bricht der Schweiß aus.

Ich werte das als ein schlechtes Zeichen.

„Definiere *Gut*, Killer.“

Eine ungute Vorahnung breitet sich in mir aus.

„Wo ist sie? Bring mich zu ihr!“

Ihn vor mir her stoßend, schubse ich ihn zur Türe. Dort angekommen, packe ich ihn am Genick und presse die Spitze meines Dolches von hinten gegen seine Haut.

„Nur ein Stoß und ich schlitze dir die Niere auf.“

Er kennt sich gut genug aus, um zu wissen, dass das seinen Tod bedeutet. Er würde innerhalb weniger Minuten innerlich verbluten.

„Letzte Chance, Beast. Sobald wir durch diese Türe gehen, hast du dein Schicksal besiegelt. Noch gilt mein Angebot. Steck das Messer weg, such dir eine Sklavin aus und ich bin bereit, dir einen angemessenen Vorsprung zu lassen, ehe ich dir meine Männer hinterherschicke.“

Humor hat er ja, das muss ich ihm lassen.

Marakoff ist so von sich selbst überzeugt, dass er selbst jetzt, wo seine Atemzüge gezählt sind, noch glaubt, dass er hier das Sagen hat.

Um ihm zu verdeutlichen, wie falsch er damit liegt, lasse ich das Messer etwas nach vorne rucken, sodass es sich durch sein Hemd bohrt und seine Haut aufschlitzt.

Das erste Blut beginnt zu fließen, es werden noch viele Liter hinzukommen.

Sobald die im Flur postierten Wachposten sehen, in welcher misslichen Lage sich ihr Boss befindet, ziehen sie ihre Waffen und zielen auf meinen Kopf.

Was für Narren. Ich glaube keine Sekunde, dass sie genug Eier haben um abzudrücken, solange sich Marakoff in unmittelbarer Nähe ihres Schussfelds befindet.

„Auf den Boden legen! Die Hände auf den Rücken! Sofort!"

Zuerst zögern sie, erst als der Russe seinen Gorillas befiehlt, dass sie gefälligst tun sollen was ich will, nehmen sie die gewünschte Position ein.

Um kein unnötiges Risiko einzugehen, schnappe ich mir die Waffe von einem der Typen und puste ihm und seinem Kollegen die Köpfe weg.

Dank des montierten Schalldämpfers ist nur ein leises Ploppen zu hören.

„Falls du noch einen Zweifel daran hattest, dass ich bis zum Äußersten gehe – jetzt weißt du, wie ernst es mir ist!"

Bis auf Marakoffs hektische Atemzüge herrscht absolute Stille.

Die Machtdemonstration zeigt Wirkung.

Entschlossen endlich mein Mädchen zu sehen, drücke ich die Klinge noch etwas tiefer in Marakoffs Fleisch.

„Geh weiter!"

Ein paar Minuten und gut ein Dutzend Leichen später stoppen wir vor einer verschlossenen Türe. Der Russe drückt seinen Daumen auf das Touchfeld, was das Schloss mit einem Schnappen aufspringen lässt.

Mit einem Tritt lasse ich die Türe aufschwingen und erstarre, als ich Claire nackt, verheult und in einen verdammten Käfig eingesperrt vorfinde. Unbändige Wut rauscht durch meine Adern, bringt mein Blut zum Kochen und lässt mich rotsehen.

Instinktiv ruckt meine Hand vor und sorgt so dafür, dass sich der Dolch noch ein paar Zentimeter tiefer in einen vor Schmerz schreienden Marakoff bohrt.

„Dafür lasse ich dich leiden, du kranker Bastard!"

„Scheiße, Beast! Krieg dich gefälligst wieder ein. Sie ist nur eine wertlose Bitch!"

Die Klinge zurückziehend, nehme ich die Knarre und lasse den Griff mit aller Kraft auf seinen Hinterkopf sausen. Genau wie geplant sinkt der Russe bewusstlos zu Boden. Aus einer klaffenden Wunde rinnt etwas Blut, was mich nicht davon abhält ihm einen heftigen Tritt in die Rippen zu verpassen. Noch kann ich ihm nicht den Rest geben.

Die Betonung liegt auf noch.

Es kann sein, dass ich ihn dazu brauche, um Claire und mich lebend hier rauszubringen. Aber sobald das geschafft ist, werde ich es mir nicht nehmen lassen, ihn vom Hals bis zum Schwanz aufzuschlitzen. Nennt mich einen barbarischen Psychopathen, doch die Vorstellung, ihm das Herz aus der Brust zu reißen, berauscht mich geradezu.

Nach einem prüfenden Blick über meine Schulter, mit dem ich sichergehe, dass nicht noch mehr Wachen versuchen, ihren Anführer zu retten, wende ich mich endlich Claire zu. Aus weit aufgerissenen Augen starrt sie mich durch die vergoldeten Gitterstäbe an.

Ich kann nicht gerade sagen, dass sie sich darüber freut, mich wiederzusehen. Wenn ich raten müsste, würde ich eher tippen, dass sie wütend auf mich ist.

„Wie geht es dir, Babe?"

Ein Schnauben ausstoßend, verschränkt sie in einer kämpferischen Geste die Arme vor der Brust und bedeckt so ihre himbeerfarbenen Nippel.

Okay. Sie ist definitiv wütend.

„Eine wirklich beschissene Frage, wenn man den Umstand bedenkt, dass ich wie ein Vogel in einem verdammten Käfig sitze, meinst du nicht auch?"

Das unverkennbare Klicken einer gelösten Sicherung warnt mich. In letzter Sekunde lasse ich mich auf den Boden fallen und entgehe nur mit knapper Not dem an meiner Schulter vorbei surrenden Projektil. Schnell rolle ich mich auf die Seite, ziele und knalle die zwei anzugtragenden Bastarde ab.

Dieser paranoide Russe hat in Sachen Personal auf Quantität statt auf Qualität gesetzt.

Ein entsetztes Keuchen ausstoßend, rollt Claire sich zu einer Kugel zusammen und bedeckt ihr Gesicht mit den Armen. Sofort fallen mir die roten Striemen auf ihrer Rückseite auf.

Was hat Marakoff ihr nur angetan?

Das Wissen, dass ich zum Teil mit an ihren Verletzungen schuld bin, sorgt dafür, dass eine Welle Selbsthass über mir zusammenschlägt.

Ich hätte sie erst gar nicht an den König der Sklaven übergeben dürfen. Ich hätte einfach nur eine Ausnahme machen und ein Mal meine eigenen Regeln brechen sollen.

„Schhhhh Babe ... Ganz ruhig. Du musst keine Angst haben. Ich bin hier, um dich zu retten."

Schniefend setzte sie sich wieder auf.

„Du? Du bist der personifizierte Tod. Selbst wenn du mich hier rausholst, bin ich noch lange nicht gerettet! Nicht so lange du in meiner Nähe bist!"

Damit mag sie recht haben, doch das ändert nichts an der Tatsache, dass ich nicht in der Lage bin, sie freizulassen.

Im Gegensatz zu ihr weiß ich, wie böse die Welt da draußen wirklich ist. Die Wahrscheinlichkeit, dass sie, nachdem ich sie habe gehen lassen, schon an der nächsten Ampel auf den nächsten Gangster trifft, ist hoch.

Dieses Risiko kann ich einfach nicht eingehen ...

Ganz davon abgesehen bin ich einfach viel zu egoistisch, um auf ihre Nähe zu verzichten.

Selbst wenn mir der Höllenfürst selbst versichern würde, dass Claire ein glückliches und sicheres Leben bevorsteht, würde ich sie für mich beanspruchen.

Warum das so ist? Fuck! Ich habe keine Ahnung!

Alles was ich weiß, ist, dass ich dieses Mädchen für mich will und dass ich zu absolut allem bereit bin nur um sie zu bekommen!

Das Schloss, dass sie gefangen hält, prüfend, stoße ich einen lauten Fluch aus.

„Den Schlüssel trägt Marakoff bei sich. In seiner linken Hosentasche."

Den noch immer reglos daliegenden Russen durchsuchend, werde ich fündig.

Ungeduldig sperre ich den Cage auf und reiche Claire meine Hand.

„Komm schon, Babe. Wir müssen so schnell wie möglich von hier verschwinden."

Anstatt meine Finger zu ergreifen, weicht sie noch ein Stück von mir zurück.

„Shit! Was soll das?"

Gleich einer Königin, den Umstand, dass sie bis vor ein paar Minuten nichts weiter als die nackte und eingesperrte Rabynya eines größenwahnsinnigen Menschenhändlers war, vergessend, reckt sie ihr Kinn in die Höhe und sieht mich vernichtend an.

„Du warst bei einer Hure! Kaum dass du mich an den Teufel höchstpersönlich ausgeliefert hast, bist du zu einer Nutte gegangen und hast dir von ihr die Eier kneten lassen. Und jetzt willst du, dass ich dir vertraue, für dich aus dem Käfig steige und mit dir mitgehe? Was tust du, wenn ich mich weigere? Betäubst du mich dann wieder und verschleppst mich mithilfe eines Privatjets?“

Das Mädchen hat vielleicht Nerven. Jetzt ist wirklich der ungünstigste Zeitpunkt, um zu zicken.

„Ein verlockender Gedanke. Aber nein. Meine Pläne für dich sehen anders aus.“

Wenn Blicke töten könnten, würde ich längst leblos auf dem glänzenden Marmorboden liegen.

„Wie wäre es, wenn ihr fehlgeleiteten Machos einfach mal akzeptiert, dass wir Frauen nicht auf euch gestörte Kriminelle angewiesen sind und wir ganz gut ohne euch denken und existieren können?“

Wenn ich ehrlich sein soll ist die Vorstellung, sie einfach in dem verfickten Käfig zu lassen, gerade echt verlockend. Dumm nur dass ich dieses Mädchen mehr will als den nächsten Atemzug.

Also ignoriere ich meinen Zorn und lächle sie einfach nur nett an.

„Bist du jetzt fertig mit deinem Eifersuchtsanfall? Hör auf Feuer zu spucken kleiner Drache und akzeptiere, dass ich dir gerade deinen Arsch rette! Ich habe dieser Hure nichts getan, im Gegenteil ich habe ihr geholfen. Ihr Tod ist nicht mein Verschulden!“

Claire reckt mir ihren Mittelfinger entgegen, ignoriert meine noch immer ausgestreckte Hand und steigt aus dem Käfig.

„Und nur damit du es weißt, ich bin nicht eifersüchtig. Zwischen uns ist nichts! Rein gar nichts! Du ist ein Killer und ich bin ein Entführungsopfer. So einfach lässt sich unsere Beziehung definieren. Außerdem habe ich längst gehört, dass du in diesem Bordell ein Blutbad angerichtet hast. Glaube mir, ich bin heilfroh, dass ich nicht die arme tote Nutte bin, die deinen Besuch nicht überlebt hat.“

Holly Bullshit! Was glaubt Claire eigentlich, wer sie ist?

Im Augenwinkel sehe ich drei weitere von Marakoffs Männern auf uns zustürmen. Ich knalle sie ab und wende mich wieder dem undankbaren Mädchen, das mich gerade in den Wahnsinn treibt, zu.

Ohne ein Wort zu sagen, umfasse ich ihr Kinn, pinne meinen Mund auf den ihren und dringe mit meiner Zunge tief in sie ein. Keuchend wühle ich mich durch die samtene Höhle, zwinge sie regelrecht zu einer Reaktion.

Zuerst wehrt sie sich, was mich meinen Griff festigen lässt, doch nach nur wenigen Sekunden gibt sie nach, sinkt gegen meine Brust und erwidert den Kuss mit derselben Verzweiflung, die auch ich verspüre. Mehr Bestätigung brauche ich nicht.

Völlig egal was sie sagt, wie sehr sie zickt oder abstreitet, dass uns etwas verbindet, das ist alles nur Scharade, weil sie sich vor dem, was nun mit uns passieren wird, fürchtet.

Ich kann sie verstehen, es wird nicht immer leicht für sie werden, aber ich schwöre bei meinem Leben, das ich Claire bis zu meinem letzten Atemzug beschützen werde – zur Not auch vor mir selbst.

Unter der Aufbringung meiner gesamten Selbstbeherrschung reiße ich mich von ihr los.

„Du bist mein! Akzeptiere das, Claire."

Sie nickt atemlos und leckt sich die Lippen.

Meinen Blick über ihren entblößten Körper gleiten lassend, beiße ich die Zähne zusammen, ziehe mir mein Hemd aus und stülpe es ihr über den Kopf.

„Sorry, Babe. Etwas anderes habe ich gerade nicht zur Hand."

Ein „Besser als nackt!", murmelnd sieht sie zu dem gerade zu sich kommenden Russen.

„Was willst du mit ihm machen, Beast?"

„Zuerst wird er unser Ticket hier raus sein, dann bringe ich ihn um."

Die Waffe im Anschlag ziehe ich Marakoff auf die Beine, benutze ihn als menschliches Schutzschild und befehle Claire, dass sie dicht hinter mir bleiben soll.

„Dafür wirst du sterben, Schwarzer Mann. Das gibt Blutrache."

Es ist durchaus möglich, dass das keine leere Drohung ist, aber das wird sich zeigen.

Falls es tatsächlich jemanden gibt, der mich für Marakoffs Tod leiden lassen will, soll er ruhig kommen, ich bin allzeit bereit, mich zu verteidigen!

„Halt's Maul und geh zum Personalaufzug!"

Über die Leichen steigend biegen wir rechts ab, passieren eine silberne Feuerschutztüre und werden von drei mexikanisch aussehenden Wäscherinnen überrascht. Als sie die Waffe in meiner Hand sehen, beginnen sie sich ängstlich zu bekreuzigen.

Als ob sie das vor mir beschützen könnte ... diese Katholiken sind echt ein seltsames Volk. Ich rate ihnen schnell davonzulaufen. Mit fliegenden weißen Arbeitskitteln kommen sie dieser Aufforderung nur allzu gerne nach.

Für den Lift wird erneut Marakoffs Fingerabdruck benötigt. Nachdem dieser gescannt wurde, öffnen sich die Schiebetüren mit einem leisen Ping.

Na also, fast geschafft!

Irgendwie enttäuschend, ich habe mit deutlich mehr Komplikationen gerechnet!

Den Russen in die Kabine schupsend, bedeute ich Claire ebenfalls einzusteigen. Die Taste für das Erdgeschoss betätigend, warte ich ungeduldig darauf, dass sich der Aufzug in Bewegung setzt.

Gerade, als die Türen wieder langsam zugleiten, kommen mehrere Bewaffnete den Flur entlang auf uns zugeeilt. Die ersten Schüsse werden abgefeuert, verfehlen meinen Kopf nur um Haaresbreite.

Ohne mich lange mit dem Zielen aufzuhalten, reiße ich ebenfalls die Pistole hoch und drücke so oft ab bis nur noch ein leeres Klicken

ertönt – Fuck – das Magazin ist leer! Zu meinem Glück schließt sich der Aufzug und beginnt mit einem Ruck seine Abwärtsfahrt.

„Scheiße, das war knapp!"

Claire klingt heiser und verängstigt. Wenn man bedenkt, was sie in den letzten 48 Stunden alles erlebt hat, ist es sowieso ein Wunder, dass sie sich so tapfer hält.

So manche Frau hätte sicherlich längst einen Nervenzusammenbruch erlitten.

„Aye, das war es. Aber keine Sorge, wir haben es fast geschafft!"

Ein freudloses Lachen ausstoßend, windet sich der Russe aus meinem Griff und sieht mich hasserfüllt an.

„Selbst wenn es euch gelingen sollte, aus dem Tower zu kommen, seid ihr noch lange nicht in Sicherheit. Meine Männer werden euch verfolgen, sie werden euch jagen und töten. Es gibt kein Entkommen für euch – eure Tage sind gezählt."

Sein Blick huscht zu Claire rüber, die dank des Adrenalins, das durch ihren Kreislauf rauscht, zu zittern angefangen hat.

„Das Beast und die Hure! Für mich klingt das wie ein billiger

Japsen-Porno. Hoffentlich lassen sie euch leiden. Ich will, dass eure schmerzerfüllten Schreie durch die Straßen meiner Stadt hallen und eure Leichen den Ratten zum Fraß vorgeworfen werden."

Mir gehen seine Drohungen am Arsch vorbei. Für mich sind das nur die Wörter eines geschlagenen Mannes, der auf die Vollstreckung seines Todesurteils wartet.

Claire geht es da anders. Ein entsetztes Keuchen entringt sich ihrer Kehle, sie weicht soweit zurück, bis sie mit dem Rücken zur Wand steht.

Entschlossen das Arschloch zum Schweigen zu bringen, hole ich aus und lasse meine Handkante mit voller Kraft gegen Marakoffs Gurgel krachen. Durch die Wucht wird seine Luftröhre zusammengedrückt, sodass er grunzend zusammenbricht.

Entsetzt hält er sich den Hals und japst wie ein Fisch auf dem Trockenen nach Sauerstoff. Ich schenke ihm keine weitere Beachtung, sondern packe mein Mädchen an ihren schmalen Schultern und befehle ihr mich anzusehen.

„Lass dich nicht einschüchtern. Dieser Mann hat keine Macht mehr über dich. Er hat alles verloren und das weiß er. Niemand wird ihn rächen, niemand wird uns jagen. Sie werden alle viel zu sehr damit beschäftigt sein, sich um seine Nachfolge zu prügeln."

Blinzelnd kämpft sie gegen die Tränen an, die ihr aus den Augenwinkeln rinnen.

„Sicher?"

Ich nicke und hauche ihr einen Kuss auf die Stirn.

„Aye, versprochen!"

Der zu unseren Füßen liegende Russe gibt ein abfälliges Geräusch von sich. Ich bringe ihn, in dem ich ihm in den Bauch trete, zum Schweigen.

Erst als sich mein Mädchen wieder etwas beruhigt hat, befehle ich ihr, sich so nah es geht links an die silberne Aufzugwand zu stellen.

Sie sieht mich zwar verwirrt an, tut jedoch sofort was ich sage.

Was eine echte Premiere ist, bisher hat sich Claire nicht gerade als besonders fügsam gezeigt.

Das muss am Schock liegen.

In wenigen Augenblicken werden wir im Erdgeschoss ankommen. Und Fuck! Ich habe keine Ahnung, was uns dort erwartet.

Da wo sich Claire jetzt befindet, ist sie, wenn sich die Lifttüren wieder öffnen, hinter dem kurzen Stück Kabinenwand verborgen aus dem die Schiebetüren gleiten. Die Tatsache, dass ich sie soweit wie möglich von mir entfernt postiert habe, sollte dafür sorgen, dass sie nicht von einer Kugel getroffen wird, die eigentlich für mich bestimmt ist. Ich habe keine Munition mehr. Weiß nicht wie viele Typen sich mir unten entgegenstellen werden und kann an nichts anderes denken, als dem Mädchen, das selbst misshandelt und in dem viel zu großen Hemd von mir schöner aussieht als jedes verfickte Top-Model, den Arsch zu retten.

Bloody Hell!

Endlich bekommt diese Aktion die Dramatik, die nötig ist, um meinen Puls in die Höhe schnellen zu lassen.

„Tik ... Tak ... Tik ... Tak ... Du bist angezählt, Beast. In wenigen Sekunden werden dich meine Männer mit Blei vollpumpen. Und dann ist der einst so legendäre Schwarze Mann nur noch Geschichte!"

Bevor ich etwas erwidern kann, stürmt Claire blitzschnell auf Marakoff zu und verpasst ihm eine schallende Ohrfeige. Anschließend geht sie vor ihm in die Hocke und sieht ihm tief in die Augen.

„Ich will, dass du eins weißt, Russe. Selbst wenn Beast gleich von deinen Männern erschossen wird, hat er etwas erreicht, was du niemals schaffen wirst ..." Sie macht eine dramaturgische Pause und grinst mich schief an ehe sie weiterspricht.

„... Er hat mich gefickt. Er hat sich so tief in mich gestoßen, dass ich ihn angebettelt habe mich kommen zu lassen. Die ganze Zeit über hat er mich also mehr besessen, als du es jemals tun wirst!"

Kaum dass sie fertig geredet hat, will Marakoff sich auf sie stürzen. Bevor er ihr jedoch zu nahe kommen kann, bleibt die Kabine mit einem Ruck stehen und die Türen gleiten mit einem Ping auseinander. Noch bevor der erste Schuss ertönt, versteckt sich Claire wieder hinter der Wand und mir gelingt es gerade noch so, den Russen zu packen und seinen Körper als Schutzschild zu benutzen.

Genau wie erwartet eröffnen die Wachleute das Feuer, noch bevor sie überhaupt wissen auf wen sie zielen.

„Das passiert, wenn man Anfänger und Möchtegern-Revolverhelden als Sicherheitspersonal verwendet!"

Marakoffs Körper wird durchsiebt. Durch die Wucht der Einschläge zuckt sein Leib, als würde er unter Strom stehen.

Als die Bastarde endlich kapieren, dass sie ihren eigenen Chef hingerichtet haben, stoppt der Kugelhagel und die drei Idioten sehen sich entsetzt an.

Ich nutze ihre Irritation, ziehe meinen Dolch und schleudere ihn mit voller Wucht durch die Luft, sodass sich die Klinge bis zum Heft in das Herz des in der Mitte stehenden Mannes bohrt.

Seine Augen weiten sich erschrocken, er taumelt mehrere Schritte in meine Richtung, dann fällt er tot um.

Seine Maschinenpistole gleitet ihm aus den erschlafften Händen, rutscht über den Boden direkt vor meine Füße.

Jetzt oder nie! Marakoffs Leiche von mir stoßend, bücke ich mich nach der Waffe, und knalle die zwei verbliebenen Idioten ab.

Echt unglaublich ...

Was hat Marakoff dazu bewogen, solche Amateure einzustellen?

Ohne meinem hysterisch schreienden Mädchen Beachtung zu schenken, stürme ich aus dem Lift und checke die Umgebung.

Bis auf eine Handvoll Putzfrauen, die kreischend davonrennen, einem Chauffeur, der sich hinter einer schwarzen Limousine versteckt und einem Wachmann, der freiwillig seine Knarre auf den Boden legt und die Arme in die Luft hebt, ist niemand zu sehen.

Sehr schön ...

Mir das Gewehr unter den Arm klemmend, mache ich mich auf den Weg, mein Mädchen einzusammeln.

Es wird Zeit, von hier zu verschwinden!

Irgendwo in diesem Gebäude befinden sich sicherlich noch zwei bis drei Dutzend bewaffnete Gorillas, die ihren Lebenslauf nur zu gerne damit schmücken würden, dass sie mich – den Schwarzen Mann – erwischt haben.

Aber diesen Gefallen werde ich ihnen gewiss nicht tun.

Jetzt wo es mir gelungen ist, mir Claire zurückzuholen, gibt es nur eine Art und Weise, auf die ich diese Welt freiwillig verlassen werde.

Und die ist unter ihr liegend, mein Schwanz tief in ihrer Pussy vergraben nach einem wilden, harten und gnadenlosen Fick.

15. Kapitel

Claire

Wie betäubt lasse ich mich von Beast über den Hinterhof ziehen, an verwirrt wirkenden Zivilisten vorbei bis zu einem schwarzen Mustang.

Ich weiß auf den ersten Blick, dass es sich dieses Mal um keinen Leihwagen handelt.

Dieser 429 Fastback ist Sex auf vier Reifen und passt perfekt zu dem Mann, dem er gehört. Nachdem er mir die Beifahrertüre geöffnet hat, fordert er mich auf einzusteigen.

Vielleicht sind meine blank liegenden Nerven schuld, vielleicht aber auch die Tatsache, dass sein Gesicht mit Blutspritzern übersät ist.

Aber kaum, dass er mich in den Wagen hineinschubsen will, überkommt mich ein heftiger Flashback. Plötzlich stehe ich nicht mehr hier in New York, sondern befinde mich wieder in Seattle und werde gerade von ihm entführt.

Blankes Entsetzen sucht mich heim, ein heftiger Schauer lässt mich erbeben und meine Zähne schlagen klappernd aufeinander.

„Nein!“ Energisch schüttle ich den Kopf. „Nein, ich kann das nicht!“

Beast mustert mich eindringlich.

„Was kannst du nicht, Claire?“

„Mit dir mitgehen.“

Ein wildes Knurren ausstoßend, fährt er sich mit den Händen durch seine kurzen schwarzen Haare und zieht so fest an ihnen, dass es wehtun muss.

„Echt Babe? Sind wir jetzt wieder an diesem Punkt angekommen? Ich dachte, diese Diskussion hätten wir schon durch.“

Schweiß strömt mir aus allen Poren, ich kann kaum noch atmen. Instinktiv weiche ich einen Schritt vor ihm zurück.

Der Ausdruck in seinen eisblauen Augen verhärtet sich.

Lieber Gott steh mir bei ...

Gerade als ich losrennen will, wickeln sich seine langen Finger unnachgiebig um mein Handgelenk.

„Glaube mir, Claire. Das solltest du lieber sein lassen. Du willst nicht erleben, was ich mit dir mache, wenn ich dir erneut hinterherjagen muss.“

Immer mehr Menschen werden auf uns aufmerksam.

„Lass mich gehen, Beast. Bitte!“

Er sagt nichts, das ist auch gar nicht nötig. Ich kann die Antwort in seiner Mimik ablesen.

„Es wird nicht mehr lange dauern, bis es hier von Marakoffs Leuten nur so wimmelt. Wenn du dir nicht doch noch eine Kugel einfangen willst, dann steig jetzt in den verdammten Wagen!"

Mir fehlt nicht nur die Kraft, um gegen Beast anzukämpfen, sondern mir fehlen auch die Worte, die ich ihm eigentlich an den Kopf werfen will.

Kein Wunder, wenn man bedenkt, dass ich erst entführt, dann betäubt und anschließend in einem Jet hierhergeflogen wurde, in dem ich, während ich unter den Nachwirkungen des Narkotikums gelitten habe, den besten Sex meines Lebens hatte. Anschließend wurde ich an einen psychopathischen Menschenhändler ausgeliefert, der mich mit seinem Gürtel ausgepeitscht und dann wie einen Vogel in einen goldenen Käfig gesperrt hat.

Als ich nicht reagiere, sondern einfach nur schweigend seinen Blick erwidere, beugt er sich, ohne mich loszulassen, in das Auto, öffnet das Handschuhfach und zieht eine Spritze hervor, in der sich eine klare Flüssigkeit befindet.

„Oh nein, nicht ..."

Mit den Zähnen zieht er die rote Verschlusskappe ab, und pinnt mich mit dem Rücken gegen den Wagen.

„Du lässt mir keine andere Wahl, Babe."

Ehe ich noch etwas erwidern oder ihn davon abbringen kann, mich erneut zu betäuben, drückt er die spitze Nadel in meinen Oberarm. Das Mittel entfaltet innerhalb weniger Atemzüge seine Wirkung.

Mein Sichtfeld engt sich ein, meine Glieder werden schwer und meine Beine geben nach.

„Du hast gesagt, du bist gekommen, um mich zu retten, du hast gelog..."

Ich schaffe es nicht, den Satz zu Ende zu sprechen, ehe mich eine bleierne Dunkelheit in ihren Sog zieht. Wie durch Watte spüre ich, wie ich hochgehoben werde, dann bekomme ich nicht mehr mit, was mit mir geschieht.

Als ich das nächste Mal meine Augen öffne, liege ich in einem Bett und obwohl mir sofort klar ist, dass ich mich nicht in einem Flugzeug befinde, fühlt es sich an wie ein Déjà-vu.

Meine Augenlider sind nicht so schwer wie beim letzten Mal und auch mein Hirn nimmt seine Funktion schneller wieder auf.

Woran das wohl liegt? Vielleicht gewöhnt sich mein Körper ja langsam daran, in regelmäßigen Abständen ausgeknockt zu werden.

Ein schrecklicher Gedanke ...

Desorientiert stütze ich mich auf und setze mich hin.

Ich befinde mich in einem fast leeren Zimmer. Die schwarze Bettwäsche ist weich und riecht nach dem Mann, der wie ein Dämon in mein Leben gestürzt und seitdem fest entschlossen ist, mich in den Wahnsinn zu treiben.

Neugierig sehe ich mich um, und entdecke Beast, wie er auf der anderen Seite des Raumes in einem Stuhl sitzt und mich aus zusammengekniffenen Augen beobachtet.

In seinen Fingern balanciert er, wie sollte es auch anders sein, einen halb gefüllten Whisky-Tumbler.

Die tintenverzierte Haut seiner Hand fasziniert mich jedes Mal aufs Neue.

Bisher habe ich mich nicht getraut, ihn zu fragen, was die unterschiedlichen Symbole bedeuten.

„Willkommen zurück, Babe."

Er trägt ein frisches schwarzes Hemd, seine Haare sind feucht, er muss geduscht haben, und seine langen Beine stecken in einer locker sitzenden Jeans.

Obwohl ich echt schrecklich wütend auf ihn bin, kann ich nicht umhin festzustellen, wie verdammt sexy seine düstere Art ist.

„Hättest du mich nicht zurück nach Seattle bringen können?"

An seinem Whisky nippend, bedenkt er mich mit einem wölfischen Grinsen.

„Dafür war die Dosis, die ich dir injiziert habe, zu gering."

Für eine Weile schweigen wir.

„Ist das dein Zuhause?"

Er deutet ein Nicken an.

„Das ist eine meiner Wohnungen."

Seine Formulierung irritiert mich.

Wie viele Immobilien hat er denn?

Die Killerbranche scheint ja ziemlich lukrativ zu sein.

„Was passiert jetzt mit mir?"

Vor lauter Angst vor dem, was ich gleich hören werde, wird mein Herz eiskalt. Um die unangenehme Kälte zu vertreiben, reibe ich mir mit den Handballen über den Brustkorb.

„Was möchtest du, das passiert? Ich wünsche mir durchaus, dass du dich an unserer Zukunftsplanung aktiv beteiligst."

Wie nett ...

„Was ich möchte? Ich will zurück nach Seattle, in mein Zuhause und in mein Leben. Wenn es nach mir geht, würde ich gerne auf einen Knopf drücken und die vergangenen 36 Stunden einfach löschen. Dich inbegriffen!“

Keine Ahnung ob ich es zu weit getrieben habe, aber na ja, er hat gefragt.

„Dir ist schon bewusst, dass ich gerade alles riskiert habe, um dich zu retten? Es können nicht viele Frauen von sich behaupten, dass jemand für sie einen der mächtigsten Männer des Landes getötet hat.“

Genervt verdrehe ich die Augen.

Wenn er das so sagt, klingt das so edel.

„Versuchst du gerade tatsächlich, dich als den tapferen Prinzen hinzustellen, der mich vor dem bösen Schurken gerettet hat? Das ist lachhaft, Beast. Wir wissen beide, dass ich überhaupt erst durch dich in Gefahr geraten bin.“

Einen Finger von dem Glas lösend, winkt er mit diesem nonchalant meinen Einwand ab.

„Falsch! Du warst die kompletten letzten Jahre in Gefahr. Du warst nur schlau genug, Marakoffs Häschern immer einen Schritt voraus zu sein. Was meinst du, wie lange wäre das noch gut gegangen? Ein paar Monate, vielleicht noch ein Jahr? Dieser Russe wollte dich, er wollte dich so sehr, dass er dafür sogar seine Schuldmünze geopfert hat. Sei dem Schicksal also dankbar dafür, dass du so eine fatale Wirkung auf mich hast, unter anderen Umständen hätte diese Geschichte für dich noch viel schlimmer enden können.“

Meint er das echt ernst?

„Von was für einer Münze sprichst du da eigentlich?“

Das Betäubungsmittel löst ein dumpfes Pochen hinter meinen Schläfen aus. Mit den Fingerspitzen über meine Schläfen streichend, versuche ich dieses zu vertreiben.

Geschmeidig wie ein Raubtier erhebt er sich und setzt sich zu mir an die Bettkante.

Einen Schluck von der goldenen Flüssigkeit nehmend, liebkost er federleicht die empfindliche Stelle unter meinem Ohrläppchen.

„Ich habe dir schon im Jet gesagt, dass du kein normaler Auftrag für mich warst. Das war durchaus ernst gemeint.“

Ein beinahe melancholischer Ausdruck legt sich auf seine markanten Gesichtszüge.

„Erklär es mir.“

Für einen Moment scheint er über meine Bitte nachzudenken, dann leert er das Glas und holt tief Luft.

„Vor einiger Zeit hatte ich den Auftrag erhalten, eine Person zu eliminieren, die im Fokus der Öffentlichkeit gestanden hat. Das FBI hatte damals anscheinend einen Tipp bekommen und so saß ich, nachdem ich den Job erledigt hatte, in der Falle. Ohne die Hilfe des Russen hätten mich die Cops damals erwischt. Ich stand also in seiner Schuld. In meinem Business gibt es für solche Fälle keine Verträge oder Ähnliches, sondern sogenannte Schuldmünzen."

So langsam setzen sich die verschiedenen Teilchen in meinem Kopf zusammen.

Beast nimmt sich meine Hände und lässt sie in seinen viel größeren verschwinden.

„Du musst wissen, dass man keine Wahl hat. Wenn der Inhaber der Münze dir einen Auftrag erteilt, mit dem du deine Schuld begleichen sollst, dann musst du diesen annehmen. Das ist die Krux an dieser Sache."

Das alles klingt ziemlich heftig. Ich nicke, weil ich verstanden habe, was er mir damit sagen will.

„Und Marakoff wollte mich."

Ein trauriges Lächeln umspielt seine Lippen.

„Ja, um jeden Preis. Am Anfang konnte ich nicht verstehen, warum er diese Münze wegen eines Mädchens einlöst. Er hätte einfach alles von mir verlangen können ... Doch dann, als ich dich in Seattle beobachtet habe, konnte ich ihn verstehen. Du bist anders, Claire. Du bist etwas Besonderes. Du lässt Männer wie ihn und mich – Männer die nur Dunkelheit und Düsternis kennen – das Licht sehen."

Zum ersten Mal seit ich ihm begegnet bin, erlaubt mir dieser sonst so knallharte Killer einen Blick in sein Inneres.

„Ich bin für dich das Licht?"

„Aye, Babe. Du hast mir gezeigt, wie hell es sein kann. Wenn ich dich freigebe, verschlingen mich die Schatten ein für alle Mal."

Wow! Was um alles in der Welt soll ich darauf sagen?

Dem Verlangen, ihn schmecken zu wollen, nachgebend, umfasse ich sein Gesicht, ziehe es zu mir heran und pinne meine Lippen auf die seinen. Sanft und so federleicht wie nur irgend möglich schiebe ich meine Zungenspitze in seinen Mund und koste sein herbes Aroma.

Wie kann es sein, dass ich dieses Beast einerseits fürchte und andererseits begehre?

Es ist verrückt – ich bin verrückt – das Leben ist verrückt.

Er tut es mir gleich und versucht ebenfalls zärtlich zu sein.

Auf gewisse Weise ist das hier unser erster richtiger Kuss.

Seine Finger streichen an meinem Hals hinab, über meine Schulter bis zu meinen Brüsten. Ein Keuchen entweicht mir, ich biege den Rücken durch, um ihm noch etwas näher sein zu können.

„Du kannst nicht einerseits von mir verlangen, dich freizugeben, und mich andererseits so küssen. Deine Taten strafen deine Worte lügen, Mädchen."

Beasts geflüsterte Worte lassen mich erschaudern.

„Was, wenn ich selber gar nicht weiß, was ich will? Ich fürchte mich davor, mich auf dich einzulassen, und dennoch sehne ich mich nach deinen Händen auf meiner Haut. Nach deinen Berührungen und dem trügerischen Gefühl der Zusammengehörigkeit, das ich immer dann verspüre, wenn ich in deinen Armen liege."

Die Zeit scheint plötzlich stillzustehen. Wir sehen uns einfach nur an, atmen die Luft des anderen und lassen zu, dass sich ein unsichtbares Band zwischen uns legt, das einfach alles verändern wird.

„Du musst mich nicht fürchten, Claire. Die ganze Welt muss das, aber du nicht."

Gott, ich würde ihm so gerne glauben.

„Woher soll ich wissen, dass das die Wahrheit ist?"

Er überlegt kurz, dann befiehlt er mir, dass ich auf seinen Schoß krabbeln soll.

Erst zögere ich, doch dann tue ich, was er von mir will – was habe ich schon zu verlieren?

Mit großen Schritten trägt er mich durch einen geräumigen Flur bis in ein minimalistisch eingerichtetes Wohnzimmer.

Ich entdecke bis auf eine Sitzecke, Stühle und einen Designer-Glastisch keine Möbel. Was ich allerdings sehr wohl sehe, sind die unzähligen Waffen, die sauber aufgereiht auf der Glasplatte liegen und neben denen sich braune Schachteln stapeln, in denen sich Munition befindet.

„Ach du heilige Scheiße!"

Beast schmunzelt über meine Reaktion.

„Wie du siehst, war ich bereit bis zum Äußersten zu gehen, um dich zurückzukriegen."

So kann man das auch nennen ...

Er dreht sich zur Seite, sodass ich nicht sehen kann, was er in die Hand nimmt. Dann setzt er sich mit mir auf das Sofa und tackert mir einen schnellen Kuss auf den Mund.

Seine rechte Hand zwischen uns legend, sucht er meinen Blick. Langsam, sodass er damit meine Aufmerksamkeit auf sich zieht, öffnet er seine Finger und präsentiert mir eine goldene Münze.

Fasziniert starre ich auf die ungewöhnliche Prägung.

Eine schlanke Frau mit angedeuteten asiatischen Gesichtszügen, die einen langen Rock trägt, ist auf ewig in das Edelmetall gestanzt worden. Eine Art Kopfschmuck ziert ihr Haupt – sie ist wunderschön. Obwohl man nur Umrisse erkennen kann, strahlt die Tänzerin eine unglaubliche Anmut aus.

„Das ist sie?“

Beast nickt.

„Ja. Diese Münze hat mich dazu gezwungen, dich ausfindig zu machen, und ihr habe ich es zu verdanken, dass du jetzt mein bist.“

Zögerlich streiche ich mit der Spitze des Zeigefingers über die Erhebungen.

„Was passiert jetzt mit ihr?“

„Ursprünglich hatte ich vor sie einzuschmelzen. Jetzt hingegen ...“

Er greift neben sich, auf einmal hat er einen kleinen, kunstvoll verarbeiteten Dolch in der Hand. Lag der schon die ganze Zeit da?

Ich weiß es nicht.

„Was ... was hast du vor?“

„Ich leiste dir einen Blutschwur.“

Waaaasssss?!?!?!

Mein Verstand produziert rot blinkende Warnzeichen und wirft diese mit aller Kraft gegen mein Großhirn.

Sich meine Hand nehmend, dreht er sie so um, dass er mir die Münze in die Handfläche legen kann. Das Gold ist dank seiner Körperwärme ganz warm.

Wie paralysiert beobachte ich, wie er mit der scharfen Spitze der Klinge durch seine Handinnenfläche fährt. Rote Tropfen kommen zum Vorschein, Beast verzieht keine Miene. Dieser Mann scheint keinen Schmerz zu verspüren, was echt unheimlich ist.

Ungläubig und mit rasendem Puls sehe ich dabei zu, wie er seine blutende Hand auf die meine presst, sodass die Münze zwischen ihnen verborgen ist.

Die Finger seiner freien Hand in meinen Haaren vergrabend, zieht er meinen Kopf so nah zu sich, dass sich meine Welt nur noch auf ihn fokussieret.

„Claire Carter, ich schwöre dir bei meinem Blut, dass ich dich ab jetzt und für alle Zeit beschützen werde. Du bist der Grund meiner Existenz. Ich werde über dich wachen, dich glücklich machen und für dich sorgen. Von nun an bis zum Ende meines Lebens ...“

Der Moment ist so intim, dass mir die Tränen kommen.

Plötzlich ist es völlig unwichtig, dass wir uns kaum kennen und dass er im Grunde genommen mein Entführer ist. Alles was zählt, ist, dass ich Beast ohne zu zögern glaube, dass er diesen Schwur absolut ernst meint.

Seit dem Tod meiner Mutter war ich immer allein und immer auf der Flucht. Mein Herz sehnt sich so sehr danach, geliebt zu werden, dass es sogar bereit ist, sich auf diesen Killer einzulassen.

Unsere Finger sind fest miteinander verschlungen. Ich kann sein Blut spüren, das meine Haut benetzt.

Vielleicht wäre jetzt der Augenblick, um etwas Liebes und Romantisches zu sagen, doch das war noch nie meine Stärke.

„Wir kennen uns doch gar nicht, Beast. Alles was ich über dich weiß, ist, dass du dein Geld damit verdienst, Menschen das Leben zu nehmen. Und das ist echt heftig!"

Falls ihn meine Reaktion enttäuscht, lässt er es sich nicht anmerken.

„Ich habe schon längere Zeit darüber nachgedacht aufzuhören, vielleicht ist jetzt der richtige Zeitpunkt dafür gekommen."

Dazu wäre er bereit? Das würde er für mich tun? Warum?

„Wieso bist du so überzeugt davon, dass ich die Richtige für dich bin?"

„Instinkt, Babe. Mein ganzes Leben höre ich schon auf meinen Instinkt und der sagt mir, dass du die Eine bist, nach der ich schon seit einer Ewigkeit Ausschau gehalten habe."

So gern ich es auch tun würde, aber ich kann nicht leugnen, dass ich genau wie er diese Anziehungskraft zwischen uns spüre.

Als ich erfahren habe, dass er zu dieser Nutte gegangen ist, bin ich vor Eifersucht fast gestorben.

Irrational ich weiß, aber dennoch war es so.

Die Tatsache, dass hier keine Frage im Raum steht, sondern dass Beast schon entschieden hat, dass ich bei ihm bleibe, spielt mir im Augenblick in die Hände.

Denn ich bin innerlich so zerrissen, dass ich keine Ahnung habe, wie ich mich entscheiden soll.

„Lass mir ein Schlupfloch, bitte ..."

Gnadenlosigkeit spiegelt sich in seinen Iriden.

„... Nur ein kleines. Ich muss wissen, dass die Chance besteht, ein normales Leben führen zu können. Ich will irgendwann nach Seattle zurück. Bitte Beast ..."

Geräuschvoll ausatmend haucht er mir einen Kuss auf die Stirn und blickt auf unsere noch immer miteinander verwobenen Hände.

„Sobald ich herausgefunden habe, welche Auswirkungen der heutige Tag für uns hat, fahren wir nach Seattle. Wir können uns dort ein Haus kaufen, du hast recht, die Stadt ist schön. Viel Natur und viele Wälder."

Als er von den Wäldern zu sprechen beginnt, starre ich ihn entsetzt an.

„Warum sollte sich ein Auftragskiller für die Natur interessieren?"

Anstatt wegen meiner Vorurteile wütend zu werden, beginnt er nur lauthals zu lachen.

„Oh Claire, du hast viel zu viele Klischees im Kopf."

Durchaus möglich. Kaum dass er wieder ernst geworden ist, gibt er mir einen Kuss.

„Ich meine es ernst. Wenn du nach Seattle willst, bringe ich dich dorthin. Ich habe dir vor wenigen Augenblicken geschworen, dass ich dich glücklich machen werde. Schon vergessen? Aber ich habe eben auch den Schwur geleistet, dass ich dich beschützen werde, und darum muss ich erst in Erfahrung bringen, ob tatsächlich jemand Marakoffs Tod rächen will."

Das klingt einleuchtend.

„Wie geht es jetzt weiter?"

Sanft streift er mir mit den Fingern durch die Haare.

„Wie wäre es mit einer gemeinsamen Dusche? Ich muss mir deine Verletzungen ansehen und sie versorgen. Danach besorge ich uns etwas zu essen."

Mein Magen knurrt zustimmend.

Den Konflikt in meinem Inneren auf Eis legend, beschließe ich, Beast einfach einen Vertrauensvorschuss zu gewähren.

Was habe ich auch für eine andere Wahl?

Langsam löst er seine Hand von der meinen, sofort fällt mein Blick auf die blutverschmierte Münze.

„Die gehört jetzt dir, Claire."

Ich nehme sie mir und lege sie auf den Couchtisch.

„In gewisser Weise gehörst *du* jetzt mir, das ist dir doch hoffentlich klar?"

An seinen Mundwinkeln zupft ein Lächeln.

„Nicht nur in gewisser Weise, Babe."

Dank diesem düsteren und gefährlichen Mann muss ich nie wieder verängstigt über meine Schulter blicken. Marakoff ist tot und ich bin endlich frei ...

Die Erleichterung, die mich überkommt, lässt mich erschaudern.

Endlich ist das Monster, vor dem ich mich all die Jahre gefürchtet habe, tot. Und wenn es auch nur den Hauch von Gerechtigkeit gibt, dann schmort es auf ewig in der Hölle.

„Deine Stirn runzelt sich, hör auf dir Sorgen zu machen, Süße."

Mit diesen Worten hebt er mich hoch und trägt mich in ein edel ausgestattetes Badezimmer. Nachdem er das Wasser aufgedreht hat, zieht er mir das Hemd über den Kopf und fordert mich auf, mich umzudrehen.

Widerwillig tue ich, was er von mir verlangt.

Sein zischend ausgestoßenes „Bloody hell!", hallt von den gefliesten Wänden wider.

„Dieser Wichser kann froh sein, dass er längst tot ist. Ich hätte gerade gute Lust, mich stundenlang mit ihm zu beschäftigen."

Federleicht, sodass ich seine Berührung kaum spüren kann, streicht er mit seinen Fingern über die roten Striemen.

„Was hat er dir noch angetan? Hat er dich vergewaltigt?"

Das letzte Wort würgt er gerade so hervor.

Ich schüttle den Kopf.

„Nein. Marakoff war der Meinung, dass ich mir seinen Schwanz erst verdienen muss."

Beasts „Gott sei Dank!", drückt pure Erleichterung aus.

Er beginnt damit, sich ebenfalls auszuziehen. Bewundernd lasse ich meine Augen über jeden Zentimeter seiner straffen Haut gleiten. Muskeln so weit das Auge reicht ...

Dieser Killer ist schon ein beeindruckender Anblick und er gehört mir. Besitzergreifend schlingt er mir seine Arme um die Taille, hebt mich hoch und stellt sich mit mir zusammen unter den Wasserstrahl.

Als die ersten heißen Tropfen über meinen Hintern rinnen, zucke ich gepeinigt zusammen. „Autsch!"

Beast raunt mir verschwörerisch zu, dass der Schmerz gleich nachlassen wird, und streichelt mir über die Schultern.

Es ist unglaublich, wie zärtlich er sein kann.

Er hat recht, es vergehen ein paar Minuten, aber das Brennen wird weniger, ehe es ganz aufhört. Fürsorglich beginnt er, meine Haare einzushampoonieren, massiert mir die Kopfhaut, spielt mit meinen Nippeln und lässt meinen Puls in die Höhe schnellen.

Mir ist klar, was er da macht, er verführt mich und sorgt so dafür, dass der Schrecken der vergangenen Stunden von mir weicht.

Mit geschickten Händen seift er mich ein, stimuliert meine Klitoris und küsst mich stürmisch. Als wir endlich sauber sind, kann ich an nichts anderes mehr denken als daran, ihn endlich tief in mir zu spüren.

„Bitte Beast, nimm mich!“

„Nicht so ungeduldig meine Schöne.“

Mir zuzwinkernd steigt er aus der Dusche, trocknet sich ab, wickelt mich anschließend in ein flauschiges Handtuch und beginnt vorsichtig, meine Haare zu bürsten. Beast erfüllt seinen Blutschwur, indem er sich um mich kümmert. Und obwohl es zwischen meinen Schenkeln gierig pocht, genieße ich es, so umsorgt zu werden.

Erst als meine Haare gekämmt und geföhnt sind, trägt er mich zurück in sein Schlafzimmer und legt mich in die Mitte seines Betts. Seinen Blick über meine Brüste gleiten lassend, kommt er zu mir und legt sich auf mich. Unsere Münder finden sich, wir küssen uns gierig und voller Leidenschaft.

„Du bist wunderschön, Babe.“

Meine Pobacken knetend, drückt er meine Knie noch etwas auseinander und lässt unzählige Küsse auf meine Brüste regnen.

Mit jedem Atemzug steigert sich unsere Erregung – wird wild und tabulos. Ich schicke meine Hände auf Reisen und seufze zufrieden.

Dieser Killer will nicht einfach nur seine Lust an mir befriedigen, er fordert mich heraus, nimmt sich alles und achtet trotzdem darauf, nicht zu viel von mir zu verlangen.

Beast nimmt Rücksicht und dafür danke ich ihm.

Seine große Hand streicht federleicht über meinen Hüftknochen, umkreist meinen Bauchnabel und wandert langsam zwischen meine gespreizten Schenkel.

Stöhnend presse ich mich seinen Fingern entgegen und fordere ihn so still auf, endlich in mich einzudringen.

Doch er ignoriert meine Bitte, und lässt sich weiterhin Zeit.

Mit seiner Daumenkuppe massiert er meinen geschwollenen Kitzler, verpasst meinen pulsierenden Schamlippen einen Klaps und führt seinen Mittelfinger tief in mich ein.

Ohhhh ...

Keuchend sauge ich frischen Atem in meine Lungenflügel.

Seine Zähne graben sich in meinen Hals, vor meinen Augen zucken Blitze.

„Ich werde dich so hart ficken, dass du keinen Zweifel mehr daran hast, zu wem du gehörst.“ Seine Finger dringen immer tiefer in meine Mitte ein, dehnen mich und lassen mich beinahe kommen.

Zitternd presse ich meine Stirn gegen seinen Brustkorb und ertrinke in meiner Lust.

Jeder Zentimeter meiner Haut glüht.

Das hier ist nicht einfach nur Sex, sondern mehr, so viel mehr ...

Mit jedem weiteren Atemzug, mit jeder weiteren Berührung verliere ich mich mehr an den Mann, der mich gerettet und der für mich getötet hat.

Seine raue Zunge leckt über meine Brustwarze, er beißt sachte zu und entlockt mir so ein Wimmern.

Ich winde mich unter ihm und genieße den bittersüßen Schmerz, der durch meine Venen rauscht.

„Du bist mein Mädchen, Claire. Für immer mein!"

Seine Worte klingen rau und beschwörend und ich ahne, dass sie stimmen.

Eine gefährliche Begierde spiegelt sich in den eisigen Tiefen seiner faszinierenden Augen. Ich lecke mir über die trockenen Lippen und erwidere seinen Blick.

Mit seiner Handfläche bedeckt er meine Scham.

Beasts Wangenmuskulatur spannt sich an. Sein muskulöser Brustkorb weitet sich unter seinen tiefen Atemzügen.

Ich habe keine Ahnung, wann ich mich das letzte Mal so schutzlos gefühlt habe.

„Zur Hölle Süße, wenn du wüsstest, wie sehr ich dich will und was ich alles mit dir anstellen werde, würdest du mich um Gnade anflehen."

Sein Eingeständnis sollte mich eigentlich ängstigen, doch stattdessen erregt es mich.

Zu meinem Erstaunen will ich diesen Mann wieder und wieder.

Ich will, dass er mich fickt, ich will, dass er mich so hart rannimmt, dass ich alles um mich herum vergesse.

Erregt beobachte ich, wie er sein Glied mit seiner Faust umfasst, sein Kopf fällt in den Nacken, die Sehnen an seinem Hals treten deutlich hervor.

Seine Eichel wird immer dunkler, nach wenigen Sekunden ist sie beinahe Violett.

Unterschiedlich dicke Adern winden sich um die beeindruckende Länge.

„Wenn ich nicht gleich in dir bin, verliere ich den Verstand."

Jetzt, in dieser Sekunde, fühle ich mich diesem Mann auf eine primitive Art und Weise verbunden.

Endlich legt er sich auf mich, lässt mich sein Gewicht spüren und presst mich tiefer in die Matratze.

Langsam lasse ich meine Fingernägel über seinen Rücken tanzen. Kratze leichte Spuren in seine straffe Haut.

Blitzschnell schnappt er sich meine Handgelenke, umschließt sie mit seiner linken Hand und presst sie über meinem Kopf in das Kissen.

Das Wissen, dass ich ihm hilflos ausgeliefert bin, zuckt wie ein Blitz durch meinen vor Lust lahmgelegten Verstand.

Beast scheint instinktiv zu wissen, wie ich mich fühle, denn er grinst zufrieden auf mich herab. Sein Blick fixiert meine Lippen, ich weiß genau, dass er mich jetzt am liebsten küssen würde.

Er schnuppert an mir, sein heißer Atem liebkost meine Stirn.

Noch bevor ich ahne was er vorhat, spüre ich, wie seine Oberschenkel zucken, ehe er sich mit all seiner Kraft bis zum Anschlag in mich rammt.

Ich schreie. Glühende Lust schießt direkt von meiner Muschi bis hinauf zu meinem Bauch.

Er hat sich so tief und schnell in mich geschoben, dass es sich so anfühlt als würden wir miteinander verschmelzen.

Der unheimliche Glanz in seinen Augen und der unnachgiebige Griff seiner Hände verdeutlichen mir nur zu sehr, dass er hier das Kommando hat.

Wimmernd spanne ich meine inneren Muskeln an, ziehe ihn noch ein Stückchen weiter in mich hinein.

Verzweifelt versuche ich meine Hände zu befreien, aber Beast ist einfach zu stark.

Sein Blick ruht auf meinem Gesicht, er genießt meine Hilflosigkeit und saugt meine Emotionen regelrecht in sich auf.

Das hier ist nicht einfach nur Sex.

Beast unterwirft mich, er demonstriert mir, dass er die Kontrolle über mich hat und dass ich ihm gehöre. Mir wird schlagartig klar, dass ich zwar nicht mehr in einem Käfig sitze, aber dass ich dennoch weit davon entfernt bin, frei zu sein.

„Sieh mich an, Babe.“

Unsere Blicke treffen sich. Reine unverfälschte Lust jagt wie ein Tornado durch meinen Körper ...

„Schwöre mir, dass du nicht versuchen wirst, vor mir zu flüchten.“

„Im Augenblick gestaltet sich das auch etwas schwer.“

Er knurrt.

„Das heißt, ich muss dich immer ficken, damit du bei mir bleibst?“

Da das eine verlockende Vorstellung ist, nicke ich.

„Gut Babe, das lässt sich einrichten.“

Erneut benutzt er all seine Kraft, um in mich zu stoßen – ich komme ihm willig entgegen.

Das wilde Brummen, das er von sich gibt, verrät mir, wie sehr es ihm gefällt in mir zu sein. Gekonnt verändert Beast die Position seiner Hüfte und touchiert bei jedem erneuten Vorstoß meinen G-Punkt.

Vor meinen Augen verschwimmt alles, meine Atmung stockt und meine Zehenspitzen krümmen sich.

Halleluja!

Wimmernd beiße ich mir auf die Unterlippe. Nun umfasst er nur noch mit seiner rechten Hand meine Gelenke, sodass er mit seiner linken zwischen meine Schenkel fassen kann. Zirkelnd reibt er über meinen Kitzler, was mich innerlich explodieren lässt.

Wieder dringt er so unfassbar tief ich mich ein, dass ich kaum noch atmen kann.

„Du. Gehörst. Mir!“

Ich beobachte, wie sich seine Nasenflügel blähen und seine Augen noch schwärzer werden.

Stöhnend richtet er sich auf und sieht eindringlich auf mich herab. Ich komme mir vor wie eine Opfergabe, und er ist der böse Dämon, der diese für sich beansprucht.

Für einen kurzen Moment habe ich das Gefühl, direkt in seine Seele schauen zu können. Und was ich darin entdecke, verunsichert mich.

Im Grunde besteht dieser Mann nur aus Entschlossenheit, Aggression und Gnadenlosigkeit. Ich erkenne die Dunkelheit, von der er gesprochen hat. Sie versucht mich regelrecht zu sich zu locken ...

Beast ist wie ein Geschöpf der Nacht, das sich nach den ersten Strahlen der Morgensonne sehnt.

Mit einem gequälten Seufzer sinkt er wieder auf mich herab. Er umfasst mein Gesicht, seine Stirn berührt die meine.

Mein Liebhaber verfällt in einen langsamen jedoch sehr tiefen Rhythmus, der mir den Atem raubt und mein Herz aus dem Takt bringt.

Seufzend genieße ich den leichten Schmerz, sehne ihn regelrecht herbei und wünsche mir mehr.

Das Letzte was ich fühle, ehe ich heftig zuckend von einem allumfassenden Orgasmus hinfort gerissen werde, ist die Gewissheit, dass dieser Killer mein Schicksal ist.

16. Kapitel

Beast

Müde und zugleich von einem unbekannten, tiefen inneren Frieden erfüllt, starre ich das Mädchen an, das quer in meinem Bett liegt und leise schnarcht.

Ihre goldenen Locken liegen wie Sonnenstrahlen auf dem schwarzen Kissen verteilt, ihre Lippen sind rot und von meinen Küssen geschwollen.

Claire ist nicht einfach nur schön, sie ist einzigartig und bezaubernd, und sie hat mich völlig aus der Bahn geworfen.

Ich kann immer noch nicht fassen, dass ich ihr tatsächlich einen Blutschwur geleistet habe. Für sie mag das nur eine kitschige Nummer gewesen sein – für mich ist er bindend.

Es war ihr deutlich anzusehen, dass sie zwar emotional ergriffen war, dass sie aber die tatsächliche Endgültigkeit nicht begriffen hat.

Der Tag, an dem sie realisiert, wie sehr ich sie durch diesen Schwur an mich gebunden habe, wird kommen, so viel steht fest.

Meinen Blick von ihr abwendend, lese ich mir zum x-ten Mal die SMS durch, die ich vor wenigen Minuten von einer unbekannten Nummer erhalten habe. Sie ist eine Warnung von einem alten Freund, der sich an den gleichen Kodex hält wie ich.

Dank ihm weiß ich, dass Marakoff nicht geblufft hat, als er mir damit gedroht hat, dass jemand seinen Tod rächen wird.

Dieser bescheuerte Russe hat eine Art Lebensversicherung abgeschlossen.

Dieses paranoide Arschloch hat für den Fall seines Todes vorgesorgt. Er hat zu seinen Lebzeiten eine Agentur damit beauftragt, nach seinem Tod ein Kopfgeld von zehn Millionen Dollar auf seinen Mörder auszusetzen. In dem Fall also auf mich. Was lächerlich ist, denn wenn man es genau nimmt, wurde er von seinen eigenen, unfähigen Leuten erschossen.

Doch wie heißt es so schön? Expect no justice!

Wenn ich die Lage richtig einschätze und das tue ich, machen sich gerade alle Auftragskiller von hier bis Mexiko auf die Jagd nach mir. Der erste, dem es gelingt, mich zu töten, erhält den Koffer voller Geld.

Unter anderen Umständen hätte mir diese Scheiße nicht mal ein müdes Lächeln entlockt, so aber ...

Ich bin nicht mehr nur für mich, sondern auch für Claire verantwortlich.

Dieses faszinierende Geschöpf gehört mir. Jeder, der versucht, sie mir wegzunehmen, oder der gar so lebensmüde ist, ihr etwas antun zu wollen, muss erst an mir vorbei!

Müde reibe ich mir über die Stirn, gehe ins Wohnzimmer und beginne zu packen.

Es wird Zeit von hier zu verschwinden.

Ich muss meine Frau in Sicherheit bringen, ehe ich diese Angelegenheit klären kann ...

17. Kapitel

Claire

Vor den leicht beschlagenen Fensterscheiben verschwimmen die Lichter der Stadt zu bunten Schlieren. Es regnet, langsam überkommt mich das Gefühl, dass es das in letzter Zeit dauernd tut.
Müde winkle ich die Knie an und starre den Mann an, neben dem ich, seit etwas über einer Stunde, sitze.

Nach und nach finde ich immer mehr Kleinigkeiten über ihn heraus, sodass ich langsam das Gefühl bekomme, ihn besser verstehen zu können. Beast verdient sein Geld, indem er Menschen tötet. Er ist durch und durch loyal, mag keine Musik und er ist aus einem unerfindlichen Grund besessen von mir.

Ich habe keine Ahnung, wo wir hinfahren. Als ich ihn danach gefragt habe, war seine einzige Antwort, dass er unsere Spuren verwischen muss und dass ich ihm einfach vertrauen soll.

Das mit den Spuren klingt logisch, das andere hingegen fällt mir schwer.

Vertrauen ist kein nachwachsender Rohstoff. Wenn es einmal zerstört wurde, muss es mühevoll neu aufgebaut werden. Wir folgen dem Hudson River Richtung Norden, machen eine kurze Pause in Poughkeepsie und besorgen uns an einem Drive-in ein paar Burger, die wir im Auto essen.

Beasts stoische Ruhe irritiert mich. Bevor wie aufgebrochen sind, hat er mir mitgeteilt, dass wir in einer denkbar ungünstigen Situation stecken, und dass Marakoff post mortem eine Belohnung von

10 Millionen Dollar auf den Kopf seines Mörders ausgesetzt hat. Noch bevor ich diese Information verdauen konnte, hat er mich mit einhundert ungestellten Fragen alleine gelassen und in einer Boutique zwei Taschen voller Klamotten, Schuhe und anderen Dingen für mich besorgt, ehe wir die Stadt verlassen haben.

Ich nutze sein Schweigen, um meine Gedanken zu sortieren, doch völlig egal wie oft ich versuche, meine Emotionen zu ordnen, will es mir einfach nicht gelingen, die Katastrophe, zu der sich mein Leben entwickelt hat, von einem logischen Blickwinkel aus zu sehen.

Eigentlich sollte ich schreien, kämpfen und erneut versuchen zu flüchten. Doch ich tue nichts davon ...

Im Gegenteil. Ich sitze völlig ruhig neben dem Mann, der mir bei seinem Blut geschworen hat, mich zu beschützen und für mich zu sorgen.

Das ist doch alles verrückt ...

Nur um zu überprüfen, dass das alles wirklich kein durchgedrehter Traum ist, kneife ich mir in den Arm. Der Schmerz zuckt hoch bis zu meiner Schulter – mehr passiert nicht. Ich muss also tatsächlich wach sein.

Die letzten drei Tage wären der Stoff für ein Buch oder einen Actionfilm. Niemand in Hollywood kann sich das, was mir passiert ist, ausdenken.

„Vielleicht sollte ich in ein oder zwei Jahren all das aufschreiben. Ich wette mit dir, dass der Roman ein Bestseller werden würde."

Meine Worte hallen durch den ansonsten stillen Wagen, Beasts Kopf zuckt in meine Richtung, er mustert mich aus zusammengekniffenen Augen.

„Und was für ein Ende hast du für diese Geschichte vorgesehen? Stirbt der böse Mann, der das ahnungslose Mädchen in die Dunkelheit seiner Existenz gezogen hat, oder gelingt es ihm, sie für sich zu gewinnen?"

Die Intensität, mit der sich sein Blick in den meinen brennt, lässt mein Herz aus dem Takt geraten. Eine unglaubliche Nervosität überkommt mich.

„Ähm ... was das Ende dieser Geschichte angeht, bin ich mir noch nicht ganz sicher."

Beast nickt, so als ob er mit dieser Antwort gerechnet hätte.

„Und wovon hängt es ab, ob dein Roman ein Happy End bekommt?"

Unsicher knete ich meine Finger.

„Da spielen viele Faktoren eine Rolle."

Er nickt, stößt ein wildes Knurren aus, lenkt den Mustang in eine schmale, wenig befahrene Seitenstraße und hält an.

In der einen Sekunde befinde ich mich noch angeschnallt auf dem Beifahrersitz, in der nächsten werde ich durch die Luft gewirbelt und finde mich auf zwei muskulösen Beinen wieder.

Zwischen dem Lenkrad und Beast eingeklemmt, bleibt mir nicht viel Spielraum.

„Was soll das werden, Killer?"

Selbst ich höre deutlich, wie heiser meine Stimme plötzlich klingt.

Mit seinen Händen umfasst er mein Gesicht, fokussiert meinen Mund und stößt einen Fluch aus.

„Du treibst mich in den Wahnsinn, Claire."

Noch bevor ich beurteilen kann, ob er das gut oder schlecht findet, pinnt er seine Lippen auf die meinen und dringt mit seiner rauen Zunge tief in mich ein.

Pure Leidenschaft schlägt über mir zusammen, begräbt mich unter einer Welle Begierde.

Wild kralle ich mich an seinen Haaren fest, ziehe seinen Kopf mit einem Ruck zu mir und erhöhe die Intensität unseres Zungenspiels. Beast stöhnt in unseren Kuss, stiehlt mir den Atem, lässt mein Gesicht los und schiebt seine Hände unter mein Top. Sie gleiten an meinem Bauch entlang nach oben, umfassen meine Brüste und kneten sie fest.

Eine Mischung aus bittersüßem Schmerz und Erregung rieselt mir über die Arme.

Ich erschaudere, flehe keuchend nach mehr.

Beast reagiert sofort, klappt die Körbchen meines BHs nach unten und beginnt damit, meine empfindlichen Brustwarzen zu zwirbeln.

Zwischen meinen Schenkeln wird es immer feuchter. Verzweifelt versuche ich, meinen Unterleib an seinem Oberschenkel zu reiben um den Druck, der sich in meinem Schoß aufbaut, etwas zu mildern.

Es gelingt mir nicht, was mir ein aufgebrachtes Wimmern entlockt.

„Schhhh ... nicht so wild Süße."

„Ich will dich. Jetzt!"

Einen Moment zögert er, dann hebt er meinen Rock an, packt mich an der Hüfte und positioniert mich um. Mit einem Ratsch zerreißt er mein Höschen, hebt es sich an die Nase und inhaliert meinen Duft.

Seine Pupillen weiten sich, sodass seine eigentlich blauen Augen schwarz und dämonisch wirken.

„Ich bin süchtig nach dir, Babe."

„Beweise es. Fick mich tief und hart. Ich will, dass du mich zum Kreischen bringst!"

Die Zähne fest aufeinanderbeißend, sieht er mir tief in die Augen.

„Du willst es hart?"

Der Klang, den seine Stimme angenommen hat, sollte mir eine Warnung sein.

„Ja! Zeig mir wie böse du sein kannst!"

Eine Sekunde lang sieht er mich noch prüfend an, dann weiten sich seine Nasenflügel und ich weiß, dass ich ihn dazu gebracht habe, seine selbst auferlegte Kontrolle abzulegen.

Keine Ahnung ob ich dem, was ich da gerade herausfordert habe, gewachsen bin, aber ich sehne mich sosehr nach der Dunkelheit, die in ihm schlummert, dass ich vor Verlangen zu zittern beginne.

Das was da in diesem Privatjet zwischen uns passiert ist, war weder sanft noch normal. Es war düster, grenzwertig und brutal.

Es hat mir gefallen, seine Kraft zu spüren, es hat mich erregt, ihm hilflos ausgeliefert zu sein. Diese dekadente Angst, die ich verspürt habe, die will ich wieder ...

Geschickt öffnet er seine Hose, zieht mit einem Ruck den Gürtel aus den Schlaufen und legt ihn mir in einer Schlinge um den Hals.

Sofort schnellt mein Puls in die Höhe und ich vergrabe meine Finger in dem Stoff seines Hemds.

„Dann lass uns sehen, wie tapfer du sein kannst ..."

Ungeduldig ziehe ich seine Hose nach unten, so weit bis mir seine beeindruckende Erektion entgegen schnellt. Den harten Schaft umfassend, pumpe ich über die komplette Länge, spure mit dem Daumen die wulstigen Adern nach und reize das empfindliche Frenulum, das unter seiner Eichel verborgen ist.

Während der ganzen Zeit über zieht Beast den Gürtel immer enger zu.

Noch kann ich ganz normal atmen, trotzdem spüre ich die Wirkung des Adrenalins, das durch meine Adern pumpt.

Als er das Leder einen Herzschlag später noch enger zuzieht, will der ängstliche Teil meines Ichs laut *Stopp* schreien. Doch ich tue es nicht. Viel zu groß ist die Neugierde, wie weit er dieses gefährliche Spiel treiben wird.

Beast verstellt den Sitz, sodass er nach ganz hinten rutscht und befiehlt mir, dass ich mich vor ihm in den Fußraum knien soll.

Er bemerkt mein Zögern und grinst mich zufrieden an.

„Hat mein Mädchen etwa Angst vor der eigenen Courage?"

Seine Herausforderung gibt mir den Anstoß, den ich brauche. Seiner Anweisung Folge leistend, gehe ich vor ihm auf die Knie.

Es ist etwas eng, aber das macht nichts, das intensiviert nur den Kick, den ich so dringend brauche.

Wieder zurrt er das Leder etwas enger zusammen, sodass ein leichter Druck auf meine Kehle ausgeübt wird.

„Mund auf!"

Dieses Mal komme ich seinem Befehl sofort nach, was meinen Killer dazu bringt, mir über den Kopf zu tätscheln.

„Braves Mädchen."

Mit seiner rauen Daumenkuppe streicht er über meine Unterlippe, schiebt mir den Finger in den Mund und reibt mit ihm über meine Zunge.

Sofort beginne ich, an ihm zu saugen, umspiele ihn und demonstriere Beast so, was ich am liebsten mit seinem Glied tun würde.

Um ihn zu reizen, beiße ich sachte zu. Sofort zieht er den Gürtel noch etwas fester zusammen, was mir ein erschrockenes Wimmern entlockt.

Anstatt dem Drang, das Leder etwas zu lockern, nachzugeben, atme ich instinktiv etwas flacher und suche seinen Blick.

„Welch einen bezaubernden Anblick du bietest. So schön und schutzlos. Wenn ich wollte ..."

Er führt den Satz nicht zu Ende, das muss er auch gar nicht. Das gefährliche Funkeln in seinen Iriden verrät mir genau, wie sehr dem Killer in ihm dieses Spiel gefällt.

An sich nicht verwunderlich, was mich jedoch ziemlich durcheinanderbringt, ist die Tatsache, wie sehr ich es genieße, ihm ausgeliefert zu sein. Auch das Wissen, dass wir uns nicht in der Abgeschiedenheit seiner Wohnung, sondern in einer Seitenstraße befinden, steigert meine Erregung nur noch.

Zwar setzt mittlerweile schon die Dämmerung ein, aber dennoch könnte uns jeder, der nah genug an dem Auto vorbeigeht, beobachten.

„Lass mich in deinen Mund."

Da ich es kaum erwarten kann, ihn endlich zu schmecken, führe ich seinen Schwanz zwischen meine Lippen und beginne, an der empfindlichen Spitze zu saugen.

Immer wieder lasse ich ihn ein paar Zentimeter in meinen Mund gleiten, ehe ich mich wieder zurückziehe. Mit der linken Hand massiere ich seine prallen Hoden und entlocke ihm so ein leises Stöhnen.

Von seiner Lust angestachelt, sauge ich seine Härte komplett in mich hinein und genieße das Gefühl, als er an meinem Gaumen entlang in meine Kehle gleitet.

Beast vergräbt seine Finger in meinen Locken, wickelt sie sich um die Faust und beginnt, meinen Kopf in einem schnellen, ungeduldigen Rhythmus auf und ab zu dirigieren.

Sämtliche Kontrolle an ihn übergebend, lasse ich zu, dass er mich ganz nach seinem Belieben benutzt.

Der Takt, in dem er in meinen Hals stößt, ist schnell und tief, sodass ich zu würgen anfange. Doch das hindert ihn nicht daran, einfach weiterzumachen. Tränen tropfen mir aus den Augenwinkeln und meine Brüste fühlen sich heiß und schwer an.

Immer mehr Feuchtigkeit rinnt aus mir heraus und benetzt meine Schenkel.

Ich bin so erregt, dass es mich nicht wundern würde, wenn ich mit Beast gleichzeitig komme.

Es ist unglaublich und es fällt mir schwer, es zu verstehen, dennoch genieße ich es, ihm so ausgeliefert zu sein.

Das Leder an meinem Hals zieht sich noch etwas fester zusammen, ich keuche erschrocken auf, was Beast zum Anlass nimmt, sich so tief wie nie zuvor in meinen Mund zu schieben.

„Fester. Saug so fest du kannst!“

Von der Gier getrieben, ihm alles zu geben was er will, tue ich, was er von mir verlangt. Meine Wangen höhlen sich aus und mein Schmatzen vermischt sich mit seinem animalischen Fauchen.

Beasts Stöhnen geht in ein Fluchen über.

„Fuck! Yeah! Fuck das ist so verflucht gut, Babe! So unglaublich gut!“

Meine Pussy pocht immer heftiger. Geschickt schiebe ich eine Hand zwischen meine Beine und beginne über meinen Kitzler zu reiben.

Ein heftiges Zucken lässt mich meine Wirbelsäule durchbiegen.

Beast bemerkt, was ich tue, lässt seinen Schwanz aus meinem Mund gleiten und reißt meinen Kopf so abrupt hoch, dass mir schwindelig wird.

„Was machst du Luder da?“

Siegessicher grinse ich ihn an.

„Ich besorge es mir selbst.“

Ungläubig runzelt er die Stirn. Das runde Ende des Gürtels reibt über meine geschwollenen Nippel.

„Das lässt du schön sein! Der Einzige, der deine süße Muschi bearbeiten darf, bin ich! Verstanden?“

Seine besitzergreifende Art gefällt mir.

Nach einem kurzen zustimmenden Nicken lutsche ich erneut an seinem prachtvollen Schwanz. Hungrig bearbeite ich ihn wie einen Chupa Chups Lutscher und stöhne zufrieden auf, als Beast erneut an dem Gürtel zieht und so dafür sorgt, dass sich die Schlinge fester zuzieht. Meinen Kopf tiefer auf sein Glied drückend, stößt er ein heiseres „Bloody Hell!“ aus und gleitet zeitgleich bis zur Wurzel in meinen Mund. Schwer und dick ruht er nun auf meiner Zunge.

Ich kann nicht atmen, nicht denken und mich kaum bewegen.

Meine komplette Welt hat sich auf den Killer vor mir reduziert. Und obwohl sich meine Lunge krampfend zusammenzieht, verharre ich reglos in genau der Position, in der er mich haben will.

„Shit! Ich würde dich so gerne meinen Saft schlucken lassen. Aber das Bedürfnis, tief in deine Pussy zu stoßen, und dir laute Schreie zu entlocken, ist einfach zu stark.“

Noch immer macht er keine Anstalten, sich aus meinem Hals zurückzuziehen. Entschlossen alles, was er mir antut, zu erdulden, kralle ich meine Fingernägel in seinem Oberschenkel fest und sauge sein Glied noch ein Stückchen tiefer in meinen Schlund.

Vereinzelte Tränen rinnen mir über die Wangen. Beast saugt meinen Anblick regelrecht in sich auf.

„Du siehst wunderschön aus, Claire."

Die Feuchtigkeit aus meinem Gesicht wischend, zeigt er Erbarmen und zieht sich aus meiner Kehle zurück. Japsend schnappe ich nach Luft, was dank dem Leder um meinen Hals nicht so einfach ist.

Sich den Gürtel um die Hand wickelnd, zieht er mich auf seinen Schoß. Mit gespreizten Beinen nehme ich die von ihm gewünschte Position ein und spüre seine dicke Eichel an meiner Öffnung.

„Setz dich, Baby."

Mich auf seinen Schwanz herabsenkend, schließe ich die Augen und lasse den Kopf in den Nacken fallen. Dick und lang bohrt sich sein Glied immer tiefer in mich. Der Dehnungsschmerz entlockt mir einen leisen Schrei, vor meinen Augen zucken grelle Blitze. Mit einem kraftvollen Stoß schiebt er sich bis zum Anschlag in mich und drückt mich bestimmend fester auf seine Erektion. Erzitternd halte ich mich an ihm fest und lasse meine Hüfte kreisen, was ihm ein wildes Knurren entlockt.

„Du fühlst dich so gut an, Babe!"

Wimmernd stemme ich mich hoch, nur um mich eine Sekunde später wieder auf sein Glied hinabsinken zu lassen. Mein Scheitel stößt gegen das Autodach und das Lenkrad drückt sich mir in den Rücken, aber das ist mir egal. Alles was in diesem Augenblick für mich zählt, ist, Beast so tief es geht in mir zu spüren.

Mein Inneres zuckt und pocht, doch das reicht mir noch nicht.

Ich will, dass mein Killer die Beherrschung verliert und sich an mir austobt. Erst wenn das passiert ist, werde ich mich genauso gut und frei fühlen, wie bei unserem ersten Mal in dem Privatjet hoch über den Wolken.

„Mehr! Gib mir mehr!"

Kaum das mein gekeuchtes Flehen verhallt ist, festigt er seinen Griff und stößt gnadenlos zu.

„Wie viel mehr kannst du noch ertragen meine Süße?"

„Ich will, dass du die Kontrolle verlierst. Stell dir vor ich würde dir gehören und du könntest mit mir machen, was immer du willst ..."

Die Wirkung, die meine Worte auf ihn haben, ist unübersehbar. Die Ader auf seiner Stirn tritt noch etwas deutlicher hervor und die Muskeln in seinen Armen zucken.

„Du weißt nicht, was du herausforderst, du verrücktes Mädchen!"

Es ärgert mich, dass er mich nicht ernst nimmt.

„Doch das tue ich."

Er mustert mich aus zusammengekniffenen Augen.

„Sicher?"

„Zu 100 Prozent"

Die Maske der Zivilisation rutscht von seinem Gesicht und gibt das tödliche, gnadenlose Wesen frei, das Beast tief in seiner Seele ist.

„Zu schade das wir uns in meinem Auto befinden und ich hier zu wenig Platz habe, um mich auszutoben. Aber warte nur bis wir im Hotel sind, dann werde ich keine Gnade kennen, und du mein Mädchen wirst herausfinden, ob du mir wirklich gewachsen bist."

Seine Ankündigung verängstigt und erregt mich gleichermaßen.

Mich an den Haaren zu sich herabziehend, küsst er mich stürmisch, zwickt mir zugleich hart in den Nippel und packt sich das Ende des Gürtels.

Seine Lippen von den meinen lösend, sucht er meinen Blick und zieht an. Die Schnalle drückt sich in meine Haut, mein Hals wird zugeschnürt und mein Unterleib zieht sich vor Erregung zusammen.

„Ich werde den Griff erst wieder lockern, wenn ich abgespritzt habe ..."

An der Härte, die in seinen Worten mitschwingt, erkenne ich, dass er das eiskalt durchziehen wird.

Angst kriecht an meinem Rücken nach oben. Verzweifelt schnappe ich nach Luft, doch es gelangt kaum Sauerstoff in meine Lunge.

Entschlossen ihn zufriedenzustellen, beginne ich ihn zu reiten. Der Rhythmus, in den ich verfalle, ist schnell und tief.

Mir zwei seiner Finger in den Mund schiebend, beobachtet Beast mich ganz genau. Vor meinen Augen breiten sich schwarze Punkte aus, meine Lunge fühlt sich an, als würde sie in Flammen stehen. Wimmernd, keuchend und japsend sauge ich den winzigen Hauch Luft, den ich noch bekomme, in mich hinein. Der Atementzug, seine Dominanz und das Wissen um seine Gnadenlosigkeit turnen mich unheimlich an. Ich war diejenige, die ihn herausgefordert hat, es war mein freier Wille, mich auf dieses gefährliche Spiel einzulassen, und jetzt werde ich es durchziehen.

Um mich herum dreht sich alles.

Der Druck in meinem Brustkorb wird immer stärker und ich weiß, dass es nicht mehr lange dauert, ehe der Atementzug zu heftig wird und ich ohnmächtig werde.

Wieder und wieder lasse ich mich auf Beasts Schwanz sinken. Schweiß rinnt mir über den Rücken und die Geräusche, die er macht, während ich es ihm besorge, kommen aus immer weiterer Ferne.
Er beißt die Zähne zusammen, presst den Kopf gegen die Nackenstütze und versucht seinen Orgasmus hinauszuzögern.

Seine Finger sind noch immer gnadenlos um das Leder geschlungen.

Ich versuche wirklich stark zu sein, doch es gelingt mir nicht. Verzweifelt versuche, ich den Gürtel zu lösen. Mein Killer bemerkt es und hält mich davon ab.

„Tzzz, tzzz, tzzz ... So funktioniert dieses Spiel nicht. Du wolltest unterworfen werden, du wolltest, dass ich dir zeige, wie verführerisch es sein kann zu leiden. Jetzt gib alles. Fick mich härter und steh das bis zum Schluss durch."

Ich will ihn anflehen, doch er hält mir bestimmend den Mund zu. Mit letzter Kraft erhöhe ich das Tempo, spanne meine Scheidenmuskulatur an und lasse meine Hand zwischen seine Beine gleiten.

Seine Hoden zwischen meinen Fingern hin und her rollend, ziehe ich sie leicht in die Länge und bemerke sofort, wie ihn ein Blitz durchzuckt.

Ich wiederhole das ein paar Mal und schicke ihn damit über die Zielgerade. Sein Sperma in mich pumpend, gibt er einen rauen Schrei von sich und lockert das Leder um meinen Hals. Frischer Sauerstoff flutet meine Lunge, verpasst meinem Kreislauf einen regelrechten Kick und löst so meinen Orgasmus aus. Zitternd, wankend und völlig kraftlos sinke ich gegen Beasts Brust und versuche, wieder zu Atem zu kommen.

Wow! Was war das?

Von den Empfindungen, die wie ein Tornado durch mein Inneres gewirbelt werden, völlig überwältigt, bleibe ich einfach reglos sitzen und sauge seine Wärme in mich auf.

Das eben Erlebte war falsch, verboten, gestört, gefährlich und zugleich war es mit das Geilste, was ich jemals erlebt habe ...

In der Nähe dieses Killers passiert etwas mit mir. Es ist fast so, als ob seine Dunkelheit auf mich übergehen, und meine schmutzige und perverse Seite zum Leben erwecken würde.

Woher kommt nur der Drang, an meine Grenzen gebracht werden zu wollen?

Warum will ich von diesem Mann nicht einfach nur gevögelt, sondern auch unterworfen werden?

Es scheint fast so, als hätten die Erlebnisse der vergangenen Tage eine neue Seite an mir zum Vorschein gebracht.

Ganz ehrlich?

Ich habe keine Ahnung, ob ich die gut finden soll.

„Alles okay bei dir, Babe?“

Eine gute Frage ...

Es mag verrückt klingen, aber ich fühle mich wie berauscht.

„Ja, ich denke, mir geht es gut.“

„Willst du mir sagen, was das eben sollte?“

Seufzend richte ich mich auf, nehme den Gürtel endgültig ab und lege ihn zwischen uns.

„Klingt es seltsam, wenn ich das selber nicht weiß?“

Auf seiner Stirn bilden sich zwei tiefe Falten. Er wirkt besorgt und wütend.

„Aye, das tut es. Du bist ein enormes Wagnis eingegangen, Claire. Es ist dir gelungen, mich meine Vorsicht vergessen zu lassen und mich herauszufordern. Das hätte nicht passieren dürfen, Babe. Ich hoffe, das ist dir klar?“

Jetzt, wo der Rausch langsam, aber sicher abebbt, kapiere ich, dass ich es zu weit getrieben habe. Beast hat nie ein Geheimnis daraus gemacht, dass er ein tödliches Raubtier ist. Ich habe den Tiger am Schwanz gezogen und kann froh sein, dass er mich nicht bei lebendigem Leib verschlungen hat.

Unter halb gesenkten Lidern sehe ich meinen Killer an.

„Es tut mir leid. Ich weiß selber nicht was mit mir los ist.“

Verstörend zärtlich streift er mit seinen Lippen an meiner Stirn entlang.

„Ich schon. Du wurdest durch mein plötzliches Auftauchen in Seattle aus deinem Leben gerissen. Es mag sein, dass du jahrelang auf der Flucht warst, aber dennoch hast du dich bis zu einem gewissen Grad sicher gefühlt. Du bist sogar soziale Bindungen eingegangen. Dass ich dich gefunden und gegen deinen Willen verschleppt habe, hat dir gezeigt, wie trügerisch das Leben sein kann. Du wurdest misshandelt und in einen verdammten Käfig gesperrt. Jetzt willst du dich versichern, dass du noch am Leben bist. Du willst den Kick, den dir das Adrenalin gibt, und du benutzt mich, um ihn zu bekommen.“

Dem kann ich nicht wiedersprechen.

Dennoch hat er nicht ganz recht.

„Es geht nicht nur um den Kick. Es geht auch darum, von dir dominiert zu werden und schutzlos zu sein. Das Wissen, dass du keine Gnade kennst, verleiht der ganzen Sache eine gewisse Schärfe. Es erregt mich, wenn du knallhart zu mir bist ..."

Da mir das, was ich gerade zugegeben habe, irgendwie peinlich ist, senke ich den Blick und mache eine kurze Pause. „Von dir unterworfen zu werden und deine Kraft zu spüren, stellt komische Sachen mit mir an. Und das Verrückteste an der Situation ist, dass ich, obwohl mich dieses Spiel gerade echt an meine Grenzen gebracht hat, noch immer nicht genug habe. Ich will dich wieder herausfordern. Ich will dich wieder so weit bringen, dass das Beast, das in dir schlummert, zum Vorschein kommt und die Kontrolle übernimmt."

Ich spüre seinen eindringlichen Blick. Die Tatsache, dass er sich noch immer in mir befindet, macht unser Gespräch noch intimer, als es eh schon ist.

Für eine Weile sagt keiner von uns ein Wort. Wir sind beide damit beschäftigt, meine Eingeständnisse zu verarbeiten. Dann räuspert er sich, legt mir zwei Finger unter das Kinn, hebt es an und zwingt mich so dazu, ihn anzusehen.

„Du bist gefährlicher, als ich dachte, Claire Carter."

Mir einen Kuss auf die Lippen pinnend, schmunzelt er leicht.

„Du wirst eines Tages mein Untergang sein!"

Von der Wendung des Gespräches überrascht, ziehe ich irritiert die Augenbrauen zusammen.

„Was meinst du damit?"

Er zuckt mit den Schultern und sieht mich nachsichtig an.

„Für dich würde ich ohne zu zögern mein Leben geben. Du bist meine Schwachstelle, Mädchen. Und das Wissen, dass du selbst die Dunkelheit, die in mir lauert, begehrst, macht es nur noch schwerer für mich, dir zu widerstehen!"

Meine Hüfte umfassend, hebt er mich leicht an, sodass sein erschlaffendes Glied aus mir herausgleitet.

Das leichte Nieseln verwandelt sich in einen heftigen Platzregen, der laut auf das Autodach schlägt. Das Wasser bedeckt die beschlagenen Scheiben, schirmt uns vollständig von der Außenwelt ab.

„Lass uns weiterfahren, Babe."

Nickend klettere ich von seinem Schoß, setze mich wieder auf den Beifahrersitz und zupfe meine Klamotten zurecht.

Beast startet den Motor, wendet, setzt den Blinker und fädelt sich wieder in den Verkehr auf der Hauptstraße ein.

Während die Scheibenwischer hektisch gegen die Wassermassen ankämpfen, realisiere ich erst nach und nach, was ich da eigentlich gerade getan habe.

Vor vielen Jahren war ich mal in Florida auf einer Tiershow. In der hatte ein Wärter seinen Kopf in das weit geöffnete Maul eines riesigen Alligators gelegt.

Damals dachte ich mir noch, dass der Typ völlig bescheuert und definitiv selbstmordgefährdet sein muss. Anders konnte ich mir sein Verhalten einfach nicht erklären. Heute hingegen habe ich so etwas Ähnliches getan. Ich habe meine Gesundheit und mein Leben in Beasts Hände gelegt und darauf vertraut, dass er mir kein Leid zufügen wird.

Für manche mag der Vergleich zwischen einem Mann und einem Alligator ungleich wirken. Ich hingegen weiß es besser ...

Ich spüre bis in den hintersten Winkel meiner Seele, dass der Killer, dessen Geschmack noch immer meine Lippen benetzt, um das Tausendfache gefährlicher ist, als das 200 Kilo schwere Reptil aus den Everglades.

Eine lange Zeit sagt keiner von uns ein Wort, dann legt mir besagter Killer seine Hand auf das Knie und drückt kurz zu.

„Hat sich jetzt etwas verändert?“

Nicht sicher wovon er redet, sehe ich ihn an.

„Was meinst du?“

„Na wegen des Endes deiner Buchidee. Hat sich nach dem letzten Sex etwas daran verändert? Sind die Chancen auf ein Happy End gestiegen?“

Ich blinzle mehrmals, bin mir nicht sicher, ob ich mich gerade verhört habe.

„Echt jetzt, Beast? Das was wir hatten, war kein normaler Sex. Es war ... Ich habe keine Ahnung, was es war .... Aber ich glaube nicht, dass ein harter Fick mit perversen Atemspielchen gut zu einem glücklichen Ende passen.“

Seine Lippen zu einem schmalen Strich zusammenpressend, starrt er einfach geradeaus.

„Erstens würde ich sagen, dass das wohl auf das Buch ankommt. Und zweitens hast du nach, wie hast du es gerade so treffend bezeichnet, unserem harten, perversen Fick ziemlich glücklich gewirkt. Wenn man bedenkt, dass du diejenige warst, die es brutal haben wollte, würde man meinen, dass du deine rosarote Klein-Mädchen-Liebesbeziehungsfantasie längst abgelegt hast.“

Eine rote Ampel zwingt ihn dazu, anzuhalten.

„Eine Beziehung ist dann gut, wenn beide Partner mit dem, was zwischen ihnen passiert, glücklich sind und wenn sie der Sex befriedigt. Ein Schuss Vertrauen wäre auch nicht schlecht und zack." Er schnipst mit den Fingern. „Hast du das perfekte Grundrezept für eine gut funktionierende Beziehung. Vergiss all die bescheuerten Moralvorstellungen, die uns die Gesellschaft aufzwingt. Alles was zählt, ist, dass wir mit dem, was zwischen uns passiert, klarkommen. Der Rest ist völlig irrelevant. Ein Happy End ist nichts weiter als Definitionssache."

Holla ...

Für einen so wortkargen Mann wie ihn war das eine lange Ansprache.

Die Ampel schaltet auf Grün, wir fahren weiter.

„Willst du das? Willst du, dass wir eine Beziehung führen?"

Kaum dass ich ihm die Frage gestellt habe, zuckt sein Blick zu mir rüber.

„Scheiße, Baby! Was hast du denn gedacht, worauf das mit dir und mir hinausläuft? Ich habe dir einen Blutschwur geleistet. Deine Pussy ist voll mit meinem Sperma und an deinem Hals sind die Spuren, die ich auf deinem Körper hinterlassen habe, deutlich zu sehen. Also verdammt! Wie würdest du das zwischen uns nennen?"

Darauf habe ich keine Antwort.

Meine Sprachlosigkeit macht ihn wütend.

„Weißt du was, Claire? Es ist mir egal wie du das, was da zwischen uns abgeht, betiteln willst. Alles was du wissen musst, ist Folgendes: Erwarte nicht, dass ich dich jemals wieder freilasse! Da du so fest entschlossen bist, mich als der Böse in deiner Geschichte zu sehen, solltest du eines wissen. Ich bin tatsächlich grausam genug, dich für dein restliches Leben als meine Gefangene zu behalten."

Ungläubig starre ich ihm in die eisblauen Augen.

„Das hast du nicht gerade wirklich gesagt. Oder? Was hältst du davon, wenn du dir zu dem Expect no mercy auf deiner Brust auch gleich noch ein Expect no freedom stechen lässt. Ich finde, das würde gut passen!"

In gespielter Begeisterung lobt er meine Idee, dann ignoriert er mich.

Wütend, bockig und irgendwie völlig fertig mit der Welt, verschränke ich die Arme vor der Brust, wende mich so weit es geht von ihm ab, wische mit dem Handballen über das beschlagene Glas der Fensterscheibe und blicke raus zu den Menschen, die im Gegensatz zu mir frei sind.

Was ein Bullshit!

Selbst wenn jetzt ein Wunder geschehen und Beast anhalten und mir die Wahl lassen würde, ob ich bleiben oder gehen will, ich wüsste nicht, wie ich mich entscheiden sollte.

Was ich empfinde, ist absolut irrational. Einerseits will ich bei diesem Killer sein, mich ihm ausliefern und darauf vertrauen, dass er mich beschützt. Andererseits hingegen will ich selbstständig und frei sein.

Verflucht noch mal! Was zum Teufel ist nur mit mir los?

Die Aufregung der letzten Tage fordert ihren Tribut.

Ich bin erschöpft und müde, und noch während ich über die unlösbare Frage, wie es mit mir weitergehen soll, nachgrübele, falle ich in einen tiefen, traumlosen Schlaf.

18. Kapitel

Beast

Ich bleibe hart, verbiete mir jeden Blick zu dem schlafenden Mädchen und konzentriere mich ganz auf die Straße.

Unsere Diskussion hallt gleich einem nie endenden Echo durch meinen Kopf, macht mich fast wahnsinnig.

„Fuck!" Wütend schlage ich mit den Händen gegen das Lenkrad und zünde mir eine Kippe an. Immer wieder gleiten meine Augen zu dem schwarzen Ledergürtel, der gleich einer toten Schlange zwischen unseren Sitzen liegt und mich verhöhnt.

Der Sex mit Claire ist der beste, den ich jemals hatte.

Die Nummer vorhin sprengt jedoch alles, was ich je erlebt habe. Ihre Hingabe und die Angst, die sich in ihren wunderschönen Iriden gespiegelt hat – einfach göttlich!

Ich muss nur daran denken und werde sofort wieder hart.

Aber es ist nicht nur das Körperliche, das mich so aus der Bahn wirft, sondern es ist das, was Claire mich empfinden lässt.

Für einen Mann wie mich, einem der so abgestumpft ist, dass er kaum noch in der Lage ist, etwas zu fühlen, ist es eine unglaubliche Erfahrung, wenn plötzlich ein blonder Wirbelwind in seinem Leben auftaucht und die Taubheit, die ihn so fest im Griff hatte, verschwinden lässt. In Claires Nähe fühle ich mich so lebendig wie noch nie zuvor. Sie ist wie ein Medium zu einem Teil meines Ichs, den ich längst für tot gehalten habe.

Wenn ich dieses Mädchen verliere, stirbt dieser Teil von mir endgültig und unwiderruflich ab. Das kann ich nicht zulassen ...

Es steht außer Frage, dass ich der Teufel bin und sie ein gefallener Engel ist, doch das macht nichts.

Das Böse konnte noch nie ohne das Gute existieren.

Die Stunden vergehen, Claire wacht nicht auf und mein Zigarettenvorrat neigt sich dem Ende zu. Nach einem prüfenden Blick auf die Tanknadel beschließe ich, in Essex einen Stopp einzulegen.

Mit drei Schachteln Luckys, zwei Dosen eisgekühlter Cola und neuer Energie steige ich zurück ins Auto und erlaube mir nun endlich, meine Frau anzusehen. Wie sie so daliegt, leicht eingerollt, mit verwuschelten Haaren und leicht geöffneten Lippen sieht sie unglaublich jung und unschuldig aus.

Mein Blick fällt auf den leicht geröteten Ring, der sich um ihren zarten Hals zieht. Der Abdruck des Gürtels verhöhnt mich und macht mir klar, dass ich ein Monster bin.

Der Umstand, dass es ihr, trotz ihrer Unerfahrenheit oder vielleicht gerade wegen dieser, gelungen ist, mich herauszufordern und zu reizen, macht mir Sorge.

Viele der Nutten sind mit dem, was ich von ihnen gefordert habe, nicht klargekommen. Wie soll es dann ein einundzwanzigjähriges Mädchen schaffen, ohne daran zu zerbrechen?!

Fluchend reibe ich mir mit den Händen über's Gesicht, steige noch mal aus und hole meine Jacke aus dem Kofferraum. Erst nachdem ich Claire damit zugedeckt habe, öffne ich eine Coke und lehne mich zurück.

Mit dem Zwischenstopp sind wir jetzt seit knapp sechs Stunden unterwegs. Nach Dorval sind es noch mal gut zwei Stunden. In dieser Stadt, die im Südwesten der kanadischen Provinz Québec liegt, habe ich am Stadtrand ein kleines Haus, in dem wir erst mal untertauchen werden, bis ich eine Lösung für das Marakoff-Problem gefunden habe.

Die Tatsache, dass ich sie außer Landes bringen werde, habe ich Claire absichtlich verschwiegen. Im Augenblick verhält sie sich einigermaßen ruhig. Wenn ich ihr aber gesagt hätte, dass ich sie für unbestimmte Zeit nach Kanada bringen werde, wäre sie garantiert ausgeflippt.

Warum auch immer, aber mein Mädchen hat sich fest in den Kopf gesetzt, nach Seattle zurückzuwollen. Fürs Erste kann ich ihr diesen Wunsch nicht erfüllen. Wenn wir erst mal in Dorval angekommen sind, dann ist sie knapp 3000 Meilen von ihrer Heimat entfernt.

Sobald sie aufwacht und herausfindet, wo ich sie hingebracht habe, wird sie durchdrehen. Doch es ist zu ihrem Besten, das muss sie einfach einsehen. Sobald wir dort sind, muss ich eine Lösung für die Scheiße, in der wir stecken, finden.

Erschöpfung macht sich in mir breit, die letzten Tage waren extrem anstrengend.

Die erste Dose in einem Zug leerend, klemme ich mir die Kippe in den Mundwinkel und gebe Gas. Dank meiner Kontakte sollte es kein Problem sein, die Grenze zu überqueren. Wir werden den Hauptübergang meiden und eine im Wald verborgene Straße nutzen, die nur selten bewacht wird.

Der Umschlag mit den 20 000 Dollar, der sich unter meinem Sitz befindet, wird uns eine reibungslose Einreise ermöglichen.

Gute zwei Stunden später lenke ich den Mustang auf die mit herabgefallenen Blättern bedeckte Einfahrt. Ich war seit über einem Jahr nicht mehr hier, dementsprechend verwildert sieht das Grundstück auch aus.

Das rustikale Holzhaus fügt sich perfekt zwischen die alten Baumbestände ein. Etwas Farbe blättert von den Fensterrahmen, vor dem Briefkasten stapeln sich alte, von der Witterung aufgequollene Zeitungen und Prospekte.

Direkt vor dem Garagentor parkend, steige ich aus und gehe zu der Stelle, an der ich den Schlüssel unter einem Mauervorsprung versteckt habe.

Mehrere Spinnennetze beseitigend, sperre ich die Haustüre auf. Abgestandene Luft schlägt mir entgegen, alles ist dunkel und wirkt wie in einem zweitklassigen Horrorfilm.

Zum Glück schläft Claire noch, so habe ich genug Vorlaufzeit zum Lüften, den Kamin einzuheizen und dafür zu sorgen, dass sie sich hier einigermaßen wohlfühlt.

Was eine ganz neue Erfahrung für mich ist, bis jetzt habe ich auf so etwas noch nie Rücksicht nehmen müssen. Erstaunlicherweise gefällt mir die Tatsache, dass ich nun für ein Mädchen verantwortlich bin, erschreckend gut.

Den Lichtschalter betätigend, warte ich darauf, dass es hell wird – Fehlanzeige.

Irgendein Sturm muss dafür gesorgt haben, dass die Sicherung rausgeflogen ist.

Fluchend gehe ich in den Keller, suche den Sicherungskasten und lege alle Schalter um.

Sofort geht eine Art Raunen durch das Haus. Die Heizung springt scheppernd an und die Leuchtstoffröhre über meinem Kopf beginnt knisternd zu flackern.

Na also ...

Wieder nehme ich einen Schlüssel aus einem Geheimversteck, sperre damit das goldene Bolzenschloss auf, mit dem die Bodenklappe gesichert ist, und öffne diese. Noch mehr Staub, noch stickigere Luft ...

Genau wie in all meinen Zufluchtsorten habe ich auch in diesem hier einen Vorrat von den wichtigsten Gegenständen, die ich in einem Notfall dringend brauche.

Die Stufen herabsteigend, greife ich nach der dort unten postierten Taschenlampe und checke den Bestand.

Maschinengewehre, Pässe mit unterschiedlichen Identitäten, Handgranaten und andere Waffen.

Die silberne Geldkassette öffnend, nehme ich die Dollarbündel heraus und greife mir eines der Mobiltelefone. Perfekt!

Es zahlt sich einfach immer aus, gut vorbereitet zu sein. Mein Blick fällt auf den völlig eingestaubten Jeep-Schlüssel, der neben einem Kanister Benzin liegt.

Fuck! Den Wagen hatte ich schon ganz vergessen. Ob er nach der langen Zeit, in der er nicht bewegt wurde, überhaupt noch anspringt? Ich hoffe es. Die Winter in dieser Klimazone können verdammt heftig ausfallen. Mit dem Mustang werden wir, wenn der erste Schnee einsetzt, nicht weit kommen. Ich nehme mir den Schlüssel, stecke ihn in die Tasche und gehe wieder hoch in den Keller. Kurz prüfend, ob die Heizung auch warm wird, mache ich mich daran das Haus zu lüften.

Eine knappe halbe Stunde später flackert ein knisterndes Feuer im Kamin und ich beginne damit, die Fenster wieder zu schließen. Gerade als ich vom ersten Stock runterkomme, sehe ich Claire im Flur stehen.

„Hey Babe."

Ihr Kopf ruckt in meine Richtung, der Jäger in mir wittert ihre Verunsicherung.

„Es passt zu dir."

Ich verstehe nicht, was sie meint.

„Was passt zu mir?"

In einer allumfassenden Geste breitet sie die Arme aus.

„Der Killer und sein Horrorhaus."

Aha, das ist es also ...

„Nur gut, dass es dir gelungen ist, den Mörder so weit zu bringen, dass er nicht mehr ohne dich leben will."

Sie antwortet nichts, starrt mich einfach nur zweifelnd an.

Ich kann regelrecht spüren, wie sie sich von mir zurückzieht und eine Mauer um sich herum errichtet.

„Ja wirklich gut."

Ein trauriges Lächeln huscht über ihre Lippen. Wut wallt in mir auf.

Verfluchte Scheiße! Was denkt sich dieses Mädchen eigentlich?

Ich habe nicht nur gegen den Kodex, an den ich mich die letzten Jahrzehnte gehalten habe, für sie verstoßen, sondern auch mein Leben riskiert.

Ist es zu viel verlangt, wenn ich wenigstens ein Mindestmaß an Dankbarkeit erwarte?

Offensichtlich schon.

„Geh raus zum Auto und hol deine Sachen."

Claire sieht mich an, als wären mir Hörner gewachsen.

Dann nickt sie, dreht sich um und verschwindet aus meinem Blickfeld.

Natürlich habe ich geahnt, dass es nicht leicht werden wird, Claire an mich zu binden, doch so langsam kommen mir Zweifel, ob es mir überhaupt jemals gelingen wird.

Das was ich im Auto zu ihr gesagt habe, war durchaus mein Ernst. Ich bin unerbittlich genug, um sie für den Rest ihres Lebens als meine Gefangene zu halten. Dennoch hoffe ich – nein falsch – wünsche ich mir, dass sie aus freien Stücken bei mir bleibt.

Fluchend raufe ich mir die Haare, verpasse der Wand einen kraftvollen Tritt und zwinge mich zur Ruhe. Es wird mir nicht weiterhelfen, wenn ich ihr folge, sie packe und jetzt und hier auf dem harten Dielenboden ficke.

Bloody Hell!

Wenn es möglich wäre, sie so lange und so hart ranzunehmen bis sie endlich dasselbe Zusammengehörigkeitsgefühl entwickelt, wie ich es seit der Sache im Jet verspüre, würde ich das tun.

Doch ich bezweifle, dass das funktionieren wird. Ich würde sie eher zerbrechen und verletzen, anstatt sie endlich so weit zu bekommen, sich mir zu ergeben.

Claire ist eine Kämpferin und das bewundere ich an ihr.

Trotzdem verkompliziert es mir das alles extrem. Wer hätte gedacht, dass es so verdammt anstrengend sein kann, sich ein Mädchen zu nehmen?!

Eine ungute Vorahnung breitet sich in mir aus.

Die Minuten verstreichen, doch von Claire fehlt jede Spur.

Sie wird doch nicht? Oder? Zur Hölle!

Mit großen Schritten eile ich ihr hinterher, von meinem Mädchen fehlt jede Spur.

Dieses Miststück hat sich doch tatsächlich dazu entschieden, einen weiteren Fluchtversuch zu starten ...

Ungläubig kneife ich die Augen zusammen.

Diese Frau treibt mich noch in den Wahnsinn!

Einerseits vertraut sie mir ihr Leben an, fordert mich heraus und unterwirft sich mir beim Sex vollkommen. Andererseits hingegen fällt es ihr schwer, zu akzeptieren, dass sie jetzt zu mir gehört.

Der Umstand, dass sie erneut abgehauen ist, verärgert mich nicht halb so sehr wie das Wissen, dass sie lieber jegliche Gefahren, die dort draußen auf sie lauern, in Kauf nimmt, anstatt einfach zu verstehen, dass ihr Schicksal unwiderruflich mit dem meinem verbunden ist.

Claire weiß weder wo sie ist, noch welche Gestalten in den Schatten der Nacht auf sie warten.

Ich weiß aus Erfahrung nur zu gut, wie viele Menschen das Böse in sich tragen und nur auf eine passende Gelegenheit warten, um es auszuleben.

Meiner Süßen könnte, alleine und schutzlos wie sie ist, alles Mögliche zustoßen und sie hätte keine Chance sich zur Wehr zu setzen. Sie ist die Beute in einer Welt voller Jäger ....

Mit rasendem Puls gehe ich zum Wagen und hoffe, dass sie zumindest so umsichtig war, und sich die Waffe, die sich in dem Fach neben dem Sitz befindet, mitgenommen hat.

Angespannt reiße ich die Türe auf, die Knarre ist noch da, genau wie die Handschellen, mit denen ich sie in Seattle das erste Mal an mich gefesselt habe.

Fuck! Wie kann sie nur so naiv sein?

Alleine für die Tatsache, dass sie sich so bereitwillig in Gefahr begeben hat, will ich sie so hart spanken, dass sie eine Woche lang nicht sitzen kann.

In der Hoffnung, dass sie noch nicht weit gekommen ist, schnappe ich mir die Glock und die Handschellen, prüfe das Magazin und nehme die Verfolgung auf.

So wütend wie ich gerade bin, sollte sie lieber noch etwas schneller laufen.

Ich bin gerade so geladen, dass es mir nicht gelingen wird, ruhig zu bleiben, wenn ich sie in die Finger kriege.

In der Vermutung, dass sie der Straße gefolgt ist, biege ich ebenfalls nach rechts ab. Keine drei Kilometer von hier befindet sich eine Tankstelle. Wenn sie die vor mir erreicht, wird sie die Bullen verständigen. Das muss ich verhindern!

Nicht nur weil ich absolut keine Lust habe, ein paar Cops abzuknallen (ich weiß aus Erfahrung, dass das jede Menge Ärger einbringt) sondern weil sie damit all den Wichsern, vor denen wir aus New York geflüchtet sind, quasi zuruft, wo wir uns befinden.

In einen schnellen Laufschritt verfallend, suche ich die Umgebung nach ihr ab. Die Tatsache, dass mein Haus so abseits liegt, spielt mir in die Hände. Zumindest gibt es keine Nachbarn, die sie um Hilfe bitten könnte. Meter für Meter jage ich ihr hinterher, ein leises Schluchzen dringt zu mir durch, der Jäger in mir bleckt vor Erleichterung die Zähne. Sie kann nicht weit sein ...

19. Kapitel

Claire

Die Luft ist kalt und beißend, die Feuchtigkeit, die der nächtliche Nebel mit sich bringt, lässt mich erschaudern.
Ich fühle mich hilflos. Obwohl ich, so schnell ich kann, renne, kommt es mir so vor als würde ich mich in Zeitlupe bewegen.
Der dunkle Waldrand engt mich ein, hinter den mit Moos besetzten Baumstämmen tanzen schwarze Schatten. Im aschfahlen Mondlicht glänzende Augenpaare beobachten mich. Eine Fledermaus breitet ihre dämonisch wirkenden Flügel über meinem Kopf aus, fliegt lautlos den Sternen entgegen.

Ich zwinge mich dazu, tapfer zu sein, kämpfe gegen die Tränen an, die meine Augen zu fluten versuchen und keuche schmerzerfüllt auf, als ein heftiges Seitenstechen einsetzt.

Wo zur Hölle bin ich hier nur gelandet?

Ich verfluche mich dafür, dass ich die Fahrt verschlafen habe. Ich hätte aufmerksamer sein sollen, dann wüsste ich jetzt auch, ob es in meiner Nähe Häuser oder Ähnliches gibt.

Alleine habe ich keine Chance, ich brauche dringend Hilfe.

Es ist ambivalent. Aber je weiter ich laufe und je mehr Abstand ich zwischen mich und Beast bringe, umso stärker wird der Drang zu ihm umzudrehen. Wie kann es sein, dass es sich falsch anfühlt, ihn zu verlassen. Während mich meine Füße hinfort tragen, sehnt sich mein dummes Herz zurück.

Einzig meinem Verstand verdanke ich es, dass ich nicht umdrehe. Das was da zwischen mir und diesem Killer ist, ist absolut falsch und verwerflich, und widerspricht jeglicher Norm.

Mittlerweile hat er sicherlich bemerkt, dass ich davongerannt bin.

Ob er mich verfolgt? Bestimmt!

Unsicher riskiere ich einen Blick über die Schulter, es ist niemand zu sehen. Erleichterung und Trauer vermischen sich zu einem gefährlichen Cocktail. Was soll ich nur tun?

Ist es falsch, einfach stehen zu bleiben und zu hoffen, dass er mich erneut einfängt und zurückbringt?

Die Angst davor, Beast nie wieder zu sehen, ist schlimmer als die Furcht, die ich in manchen Situationen vor ihm habe.

Etwas das sich verdächtig nach Schritten anhört, ertönt. Mein Herz setzt ein paar Schläge lang aus, dann beginnt es zu rasen.

Stoisch renne ich weiter. In weiter Ferne sehe ich grelle Lichter, je näher ich komme, umso sicherer bin ich mir, dass es sich dabei um eine Tankstelle handelt.

Wenn ich noch etwas länger durchhalte bin ich in Sicherheit ...

Das Problem ist nur, dass ich instinktiv ahne, dass ich vor Beast niemals sicher sein werde. Völlig egal wo ich hingehe oder welchen Weg ich auch einschlage, er wird mich suchen, mich finden und erneut einkassieren. Nach Luft schnappend presse ich die Hände gegen meine Rippen und kämpfe gegen das schmerzhafte Stechen an.

Bleib stehen, lass dich einfangen und werde mit dem Killer glücklich ...

Die Stimme hallt durch meinen Verstand, der Vorschlag klingt so verführerisch, dass es mir nicht länger gelingt, gegen die Tränen anzukämpfen und ich sie einfach über meine Wangen tropfen lasse.

Ich bemerke, dass ich langsamer werde. Mein Unterbewusstsein hat sich längst für Beast entschieden.

Die Schritte werden lauter, klingen immer näher.

Atemlos drehe ich mich langsam um, und sehe wie er mit gezogener Waffe und finsterem Gesichtsausdruck auf mich zukommt.

Lieber Gott steh mir bei ...

Dieser Mann, der sich so fest in den Kopf gesetzt hat, dass ich ihm gehöre, ist der Inbegriff von Sexyness.

Ganz in Schwarz gekleidet, muskulös und mit stechend blauen Augen bleibt er einen halben Meter vor mir stehen. Während ich noch immer atemlos bin, scheint ihm der Sprint nichts ausgemacht zu haben.

All die heißen Kerle, die in den Actionfilmen immer einen auf groß und böse machen, verblassen neben meinem Killer ...

Unsicher wie ich mich ihm gegenüber verhalten soll, zwinge ich mich dazu, seinem wütenden Blick standzuhalten.

Nervös lecke ich mir über die Lippen und kämpfe gegen den Drang, mich in seine starken Arme zu schmeißen, an.

Die Zeit verstreicht. Rechts von mir knackt etwas im Wald, ich zucke nicht mal zusammen. Komisch ...

Jetzt wo er bei mir ist, fürchte ich mich nicht mehr vor der Dunkelheit. Seltsamerweise bin ich mir absolut sicher, dass Beast mich vor allen Gefahren dieser Welt beschützen wird.

Zögerlich öffne ich den Mund, bringe jedoch keinen anständigen Satz zusammen.

Sich die Waffe hinten in den Hosenbund steckend, lässt er die Schultern rollen und atmet so tief ein, dass sich seine Nasenflügel blähen.

„Wird es jetzt immer so sein, Babe? Wirst du bei jeder sich bietenden Gelegenheit die Flucht ergreifen?“

Darauf habe ich keine Antwort, aber dafür eine Gegenfrage.

„Was sagt es über mich aus, dass ich nicht weiter gerannt bin, obwohl ich die Tankstelle da vorne gesehen habe, sondern das ich stehen geblieben bin, damit du mich wieder einfangen kannst?“

Seine Pupillen weiten sich, ein Schauer rieselt an meinem Rücken hinab.

„Sag du es mir, Claire.“

Ich bemerke die Handschellen, die in seiner Hosentasche stecken.

Panik steigt in mir auf. Das Bedürfnis gegen ihn anzukämpfen wird immer stärker und gewinnt schlussendlich die Oberhand.

Die Finger zu Fäusten ballend stürze ich auf ihn zu, trete ihm mit voller Wucht gegen das Bein und schlage mit aller Kraft auf ihn ein. Meine Hände knallen gegen seinen Brustkorb und ich schreie, so laut ich kann.

So muss es sich anfühlen, wenn man den Verstand verliert ...

Wieder und wieder schlage ich zu. Der Drang, ihn verletzen zu wollen, wird beinahe übermächtig. Anstatt sich gegen mich zu wehren, bleibt er einfach reglos stehen und wartet, bis mein hysterischer Anfall abklingt. Erst als es sich so anfühlt, als hätte ich mir alle Finger gebrochen und mich die Kraft verlässt, sinke ich gegen ihn und berge mein tränenüberströmtes Gesicht an seinem Hals.

Sofort schlingt er mir in einer beschützenden Geste die Arme um die Taille und hält mich besitzergreifend fest.

Sein unverkennbarer Geruch steigt mir in die Nase und sorgt so dafür, dass sich mein Puls wieder etwas verlangsamt. Tief einatmend, presse ich mich so fest es geht an ihn und schluchze haltlos.

„Geht es dir jetzt besser, Babe?“

„Ehrlich gesagt schon irgendwie.“

Ein Lachen rumpelt in seinem Brustkorb.

„Na dann ist es ja gut.“

Für eine Weile bleiben wir genau so stehen. Eng umschlungen, mitten auf der Straße.

„Was passiert mit mir, Beast? Warum schaffe ich es nicht, dich zu verlassen?“

Mit seiner Nase an meinem Scheitel entlang streichend, presst er mir einen Kuss ins Haar.

„Weil du tief in deinem Inneren spürst, dass du zu mir gehörst. Dein Instinkt weiß das längst, nur dein Verstand weigert sich noch, das zu akzeptieren.“

Damit könnte er recht haben.
Schniefend hebe ich den Kopf und suche seinen Blick.
„Bist du böse auf mich?"
Er nickt.
„Ja. Aber nicht aus dem Grund, aus dem du denkst."
Mir von innen auf die Backe beißend, sammle ich all meinen Mut für die nächste Frage.
„Wirst du mich bestrafen?"
Ein Ruck geht durch Beasts Körper. Sämtliche seiner Muskeln spannen sich an, sodass es sich plötzlich anfühlt, als würde er aus Stein bestehen.
„Ich will ehrlich mit dir sein, Babe. Festzustellen, dass du erneut vor mir geflüchtet bist, hat mich an einen sehr dunklen Ort gebracht. Nur du schaffst es, diesen unbändigen Zorn in mir zu wecken."
Trügerisch zärtlich streift er mit seinem Handrücken über meine linke Gesichtshälfte. „Mein erster Impuls war es, dich zu jagen, dich wieder einzufangen und dich dann solange zu spanken, bis du nicht mehr in der Lage bist, vor mir davonzulaufen."
Ohhhhhh ... Ohhhhhhh ...
Sein Eingeständnis löst nicht nur eine lähmende Furcht in mir aus, sondern auch ein sehnsüchtiges Pochen.
Verrückterweise sehne ich mich regelrecht danach, über seinen Knien zu liegen und seine Hand auf meiner Rückseite zu spüren.
Er ahnt, was seine Worte mit mir anstellen, denn ein dreckiges Grinsen zupft an seinen Mundwinkeln.
„Du bist ein sehr unanständiges Mädchen, Claire."
„Erst seitdem du mich entführt hast, Killer."
Mit deutlichem Widerwillen lässt er mich los. Wir stehen und so nah gegenüber, dass ich die Wärme spüren kann, die er ausstrahlt.
Meine Augen huschen zu den Handschellen, die sich in seiner Hose befinden.
„Wirst du mich wieder an dich fesseln?"
Das Blau seiner Augen verdunkelt sich dank seiner wachsenden Erregung.
Die Stimmung zwischen uns verändert sich. Ein Knistern liegt in der Luft. Da ist sie wieder, diese erotische Spannung, die von Anfang an zwischen uns geherrscht hat.
„Willst du das denn?"
Die Vorstellung von ihm gefesselt zu werden, sorgt dafür, dass sich mein Unterleib erregt zusammenzieht.

„Egal ob du mich festbindest oder nicht. Ich habe dir auch so nichts entgegenzusetzen, und das weißt du auch.“

Überlegen zieht er eine Augenbraue nach oben.

„Das war nicht die Antwort auf meine Frage, Claire.“

Ach, das ist ihm aufgefallen ... *Mist!*

Mein Schweigen dauert ihm zu lange. Blitzschnell, so schnell, dass ich es nicht mal habe kommen sehen, fängt er meine Hände ein und zieht mich so fest an sich, dass meine Nase gegen sein Hemd stößt.

Zur Bewegungslosigkeit verdammt spüre ich, wie er seine freie Hand an meinem Po nach unten gleiten lässt, den Stoff meines Rocks anhebt und mit den Fingerspitzen an den empfindlichen Innenseiten meiner Schenkel nach oben streicht. Vor Lust erzitternd, keuche ich leise, als er meine Schamlippen teilt und über meinen Kitzler reibt.

„So nass und so bereit für mich. Ich würde sagen, die Reaktion deines Körpers ist mir Antwort genug.“

Wimmernd presse ich ihm mein Becken entgegen. Mit zweien seiner Finger in mich tauchend, stößt er ein raues Knurren aus.

Unsere Münder finden sich, verschmelzen zu einem stürmischen Kuss. Die raschelnden Blätter und der Wind, der durch meine Haare streicht, flüstern mir zu, dass ich verloren bin ...

Seine Zunge duelliert sich mit der meinen, übernimmt die Kontrolle und stiehlt mir den Atem.

„Bring mich zurück.“

„Genau das war der Plan.“

Wispernd gestehe ich ihm, wie dringend ich ihn in mir spüren will, und stöhne zufrieden auf, als er erneut seine Finger in mich schiebt.

Von dem Verlangen, das durch meine Adern pulsiert, abgelenkt, bemerke ich erst, was er getan hat, als sich das kalte Eisen um mein Handgelenk schließt.

So an ihn gefesselt lasse ich zu, dass er mich durch die Dunkelheit zurück zu seinem Haus führt. Fluchtversuche scheinen definitiv nicht meine Stärke zu sein ...

Für den Rückweg brauchen wir bedeutend länger.

Als wir endlich wieder vor dem völlig alleinstehenden Haus stehen, nehme ich mir das erste Mal die Zeit, mich genauer umzusehen.

Ja es sieht schaurig und düster aus, aber es hat auch was Besonderes. Der Mustang, der in der Auffahrt steht, passt perfekt zu den alten Mauern, genau wie der Mann, der das alles sein Eigen nennt. Die Ostseite des Gebäudes ist zum Großteil unter Efeuranken verborgen. Alte Eichen strecken ihre knorrigen Äste dem Nachthimmel entgegen.

Es hat den Anschein, als hätte sich jemand vor langer Zeit die Mühe gemacht ein Beet anzulegen.

Mittlerweile erkennt man nur noch die steinerne Umrandung. Vielleicht habe ich ein vorschnelles Urteil gefällt. Dieses Haus könnte ein wunderschönes Zuhause sein, wenn man ihm etwas Liebe und Aufmerksamkeit zukommen lassen würde.

„Hast du in der Vergangenheit viel Zeit hier verbracht?“

Beast sieht mich an.

„Es gehört für gewöhnlich nicht zu meinen Angewohnheiten, mehr als ein paar Wochen an ein und demselben Ort zu verbringen.“

An seiner Stimme kann ich nicht erkennen, ob er diesen Umstand gut oder schlecht findet.

„Das klingt nach einem sehr einsamen Leben.“

Er zwinkert mir zu.

„Beruflich habe ich viel mit Menschen zu tun.“

Das nennt man dann wohl Galgenhumor.

„Lass mich raten, du bist immer der Letzte, der sie lebend gesehen hat.“

„So sieht es aus, Babe.“

Schnaubend wende ich mich ihm zu, stelle mich auf die Zehenspitzen und lege meine freie Hand auf die Stelle seiner Brust, unter der sein Herz kräftig schlägt.

„Ich finde es unheimlich traurig, dass du niemandem in Erinnerung bleiben wirst. Sobald du tot bist, ist es, als ob du nie existiert hättest.“

Ihm einen Kuss auf die Mulde an seinem Kinn hauchend, zwinge ich mich zu einem traurigen Lächeln.

„Lass uns zusammen Erinnerungen schaffen. Schöne Erinnerungen an die wir uns noch in vielen Jahren gerne erinnern.“

Etwas das verdächtig nach Hoffnung aussieht, legt sich auf seine markanten Gesichtszüge.

„Willst du mir damit sagen, dass du endlich bereit bist, an eine gemeinsame Zukunft zu glauben?“

Ich zögere kurz, dann nicke ich.

„Ja das will ich.“

„Sehr gut. Das erleichtert uns die Sache extrem. Ich habe nämlich nicht vor, dich jemals wieder gehen zu lassen.“

Somit wären wir wieder bei dem *Expect no freedom* angekommen.

Eine stärkere Böe fährt mir unter den Rock, eine Gänsehaut breitet sich auf meinen Armen aus.

„Du frierst.“

Mit Leichtigkeit hebt er mich hoch und trägt mich ins Innere. Meine Füße baumeln in der Luft, eine überraschende Leichtigkeit überkommt mich.

Jetzt in diesem Moment kann ich mir tatsächlich vorstellen, dass unsere Geschichte ein Happy End bekommen wird.

20. Kapitel

Beast

Meine Wut ist verraucht, die mörderische Anspannung, die mich in dem Augenblick überkommen hat, in dem ich kapiert habe, dass Claire verschwunden ist, löst sich ebenfalls nach und nach auf.

Ich habe sie zurück! Ihr ist nichts passiert! Es geht ihr gut!

Bloody Hell! Zum ersten Mal in meinem Leben habe ich echte, unverfälschte Angst verspürt.

Mit ihrem Geschmack auf den Lippen, ihrem Duft in der Nase und ihrem weichen Körper an dem meinen, atme ich tief durch.

Ihr Eingeständnis hat sich auf ewig in mein Hirn gebrannt.

Noch immer kann ich ihre Wörter hören.

„... dass ich stehen geblieben bin, damit du mich wieder einfangen kannst ...“

Das Wissen, dass sie zwar vor mir geflüchtet ist, sich jedoch schlussendlich für mich entschieden hat, lässt ein warmes Brennen in meiner Brust entstehen.

Mit großen Schritten trage ich mein Mädchen in das großzügig geschnittene Wohnzimmer und setze mich mit ihr in meinen Armen vor das Feuer, das im offenen Kamin vor sich hin knistert.

„Hier wird es dir gleich wieder warm.“

Sie nickt, mir fällt auf, dass ihre Lippen eine bläuliche Färbung bekommen haben.

Fuck!

Als Aufpasser stelle ich mich bisher nicht so besonders gut an.

„Verrätst du mir, wo genau wir sind?“

Doppel Fuck!

Mir war klar, dass ich ihr irgendwann sagen muss, dass ich sie nach Kanada verschleppt habe. Doch um ehrlich zu sein, kann ich heute sehr gut auf einen weiteren ihrer Ausraster verzichten.

Claires Temperament sollte nicht unterschätzt werden. Nur weil sie sich gerade wie ein anschmiegsames Kätzchen an mich kuschelt, bedeutet das noch lange nicht, dass sie nicht in einer Sekunde ihre Krallen ausfährt, um mich zu zerfetzen.

„In Dorval, einer Stadt südwestlich von Quèbec.“

Ich kann ihr regelrecht ansehen wie sich die Gedanken in ihrem Kopf überschlagen.

„Quèbec in Kanada?“

Mit einem Nicken bestätige ich ihre Schlussfolgerung.

„Das Kanada?"
„Ja Claire, laut meinen Informationen gibt es nur dieses eine."
Die Stirn runzelnd sieht sie mich finster an.
„Wie hast du es geschafft mich ohne meine Ausweispapiere über die Grenze zu bringen?"
„Das ist nicht schwer. Glaube mir, wenn ich will, kann ich dich einmal um die ganze Welt entführen und niemand würde mich daran hindern."
Ein Mix aus Ungläubigkeit und Angst spiegelt sich in ihrem Blick.
„Falls mich diese Information beruhigen sollte, muss ich dich enttäuschen. Eher das Gegenteil ist der Fall!"
Ich zucke mit den Schultern.
„Nur die reine Wahrheit, Babe."
In die orangen Flammen starrend, fährt sie mit den Fingern über das Eisen an ihrem Handgelenk.
„Warum Kanada? Wieso mussten wir das Land verlassen?"
Offensichtlich hat Claire noch immer nicht kapiert, in welcher Lage wir uns befinden.
„Von müssen war nie die Rede. Aber es kam mir am sichersten vor. Und wenn es um dich geht, gehe ich keine unnützen Risiken ein."
Sich etwas gerader aufrichtend, streicht sie mir über die Schulter und schafft es, mich mit dieser eigentlich harmlosen Berührung maßlos zu erregen.
„Von welchen Risiken sprichst du? Ich verstehe immer noch nicht ganz, warum wir so übereilt aus New York abgehauen sind. Ja schon klar, Marakoff hat irgendein Kopfgeld auf das Leben seines Killers ausgesetzt. Aber hey, du bist der Schwarze Mann – der gefährlichste Killer dieses Planeten. Warum flüchten wir also? Ich meine jetzt mal ehrlich, kannst du nicht einfach das tun, was Mörder nun mal tun? Dann wäre das Problem doch gelöst."
Irgendwie nett, wie sehr sie an meine Fähigkeiten glaubt.
„Du meinst, ich soll sie einfach alle töten?"
Sie nickt zustimmend.
„Du blutrünstiges Luder."
Nun senkt sie beschämt den Kopf.
„Hör mal, Süße. Ich werde jedem, der uns zu nahe kommt, mit Freuden die Kehle aufschneiden, aber selbst ich bin nicht unbesiegbar. Alleine gegen drei, kein Thema. Alleine gegen zehn, durchaus machbar. Aber alleine gegen fünfzig, das wird dann doch etwas kritisch."

Sie wirkt entsetzt.
„Denkst du wirklich, dass uns so viele verfolgen?"
„Ja. Immerhin geht es hier um 10 Millionen Dollar. Das ist eine Summe, bei der jeder sein Glück versucht. Selbst wenn ich, der gefürchtete Schwarze Mann, die genannte Zielperson bin."
Das muss sie erst mal sacken lassen.
„Werden sie es schaffen? Werden sie uns finden und dich töten?"
Wenn ich das nur wüsste ...
„Nicht, wenn ich es verhindern kann. Aber du musst dich nicht fürchten. Ich passe auf dich auf. Versprich mir nur, dass du keine nächtlichen Waldausflüge mehr unternimmst!"
Sie zieht einen Schmollmund.
„Okay. Dieses Flüchten scheint eh nicht so mein Ding zu sein."
Ein Umstand, den ich sehr zu schätzen weiß.
Für eine kleine Weile sehen wir schweigend ins Feuer.
„Und wie soll es weitergehen. Sollen wir uns für die nächsten Jahre verstecken? Wir können wohl kaum immer in Kanada bleiben und darauf hoffen, dass uns niemand findet."
Es gefällt mir, dass sie sich Gedanken macht.
„Es ist nicht meine Art, mich zu verstecken. Nenn es eher eine kleine Auszeit, in der ich eine Lösung für dieses Problem finden werde."
Ein schmutziges Lächeln umspielt ihren Kussmund.
„Und was können wir tun, um uns diese Auszeit zu versüßen?"
Von meinem Schoß krabbelnd geht sie vor mir in die Knie und öffnet flink meine Hose. Der rötliche Schein des Feuers erhellt ihre zarten Gesichtszüge, lässt sie aussehen wie eine Göttin.
„Du bist so wunderschön, Babe."
Mir die Hose nach unten ziehend, holt sie meinen bereits steifen Schwanz heraus und leckt sich aufreizend die Lippen.
Entspannt lehne ich mich zurück, sauge jede ihrer Regungen in mich auf und beobachte sie dabei, wie sie mit den Fingerspitzen über die dicken Adern streicht, die sich um mein Glied winden.
An der Eichel oben angekommen sieht mir kurz in die Augen, ehe sie sich vorbeugt und ihre raue Zunge blitzschnell über den Schlitz an der Spitze schnellen lässt. Noch bevor ich mich tief in ihren Mund stoßen kann, zieht sie sich wieder zurück und gurrt zufrieden.
„Ich mag es, wie du schmeckst."
Pumpend massiert sie der Länge nach vom Schaft bis zur Wurzel, erhöht den Druck und massiert mit der Daumenkuppe mein empfindliches Frenulum. Zischend sauge ich frischen Sauerstoff in meine Lunge.

Unter halb geschlossenen Lidern beobachte ich Claire dabei, wie sie ihren Kopf senkt. Ihr heißer Atem streift über meine Beine, ehe sie den Wulst meiner bereits überempfindlichen Eichel in den Mund nimmt.

Bei allen Teufeln ...

Züngelnd, saugend, lutschend und knabbernd sorgt sie dafür, dass es mir nicht mehr gelingt, auch nur einen klaren Gedanken zu fassen.

Diese Frau hat die Macht, mich mit ihren Lippen in die Knie zu zwingen.

Es ist nicht nur Claires Zungentechnik, und die Tatsache, dass sie ganz genau weiß, wie viel Druck sie ausüben muss. Es ist auch ihre absolute Konzentration und Hingabe.

Mein Mädchen bearbeitet meinen Schwanz, als gäbe es nichts Wichtigeres für sie auf dieser Welt. Sie ist so auf mich fixiert, dass sie nichts anderes mehr wahrzunehmen scheint.

Nicht das Knacken des Feuers oder das Heulen des Windes.

Verspielt lässt sie mich ihre Zähne spüren, ehe sie mein Glied langsam jedoch stetig tiefer in ihre Kehle gleiten lässt.

Den Druck erhöhend, umspielt sie mit ihrer Zungenspitze die Unterseite meines Schwanzes und beginnt so kraftvoll zu saugen, dass sich mir ein lautes Stöhnen entringt.

„Oh Fuck!“

Ungeduldig packe ich mir eine Handvoll ihrer Haare, wickle sie mir um die Faust und hebe meine Hüften an.

In der Vergangenheit hatten viele Frauen ein Problem damit, meine komplette Länge in den Mund zu nehmen, Claire hingegen gelingt das meisterlich.

Heiß, feucht und eng umschließt ihre Kehle meine Härte.

Mit ihren Fingern massiert sie mir die Eier, zieht leicht an ihnen und sorgt so dafür, dass ich kurz davorstehe, die Kontrolle zu verlieren.

Claire lässt sich Zeit, übereilt nichts und lutscht mir hingebungsvoll den Schwanz. Es kommt mir fast so vor, als hätte sie dabei genauso viel Vergnügen wie ich.

Wieder und wieder nimmt sie mich bis zum Anschlag in sich auf. Lässt mich an ihrem Gaumen entlang gleiten und gibt süße Geräusche von sich.

Gebannt pinne ich meine Augen auf ihren Lippen fest, beobachte, wie mein Glied immer wieder in ihr versinkt.

Meine Beine beginnen zu zucken, all meine Muskeln spannen sich an, werden hart und können es kaum erwarten, Claire gnadenlos zu ficken.

Das Puckern in meiner Eichel wird immer stärker, nicht mehr lange und ich lasse sie meinen Saft schlucken. Allein die Vorstellung, dass sie mein Sperma trinkt, lässt mich beinahe durchdrehen.

Nicht in der Lage, auch nur eine Sekunde länger stillzuhalten, beginne ich damit, ihren Kopf etwas tiefer auf mein Glied zu drücken, während ich zeitgleich mein Becken anhebe.

Sofort stockt ihre Atmung, ihre Nägel krallen sich tief in meine Oberschenkel.

Anstatt sich ängstlich zu verkrampfen, bleibt ihr Schlund ganz locker. Mein Mädchen überlässt mir willig die Führung und nimmt alles, was ich ihr gebe.

Und zum Teufel, das ist nicht gerade wenig.

Ich fordere alles von ihr, stoße gnadenlos zu und treibe mich immer tiefer in sie hinein.

Die Empfindungen sind so heftig, dass sich schwarze Ränder an meinem Sichtfeld ausbreiten.

Knurrend ramme ich mich in ihren Mund, wühle mich durch ihre Locken und ziehe mich schwer atmend zurück. Sofort japst sie nach Luft. Etwas Speichel rinnt ihr aus dem Mundwinkel, eine Träne bahnt sich ihren Weg über ihr wunderschönes Gesicht.

„Sieh mich an.“

Claire öffnet ihre Augen und kommt meinem Befehl nach.

Am ganzen Leib zitternd, ziehe ich mich langsam aus ihr heraus, sodass die Eichel auf ihrer Unterlippe ruht.

Sofort schnellt ihre Zunge vor und umspielt die wulstige Spitze.

Ohne ihren Blick freizugeben, schiebe ich mich wieder langsam und unfassbar tief ihren Mund. Ihre Wangen wölben sich, ihre Kehle krampft und ihre Augen glitzern verdächtig.

Bis zur Wurzel in ihr steckend, streiche ich ihr zärtlich über die Schläfe.

Ich mache keine Anstalten mich zurückzuziehen, und obwohl sie so nicht atmen kann, hält sie ergeben still und überlässt mir die Kontrolle.

Unsere noch immer aneinandergefesselten Hände erhöhen die Intensität des Erlebnisses und verdeutlichen mir eine Tatsache ganz extrem: Dieses Mädchen ist durch und durch mein Eigentum.

Claires Unterwerfung und ihre Bereitwilligkeit, alles zu ertragen was ich ihr antue, haben mich schon in diesem Jet fasziniert.

Mit der Hüfte nach vorne stoßend, bohre ich mich noch ein winziges Stückchen tiefer in sie hinein, was sie zum Würgen bringt.

Das Zucken ihres Halses lässt einen heißen Blitz an meinem Rückgrat bis hinab in meine Eier zucken. Mehr brauche ich nicht ...

Schub für Schub pumpe ich mein Sperma tief in ihre Kehle.

Claires Schluckbewegungen massieren bis auf den letzten Tropfen alles aus mir heraus.

Dieser Orgasmus war unglaublich geil. Und das will was heißen, nach dem Blowjob im Auto sind meine Erwartungen sehr hoch gewesen.

Nachdem sie mich mit ihrer Zunge sauber geleckt hat, lässt sie mein erschlaffendes Glied aus ihrer Mundhöhle gleiten, sieht mich unter halb gesenkten Lidern an.

Der verruchte Ausdruck auf ihrem Gesicht, ihre durcheinander gewirbelten Locken und der zufriedene Glanz in ihren Augen, verraten mir, dass sie dieses kleine Zwischenspiel genauso sehr genossen hat wie ich.

Mit einem zufriedenen Lächeln schiebt sie meinen Schwanz zurück in die Hose, steht auf und setzt sich wieder auf meinen Schoß.

„Das war lecker."

Nicht sicher ob ich gerade richtig gehört habe, sehe ich auf sie herab.

„Lecker? Echt jetzt? Willst du mir sagen, dass du Hunger hast?"

Claire nickt.

Da wir überhaupt keine Lebensmittel im Haus haben, muss ich mir etwas einfallen lassen.

„Hier in der Nähe gibt es einen kleinen Supermarkt. Wir müssen erst einkaufen gehen."

Sie kichert. Irritiert ziehe ich eine Augenbraue nach oben.

„Was ist so witzig?"

Mit dem Zeigefinger streicht sie mir sanft über die Bartstoppeln.

„Na ja, ich kann mir eben einfach keinen Killer in der Obstabteilung vorstellen. Du zwischen all den Tomaten und Bananen, wird bestimmt lustig."

Diesen Kommentar überhöre ich einfach.

„Was möchtest du denn gerne essen, Babe?"

Sie überlegt kurz.

„Pasta, am besten mit Käsesoße und viel Parmesan."

Italienisch also.

„Dann sollst du das bekommen. Husch, runter mit dir, damit wir loskönnen."

Perplex sieht sie mir in die Augen.

„Du nimmst mich mit?"

Ihre Frage überrascht mich.

„Natürlich, was hast du denn gedacht?"

„Keine Ahnung, ich war noch nie ein Entführungsopfer. Vielleicht, dass du mich im Keller in einen dunklen, modrigen Raum ohne Fenster sperrst. Du hast da sicherlich mehr Erfahrung als ich."

Sie versucht zwar, es locker und humorvoll klingen zu lassen, doch ich erkenne den Funken Angst, der darin mitschwingt.

Plötzlich so gar nicht mehr amüsiert, löse ich die Handschelle von ihrem Gelenk, packe sie an der Schulter und zwinge sie so, mich direkt anzusehen.

Keine Ausflüchte – keine versteckten Anspielungen – einfach nur Klartext.

„So war es nie zwischen uns, und das weißt du! Seit du mich in Seattle vor deiner Wohnungstüre gesehen hast, besteht eine Verbindung zwischen uns. Damals war sie noch nicht so stark wie heute, aber sie war deutlich spürbar. Ich würde dich niemals in den Keller sperren, ich werde dir niemals Gewalt antun und ich werde dich ganz gewiss nie als mein Entführungsopfer sehen, sondern als die Frau, die mir unter die Haut geht."

Ich mache eine kurze Pause und gebe ihr Zeit, das Gehörte zu verstehen.

„Und nein ich habe keine Erfahrung mit Entführungen, für gewöhnlich töte ich meine Zielpersonen, anstatt sie zu beschützen und zu ficken."

Um ihr die Ernsthaftigkeit meiner Worte zu beweisen, greife ich mir in die Hosentasche und ziehe die mit Blut verschmierte Münze heraus.

„Hast du meinen Schwur etwa schon vergessen?"

Ein schüchternes Lächeln huscht über ihre Lippen.

„Niemals, wie könnte ich."

„Gut."

Ich drücke Claire das Goldstück in die Hand und schließe ihre Finger darum.

„Ich will, dass du sie behältst, und immer, wenn du an uns zweifelst, nimmst du sie in die Hand und erinnerst dich an meinen Schwur."

Sie nickt und pinnt mir einen flüchtigen Kuss auf den Mund. Gerade als sie sich zurückziehen will, umfasse ich bestimmend ihren Nacken, und dringe mit meiner Zunge in ihre samtene Mundhöhle ein. Keuchend krallt sie sich an mir fest, unsere Lippen verschmelzen und mein Puls schnellt in die Höhe.

Bei allen Dämonen!

Claire legt so viel Leidenschaft und Hingabe in den Kuss, dass ich augenblicklich wieder hart werde.

Unter Aufbringung all meiner Selbstbeherrschung löse ich mich von ihr.

„Hey, warum hörst du auf?“

Claires Stimme klingt rau und heiser.

„Ich erinnere mich daran, dass du dir gerade Pasta gewünscht hast. Wenn du mit deiner geschickten Zunge aber noch mal über die meine gestrichen hättest, würdest du jetzt auf dem Boden liegen und ich würde meinen Schwanz in dich reinstecken.“

Sie versucht, ihre Hand in meine Hose zu schieben, ich halte sie davon ab.

„Vergiss die Nudeln, Beast. Fick mich!“

So verführerisch dieser Vorschlag auch sein mag, aber ich widerstehe der Versuchung, stehe auf und stelle sie auf ihre eigenen Beine.

„Erst füttere ich dich.“

Gerade als sie protestieren will, beginnt ihr Magen laut zu knurren.

Entschlossen ihr Wohlergehen über meine Erregung zu stellen, befehle ich ihr knapp, sich wärmer anzuziehen, und gehe in den Flur, um etwas von dem Bargeld einzustecken.

Ich gehe mit meinem Mädchen für unser gemeinsames Abendessen einkaufen.

Für den Rest der Welt mag das ein ganz normaler Vorgang sein, für mich hingegen ist es eine Premiere.

Verrückt! Um ehrlich zu sein hätte ich es nie für möglich gehalten, dass mich etwas so Einfaches so glücklich machen kann ...

21. Kapitel

Claire

Nachdenklich beiße ich in den Schokoriegel, starre aus der Seitenscheibe und beobachte, wie sich die Bäume des Waldes im Wind wiegen.

Mit einem Killer einkaufen zu gehen, war eine äußerst interessante Erfahrung.

Eigentlich habe ich damit gerechnet, dass er zwischen all den Lebensmitteln unbeholfen wirken würde, doch so war es nicht.

Jetzt haben wir im Kofferraum Vorräte für gut zwei Wochen, was mich zu der Frage bringt, wie lange wir wohl hier in Kanada bleiben werden?

Einen Monat? Oder noch länger?

Bei Gott ich habe keine Ahnung ...

Mein Leben ist zu einer Wundertüte geworden und ich habe beschlossen, mich zukünftig einfach überraschen zu lassen. Was anderes würde Beast eh nicht zulassen. Es ist ja nicht so, dass ich, was unsere Pläne angeht, ein großes Mitspracherecht habe. Angestrengt versuche ich, eine Lösung für dieses 10-Millionen-Marakoff-Problem zu finden, doch das ist nicht so einfach. Die Welt der Killer und Mörder ist völlig neu für mich und wenn ich das, was Beast mir bisher so alles erzählt hat, ernst nehme, dann scheint es in ihr ganz eigene Regeln und Gesetze zu geben.

Das Problem ist, dass alle denken, dass Beast den Russen ermordet hat. Aber so war es ja gar nicht. Gut, er war der Auslöser und hat Marakoff als lebendes Schutzschild benutzt, doch die tödlichen Kugeln, die ihn durchsiebt haben, kamen von seinen eigenen Männern. Wenn ich mich nicht irre, müssen wir also nur dafür sorgen, dass bekannt wird, wer den König der Sklavinnen tatsächlich abgeknallt hat. Das sollte doch eigentlich nicht so schwer sein. Oder?

Die Tatsache, dass der Tower des Russen mit Sicherheitskameras ausgestattet ist, ist gut für Beast. Im Grunde genommen müssen wir nur an die Aufnahmen kommen und diese weitläufig im Internet streuen.

Welche Agentur auch immer Beasts Mord befohlen hat, spätestens wenn alle wissen, wer Marakoff gekillt hat, müsste sie ihren Auftrag zurückziehen. Noch ein paar Mal hin und her überlegend, durchleuchte ich meine Idee nach Schwachstellen – sie hat keine.

Aufgeregt zerbeiße ich die Erdnuss, auf der ich herumgelutscht habe und drehe mich zu Beast um.

„Ich habe die Lösung für unser Problem!"

„Von welchem Problem sprichst du? Erst Sex oder erst Pasta?"

Lachend schüttelt er den Kopf, zwinkert mir anschließend frech zu.

„Nein, ich rede von der Tatsache, dass dich unzählige deiner Kollegen aus reiner Geldgier erledigen wollen."

Schlagartig wird er ernst.

„Und was soll die Lösung sein?"

Aufgeregt erzähle ich ihm von meinem Plan und das ich jemanden kenne, der sich wirklich gut mit diesem ganzen Computerkram auskennt. Am Anfang wirkt Beast noch skeptisch, nach ein paar Minuten hingegen fährt er sich mit den Händen durch die Haare und stimmt mir zu, dass das alles echt funktionieren könnte.

„Und du meinst wirklich, dass dieser Tom das draufhat und dass er gewillt ist, uns zu helfen?"

Ich nicke.

„Ja, ganz sicher. Für einen Hacker wie ihn ist das ein Klacks. Außerdem hat er eine Schwäche für mich. Wenn ich ihm erst mal sage, dass du in diese Situation gekommen bist, weil du mich gerettet hast, dann macht Tom es bestimmt. Wir dürfen ihm nur nicht verraten, dass du überhaupt erst schuld daran warst, dass ich in Marakoffs goldenem Käfig gelandet bin."

Brummend parkt er den Wagen in der dunklen Einfahrt und zündet sich eine Zigarette an.

„Ich sage es dir ganz ehrlich, Babe. Es gefällt mir nicht, mich auf jemanden verlassen zu müssen, den ich nicht kenne und der es auf deinen Arsch abgesehen hat."

Ist da etwa jemand eifersüchtig?

Mich abschnallend, steige ich zu ihm rüber und setze mich auf seinen Schoß.

Sofort umfasst er meinen Hintern und packt fest zu.

„Du gehörst mir. Zum Teufel! Ich werde jedem Kerl, der dich mir wegnehmen will, ein Dutzend Löcher in die Brust ballern. Kapiert?"

Der strenge Ausdruck, der sich über sein Gesicht gelegt hat, verrät mir, dass er das absolut ernst meint.

Mit den Fingerspitzen durch seine weichen Haarsträhnen streichend, beuge ich mich zu ihm hinab und küsse ihn zärtlich.

Ein animalisches Knurren ausstoßend, schiebt er mir seine Zunge in den Hals und beginnt mich bei lebendigem Leib zu fressen. Erst als ich atemlos und zitternd gegen seine Brust sinke, gibt er mich wieder frei.

„Für immer nur mir!“

Seine dominante Art in Kombination mit der Bereitschaft, für mich zu töten, lässt einen Schwarm Schmetterlinge durch meinen Bauch flattern. Da haben wir einen weiteren Beweis dafür, dass mich seine düstere Art wie magisch anzieht.

„Ja nur dir, ich verspreche es. Aber bitte Beast, lass mich Tom anrufen. Er ist wirklich gut in diesen Dingen. Außerdem hast du selbst gesagt, dass das echt klappen könnte.“

Er zögert. Sein Widerwille sich helfen zu lassen, ist ihm deutlich anzusehen.

Typisch Mannesstolz ...

„Ein Anruf! Du stellst auf Lautsprecher und wenn er dich anbaggert, zerlege ich ihn in seine Einzelteile.“

Über seine Worte schmunzelnd, küsse ich ihn erneut. Dieses Mal ist unser Zungenspiel nicht sanft, sondern wild und verschlingend.

„Ich will dich Killer – jetzt!“

Der Ruck, der durch seinen Körper geht, und die Art, wie sich die Muskeln in seinen Armen anspannen, verrät mir, dass ich ihn fast so weit habe, mich noch vor dem Abendessen zu vögeln.

Interessant ...

Es mag im Augenblick zwar nur um Sex gehen, dennoch ist das der beste Beweis dafür, dass ich in der Lage bin, den großen bösen Schwarzen Mann, vor dem sich alle Welt fürchtet, bis zu einem gewissen Grad zu manipulieren.

Für die Dauer von ein paar Sekunden sehen wir uns tief in die Augen. Dann schaltet er den Motor aus und murmelt leise vor sich hin, dass ich ein gefährliches und sexsüchtiges Geschöpf bin ...

Das lasse ich unkommentiert. Kaum dass das Gebläse der Heizung verstummt ist, schleicht sich die nächtliche Kälte zu uns herein.

„Komm schon, Babe. Lass uns reingehen. Erst werde ich dich füttern und dann befriedigen.“

Mist! So viel zu meinen Manipulationskünsten!

Auf der Fahrerseite aussteigend, gehe ich zum Kofferraum und will die Tüten herausholen, was sich als ziemlich blöde Idee herausstellt. Wie konnte ich auch nur auf den Gedanken kommen, dass mich das Alphatier, das mein Killer nun mal ist, auch nur eine Sache reintragen lässt?!

In der Küche angekommen, beginne ich erst mal damit, die dicke Staubschicht zu beseitigen, ehe ich alles in die Schränke räume. Nachdem Beast sich um das Feuer gekümmert hat, schlingt er mir einen Arm um die Taille, trägt mich zu der Frühstücksbar, verpasst meinem Po einen Klaps und setzt mich auf einen der Hocker.

„Setz dich. Während ich koche, rufst du diesen Hacker an."

Die Eröffnung, dass er kochen will, überrascht mich so, dass ich beinahe rückwärts vom Stuhl gefallen wäre. Er bemerkt natürlich meine Überraschung, wirft die Zwiebel, die er in der einen Hand hält, in die Luft und schleudert das lange Messer, das vor ihm liegt, ohne hinzusehen, mit der Klinge voran nach oben.

„Keine Sorge, ich weiß mit Messern umzugehen."

Wie um seine Worte zu bestätigen, dreht es sich ein paar Mal, richtet sich aus und dolcht das Gemüse über seinem Kopf an der Decke fest.

Heilige Scheiße!

Um den Schrecken, den diese Machtdemonstration in mir ausgelöst hat, zu überspielen, lecke ich mir nervös über die Unterlippe und zwinge mich zu einem frechen Grinsen.

„Du weißt aber schon, dass es so niemals ein leckeres Festmahl wird."

Lachend befreit er die Zwiebel und lässt die scharfe Klinge verspielt durch seine Finger gleiten. Ich will gar nicht wissen, an wie vielen seiner Opfer er seine Fertigkeiten perfektioniert hat.

„Und du weißt hoffentlich, was mit vorlauten kleinen Mädchen passiert, wenn sie ihre Zunge nicht hüten?"

Demonstrativ meine Lippen zusammenpressend, schweige ich. Sein Handy aus der Hosentasche ziehend, legt er es vor mir auf die Granitplatte.

„Ruf diesen Hacker an und sag ihm was Sache ist."

Ich will aufstehen und ins angrenzende Wohnzimmer gehen. Beim Telefonieren habe ich gerne meine Privatsphäre. Vor allem, weil ich Beast verschwiegen habe, dass ich mit Tom eine Affäre hatte und ich mir sicher bin, dass dieser mich fragen wird, warum ich nach unserer letzten gemeinsamen Nacht einfach spurlos verschwunden bin und mich seitdem nicht mehr gemeldet habe.

Doch noch bevor meine Füße den Boden berühren, hält mich Beasts warnender Blick davon ab, die Küche zu verlassen.

Ohhh ... Ohh ...

Beruht dieses Verhalten tatsächlich nur auf Eifersucht, oder hat mein Entführer Angst davor, dass ich Tom anflehe die Cops darüber zu informieren, dass ich nach Kanada verschleppt wurde?

Da mein letzter Fluchtversuch noch nicht lange her ist, denke ich, dass in diesem Fall beide Komponenten zusammenspielen.

Nervös tippe ich die Nummer meines Ex-Lovers ein und spüre, wie mein Herz zu rasen beginnt. Es läutet vier Mal, dann höre ich ein Knacken und eine mir nur allzu vertraute Stimme meldet sich.

„Tom?“ Stille. Die Geräusche seiner Atemzüge sind alles, was ich höre. Sofort erinnere ich mich daran, wie es sich angefühlt hat, in seinen Armen zu liegen. Bei Tom war immer alles so leicht und unkompliziert – ganz anders als mit meinem Killer.

„Oh Gott! Claire, bist du das?“

„Ja.“

Wieder Stille. Ich bin mir Beasts eindringlichem Blick nur allzu bewusst. Er brennt sich regelrecht auf meinem Gesicht fest. Mit zusammengekniffenen Lippen und dem Messer in der rechten Hand, steht er reglos mitten in der Küche und beobachtet mich.

Was für eine skurrile Situation ...

„Geht es dir gut? Wo bist du? Was ist das für eine Nummer?“

Ich zwinge mich dazu, eine neutrale Mine aufzusetzen und bemühe mich normal zu klingen.

„Ja es geht mir gut. Das ist die Nummer eines Freundes.“

Kaum das ich das letzte Wort ausgesprochen habe, schleudert Beast das Messer mit so viel Kraft durch den Raum, dass es sich keine fünf Zentimeter neben meinem Kopf in die Wand bohrt.

Ach du Scheiße! Die Formulierung hat ihm offensichtlich nicht gefallen!

Ich beschließe, dass es besser ist, gleich zum Punkt zu kommen. Sollte es Tom wie erhofft gelingen, sich die Aufnahmen der Sicherheitskameras zu besorgen, wird er eh wissen, was los ist.

„Hör zu, das mit damals tut mir leid. Ehrlich. Es war nicht richtig von mir und dafür entschuldige ich mich ...“ Weiter komme ich nicht, denn er unterbricht mich einfach.

„Glaubst du wirklich, mit einem einfachen *Sorry* ist alles vergessen? Wir waren zusammen und hatten grandiosen Sex. Dann habe ich dir gesagt, was ich für dich empfinde und am nächsten Morgen, als ich aufgewacht bin, warst du weg – spurlos verschwunden.“

Das schlechte Gewissen, das sich in mir ausbreitet, lässt mich hart schlucken.

Tom hat absolut recht damit, wütend auf mich zu sein. Als er mir gesagt hat, dass er mich liebt, habe ich Panik bekommen und bin gegangen.

Unsicher was ich sagen soll, lausche ich dem dunklen Brummen, das Beast von sich gibt. Es sollte mir wirklich gelingen, möglichst schnell das Thema zu wechseln.

„Es war nur zu deinem Besten, Tom. Du hast mich nicht geliebt, sondern nur das Mädchen, von dem du dachtest, dass du es kennst. Aber du hast keine Ahnung, wer ich wirklich bin.

„Ach, na das macht es natürlich leichter für mich."

Da ist er wieder, dieser trockene Humor, den ich früher immer so gemocht habe.

„Du willst mir also sagen, dass du nicht die Frau bist, für die ich dich gehalten habe?"

„Ja. Und aus genau diesem Grund rufe ich an. Meine Vergangenheit hat mich eingeholt und jetzt brauche ich dringend deine Hilfe."

Ein lautes „Scheiße!" tönt durch den Hörer. Es würde mich nicht wundern, wenn er jetzt einfach auflegt. Doch so ist Tom nicht, und darum fragt er mich mit heiserer Stimme, was er für mich tun kann.

„Hast du von der Schießerei in New York gehört?"

„Ja, es ist in allen Nachrichten. Allerdings werden keine Details darüber bekanntgegeben."

Das wundert mich nicht. Natürlich wollen all die mächtigen, angeblich rechtschaffenen Wirtschaftsbosse, Senatoren und Politiker nicht, dass aufgedeckt wird, dass sie sich auf dreckige Geschäfte mit einem Menschenhändler eingelassen und sich entführte Mädchen gekauft haben, um ihre perversen Fantasien an ihnen auszuleben.

Mögen diese Drecksäcke alle in der Hölle schmoren ...

Kurz zögernd erinnere ich mich daran, was für Beast alles auf dem Spiel steht und spreche weiter.

„Der Auslöser dafür war ich."

„Du?"

Tom klingt fassungslos.

„Ja. Es ist eine lange Geschichte! Du erinnerst dich doch sicherlich noch an das Brandmal auf meiner Schulter? Das war von Marakoff, dem Russen, dem der Tower gehört hat, und der bei der Schießerei ums Leben gekommen ist. Und genau das bringt mich auch zu der Sache, bei der ich deine Hilfe brauche."

Mit ruhiger Stimme erzähle ich Tom, was vorgefallen ist, lasse die Stellen, an denen Beast als der Böse dagestanden hätte, aus und konzentriere mich darauf, ihn als meinen strahlenden Retter hinzustellen. Ja es fällt mir schwer, Tom anzulügen, denn das hat er nicht verdient.

Aber ich weiß einfach, dass er keinen Finger für einen Mann rühren würde, der mich entführt, betäubt und an den Russen ausgeliefert hat.

Während der ganzen Zeit über lässt Beast mich kaum aus den Augen. Verbissen schneidet er die Zwiebel in so akkurate kleine Stücke, dass es fast schon unheimlich ist.

Als ich mit meiner Erzählung fertig bin und verstumme, sagt Tom für eine ziemlich lange Zeit kein Wort.

„Bevor ich mich bereit erkläre, dir zu helfen, musst du mir ein paar Fragen beantworten, Claire.“

Zumindest legt er nicht einfach auf. Das ist ein gutes Zeichen, oder?

„Okay. Leg los.“

„Dieser Mann, von dem du mir keinen Namen nennen willst, hört er gerade zu?“

„Ja, das tut er.“

Tom flucht und Beast lässt seine Faust so fest auf die Küchenplatte knallen, dass ich schon befürchte, dass die Steinplatte bricht.

„Kannst du trotzdem frei reden?“

„Ja, kann ich.“

Ein nervöser Schauer lässt mich erzittern. Lange kann sich mein Killer nicht mehr zusammenreißen.

„Als Erstes muss ich wissen, ob es dir gut geht?“

Das ist eine große Frage, die ich nicht so einfach beantworten kann.

„Ich bin bei dem Schusswechsel nicht verletzt worden.“

Hoffentlich bemerkt Tom nicht, dass ich ihm nicht wirklich gesagt habe, was er hören wollte. Zu meiner Erleichterung reicht ihm diese Zusicherung, denn er kommt direkt zur nächsten Frage.

„Dieser Typ, hält er dich gefangen oder kannst du gehen, wenn du das willst?“

Beasts Kopf zuckt in meine Richtung, er kommt einen Schritt auf mich zu, lässt sich aber von mir mit einer Handbewegung stoppen.

Ich muss an meinen gescheiterten Fluchtversuch von vorhin denken.

Nein, Beast würde mich garantiert nicht freigeben! Aber verdammt, ich hatte, bevor er mich eingeholt hat, ja längst beschlossen, mich wieder einfangen zu lassen.

„Die Sache ist die, Tom. Ich will gar nicht gehen.“

Wieder hat er nicht wirklich die Antwort bekommen, die er eigentlich wollte. Ein derbes Fluchen dringt zu mir durch.

„Eine Sache muss ich noch von dir wissen. Egal wie viel du damals vor mir verheimlicht hast, war das zwischen uns echt oder hast du mir nur was vorgespielt?“

Allein das er das fragen muss, zeigt mir, wie sehr ich ihn mit meinem Verschwinden verletzt habe.

Eine verräterische Feuchtigkeit sammelt sich in meinen Augenwinkeln.

Beast ist mittlerweile nicht mehr einfach nur aufgebracht, er kocht regelrecht vor Wut.

Auf seiner Stirn hat sich eine dicke Ader gebildet, seine Fäuste sind so fest geballt, dass seine Fingerknöchel weiß werden.

„Es war alles echt. Du hast mir viel bedeutet, aber mein Leben ist äußerst kompliziert und zum Teil auch gefährlich. Glaube mir, du wärst mit mir nicht glücklich geworden. Ich habe deine Liebe nicht verdient."

Dieses Mal fällt es mir leicht, ehrlich und aufrichtig zu sein.

Eine Träne rinnt mir über die Wange, schnell wische ich sie weg.

Verdammt! Ich hätte niemals gedacht, dass mich dieses Telefonat emotional so aufwühlen würde.

„Okay, Claire. Ich werde tun, worum du mich bittest. Gib mir ein paar Stunden, dann melde ich mich unter dieser Nummer."

Gerade als ich denke, dass er auflegt, setzt er noch mal zum Reden an.

„Falls du in Schwierigkeiten steckst und meine Hilfe dabei brauchst, um zurück ins Land und weg von diesem Kerl zu kommen, dann sag es und ich hole dich!"

Von dem Angebot und der Inbrunst mit der Tom gesprochen hat, überwältigt, bemerke ich erst, das Beast auf mich zugestürmt ist, als er mir das Telefon aus der Hand reißt und es wütend auf das Granit krachen lässt. Das Display zerspringt, mehrere Plastikteile fallen zu Boden.

Erschrocken zucke ich ein Stück zurück.

Der Ausdruck in seinen Augen macht mir Angst.

„Bullshit! Bloody, holy Bullshit! Was soll das werden, Babe? Glaubst du ich bin so blöd nicht mitzubekommen, was hier läuft? Was war so unglaublich schwierig daran, zu sagen, dass es dir gut geht und dass du nicht gerettet werden musst? Hä? Willst du zu diesem Tom zurück? Ja? Ist er Konkurrenz? Wenn ich will, erstickt dieser Typ innerhalb von wenigen Stunden an seinem eigenen Blut!"

Oh wow ... Was ist denn jetzt los?

Um ihn auf Abstand zu halten, presse ich meine Handflächen gegen seine Brust und stoße ihn von mir. Ein netter Versuch, der absolut keine Wirkung zeigt. Genauso gut könnte ich versuchen dieses Haus anzuheben.

„Bitte, Beast. Reg dich ab! Es ist doch alles gut gelaufen. Tom kümmert sich um das, worum wir ihn gebeten haben. Wenn alles gut geht wissen innerhalb von 24 Stunden alle, die hinter uns her sind, dass der Auftrag Blödsinn ist und dass sie keinen müden Dollar sehen wenn sie dich ausschalten, weil du nicht der eigentliche Mörder von Marakoff bist."

Mein Versuch ihn zu beruhigen schlägt fehl.

„Du empfindest etwas für diesen Hacker."

Das kann ich wohl schlecht abstreiten.

„Natürlich. Er gehört zu meiner Vergangenheit. Im Gegensatz zu dir bringe ich nicht alle Menschen um, mit denen ich zu tun habe."

Ein Zischen ausstoßend schlägt er mit der flachen Hand neben dem Messer gegen die Wand.

„Wenn er deine Vergangenheit ist, was bin dann ich?"

Ohne auf die Furcht, die sich in meinem Magen zu einem dicken Knoten verschlungen hat zu achten, streiche ich ihm sanft über den Rücken.

„Meine Zukunft."

Er hört, was ich sage, wirbelt zu mir herum und bohrt seinen Blick so tief in den meinen, dass es sich anfühlt, als würde er mir bis in den hintersten Winkel meines Herzens schauen können.

„Wiederhole das!"

Mit geblähten Nasenlöchern, fest aufeinandergebissenen Zähnen und vor Zorn bebend fängt er mich ein. Er pinnt mich mit dem Rücken gegen den Tresen, sodass ich zwischen seinen starken Armen und dem Granit eingeklemmt bin. Im Augenblick wirkt er tatsächlich viel mehr wie ein wildes Beast, anstatt wie ein zivilisierter Mensch.

„Du bist meine Zukunft, Beast."

„Ich weiß nicht, was es mit mir anstellt, wenn du noch mal versuchst vor mir zu fliehen. Wahrscheinlich würde es kein gutes Ende nehmen. Also versuche es lieber gar nicht erst noch mal!"

Ich glaube nicht, dass diese Aussage als Drohung gedacht war, er hat eher eine Tatsache ausgesprochen.

Die Münze mit der balinesischen Tänzerin aus der Jeanstasche holend, hebe ich sie meinem außer Kontrolle geratenen Killer direkt vors Gesicht.

„Ich verspreche dir, dass ich dich nicht verlassen werde!"

Damit scheine ich zu ihm durchgedrungen zu sein – das scheint ihn zu beruhigen.

Knurrend schließt er die Augen und atmet mehrmals tief durch.

„Sei froh, dass du nicht versucht hast dir in die Hand zu ritzen. Ich hätte niemals zugelassen das du dich meinetwegen verletzt."
Als er sie wieder öffnet, ist der tödliche Ausdruck verschwunden und ich sehe wieder den Mann an, in den ich mich immer mehr verliebe und vor dem ich nicht flüchten konnte.

Lieber Gott! Was passiert nur mit mir?

Seine blauen Iriden glühen wie gefrorene Diamanten, hypnotisieren mich regelrecht. Keine Ahnung wer von uns anfängt, doch plötzlich stehen wir uns nicht mehr gegenüber, sondern küssen uns stürmisch. Wild und erbarmungslos drängt sich seine Zunge gegen die meine. Unsere Zähne schlagen aufeinander und mein Herz gerät aus dem Takt.

Mich mit aller Kraft an ihm festkrallend, lasse ich zu, dass er mich hochhebt und ins Wohnzimmer trägt.

Wir landen auf dem weichen Teppich, der von dem Feuer, das im Kamin flackert, aufgewärmt wurde.

Fieberhaft streichen meine Hände über seine Schultern, an seinen Armen hinab bis hin zum Saum seines Hemds. Von Sehnsucht getrieben, reißen wir uns die Kleidung vom Leib. Erst als ich nackt und schutzlos vor ihm liege, wird er etwas ruhiger.

Zwischen meinen gespreizten Beinen kniend, richtet er sich auf, und umkreist mit seinen rauen Fingerspitzen meinen Bauchnabel, ehe er mit seiner Hand in einer besitzergreifenden Geste meine Scham bedeckt.

Das Spiel seiner deutlich hervortretenden Muskeln lässt mir das Wasser im Mund zusammenlaufen. Trotz der unzähligen Narben, die sich wie stille Zeugen seines Lebensstils auf seiner Haut abzeichnen, sieht er aus wie eine fleischgewordene Gottheit. Beast strotzt nur so vor Kraft, Gewaltbereitschaft und Gnadenlosigkeit. Jeder Zentimeter seines Körpers ist perfekt definiert, hart und mehr als bereit, mich so richtig durchzuvögeln. Alleine das Wissen, dass er in wenigen Augenblicken all diese Muskeln dazu einsetzen wird, um mich zum Schreien zu bringen, lässt mich noch feuchter werden. Der von dem Schwert durchstoßenen Death Skull sieht aus schwarzen Augenhöhlen auf mich herab. Dieses Tattoo ist beängstigend und dennoch wunderschön – genau wie der Mann, der es trägt.

Ich habe mich unsterblich in diesen Killer verliebt ...

Sein harter Schwanz reckt sich mir in seiner ganzen Pracht entgegen.

Leise knurrend lässt er seine Hand noch etwas weiter nach unten gleiten, teilt meine weichen Falten und dringt mit seinem Mittelfinger in mich ein.

„Deine Pussy ist so nass, du kannst es kaum erwarten von mir gebumst zu werden.“

Das dunkle Timbre seiner Stimme hallt gleich einem Echo in meinem Unterleib wider. Er beugt sich zu mir herab und presst mich mit seinem Gewicht fest auf den Teppich.

Die flackernden Flammen zaubern dunkle Schatten auf sein Gesicht.

Süchtig nach seiner Nähe schlinge ich ihm die Arme um den Nacken. Einen kurzen Moment sehen wir uns an, ehe wir uns in einem wilden Kuss verlieren.

Seine Zähne graben sich in meine Unterlippe, die bittersüße Pein lässt mich aufkeuchen. Gekonnt züngelt er über die gepeinigte Stelle und beginnt, mit seinem Daumen über meinen Kitzler zu reiben.

Ich bin verloren ...

Lange halte ich das nicht mehr aus. Wenn er mich nicht bald vögelt, zerplatze ich in tausend Teile.

Als er meinen Mund wieder freigibt, liege ich zitternd und verschwitzt unter ihm.

„Sieh mich an, Babe.“

Unsere Blicke begegnen sich. Die Emotionen, die ich in den Tiefen seiner eisblauen Augen sehen kann, machen jegliche Wörter überflüssig.

Es spielt keine Rolle wie wir uns kennengelernt haben oder dass er eigentlich ein Mann ist, vor dem ich mich fernhalten sollte.

Dieser Killer ist mein Schicksal und es gibt kein Entkommen für mich ...

Geschickt wühlen sich seine Finger durch meine Pussy. Er verteilt etwas von der Feuchtigkeit auf meiner Rosette und übt mit seinem Daumen etwas Druck aus. Keuchend kralle ich mich an seinen Schultern fest und kneife die Augen zusammen. Entschlossen ihn genauso verrückt zu machen wie er mich, fasse ich ihm zwischen die Beine. Sachte streiche ich über die empfindliche Haut an der Spitze seiner Eichel, umfasse seinen harten Schaft und pumpe mit meiner Hand über die beeindruckende Länge.

Beast stöhnt laut, fängt meine Hände ein und pinnt sie über meinem Kopf auf den Boden.

„Mach langsam, Mädchen oder ich verliere die Beherrschung.“

Eigentlich sollte mich diese Warnung abschrecken, doch eher das Gegenteil ist der Fall.

Seine Lippen finden meine Brustwarzen, seine kratzigen Bartstoppeln entlocken mir ein Stöhnen. Abwechselnd saugt er sie tief in seinen Mund, lässt mich seine Zähne spüren und beißt leicht zu.

Japsend schnappe ich nach Luft, der bittersüße Schmerz lässt mich beinahe kommen.

„Ich will dich, Killer. Tief in mir drinnen. Vertreib die Leere und zeig mir, wie sehr du mich willst."

Sofort löst er seine rechte Hand von meinem Handgelenk und umfasst sie nun nur noch mit der linken. Ich versuche mich zu befreien, was ihm ein Schmunzeln entlockt.

„Echt jetzt, Babe? Du willst dich wehren?"

Träge streicht er mit seinen Fingern durch meine geschwollene Pussy, penetriert meinen Po und treibt mich so immer weiter Richtung Höhepunkt.

Auf der verzweifelten Suche nach noch mehr Nähe, presse ich meine Lippen wieder auf die seinen. Seine Zunge wühlt sich durch meinen Mund, endlich gibt er meine Hände wieder frei.

Seine Augen verweilen auf meinen Brüsten, der Finger, mit dem er mich anal stimuliert, dringt immer tiefer ein.

Der leichte Schmerz, die Dehnung und sein Geschmack, der meine Sinne flutet, all das berauscht geradezu.

Seine Selbstbeherrschung hängt am seidenen Faden, und ich will, dass dieser Faden reißt und er mich mit allem was er hat zum Schreien bringt. Plötzlich verdunkelt sich seine Mimik, er sieht schlagartig bedrohlich aus.

„Fuck Claire. Ich schwöre dir, dass du mich in den Wahnsinn treibst. Ich lasse nicht zu, dass dich mir jemand wegnimmt!"

„Niemand nimmt mich dir weg. Ich bin bei dir."

Ein dunkles Grollen löst sich aus seiner Kehle.

„Das will ich auch hoffen. Ansonsten laufe ich Amok."

Sein Schwanz presst sich hart gegen die Innenseite meines Schenkels, verdeutlicht mir wie ernst es ihm ist. Über den kleinen Schlitz an der Spitze reibend, verteile ich die ersten Tropfen, die sich darauf gebildet haben.

„Beweis es mir Beast ... zeig mir, wie dringend du mich brauchst."

Seine Finger finden meine Brustwarzen und zwirbeln sie sanft.

Erregt und pulsierend zieht sich meine Muschi ungeduldig zusammen.

Er beginnt sich zu bewegen, quälend langsam lässt er sein Glied durch meine feuchte Mitte gleiten.

Seine scharfen Zähne graben sich in meinen Hals, saugend und beißend zeichnet er mich als sein Eigentum.

Ich wimmere, der Schmerz löst sich auf und hinterlässt ein dumpfes Pochen. Versöhnend lässt er seine Zunge darüber schnellen.

Am ganzen Körper zitternd, presse ich mich seinen Fingern entgegen und verliere mich in dem berauschenden Gefühl, von ihm in Besitz genommen zu werden.

Seine Hände legen sich auf meine Knie, ziehen sie bestimmend etwas weiter auseinander, sodass meine Mitte seinem eindringlichen Blick schutzlos ausgeliefert ist.

Zärtlich streicht er mit seinen Fingerspitzen über meine Öffnung, fährt die Konturen meiner Scheide nach und taucht mit zwei seiner Finger tief in mich ein.

Beast weiß genau wo meine erogenen Zonen versteckt sind und wie er mich berühren muss, um mir größtmögliche Lust zu verschaffen. Dank seiner dominanten und besitzergreifenden Verführung stehe ich kurz davor zu explodieren.

Meine Zehenspitzen krümmen sich, mein Unterleib fühlt sich an, als würde er glühen. Nur noch ein Kuss, ein fester Griff und ich verliere mich im Hier und Jetzt.

Stöhnend bettle ich ihn an, mich endlich zu nehmen.

Meiner Pussy einen festen Klaps verpassend, entlockt er mir einen lauten Schrei.

Hilflos kralle ich mich an seinen Armen fest.

Erneut dringt er mit seinem Daumen in meinen Po ein – mehr brauche ich nicht.

Zuckend und bebend verliere ich mich in einem allumfassenden Orgasmus.

Ahhhhh jaaaaaa!

Mein heiserer Schrei vermischt sich mit seinem animalischen Fauchen.

Und noch während ich mich in meiner Lust verliere, spüre ich, wie er sich langsam in mich schiebt, mich dehnt und in Besitz nimmt.

Liebevoll streifen seine Lippen über meine Schläfe, ehe er sich mit einem gnadenlosen Stoß bis zum Anschlag in mich rammt.

Das dekadente Gefühl der Dehnung, die süße Pein und die Hitze, die er ausstrahlt, sind alles, was ich brauche.

Wir verschmelzen miteinander, verbinden uns – verlieren uns aneinander.

„Ja meine Schöne, komm für mich."

Seine kraftvollen Stöße schütteln mich durch, sein Schwanz dringt so unglaublich tief in mich ein, dass ich nicht will, dass es jemals wieder endet.

Stöhnend verändert er den Winkel, hebt meine Beine an und legt sich meine Füße auf die Schultern.

In dieser Position fühlt sich sein Eindringen noch viel intensiver an.

Sein Rhythmus ist absolut göttlich und es dauert nicht lange, bis ich erneut laut schreiend komme. Bebend spüre ich, wie sich mein Unterleib zuckend und krampfend um sein Glied zusammenzieht.

Beasts Atem kommt laut und rasselnd, seine Stöße werden härter, während sich jeder seiner Muskeln anspannt und hart wie Stein wird.

Gott ich liebe es, wenn seine animalische, wilde Seite zum Vorschein kommt.

Jetzt, in diesem Augenblick zählt für meinen Killer nichts weiter als er und ich und die Stelle, an der wir eins sind.

Mit einem dämonischen Brüllen wirft er den Kopf in den Nacken, schließt die Augen und jagt seine Erlösung. Ich spüre das Pulsieren seines Schwanzes, seine schier unendliche Kraft und das bittersüße Brennen zwischen meinen Schenkeln.

„Yeah. Holy Fuck, Babe ...“

Die Sehnen an seinem Hals treten deutlich hervor, sein Bizeps zuckt, während sein Glied Schub für Schub sein Sperma in meinen Unterleib pumpt.

Plötzlich versteift er sich, verharrt tief in mir, öffnet langsam die Augen und sieht auf mich herab.

„Du bist der Grund meiner Existenz. Du schaffst es, mir das Gefühl zu geben, lebendig zu sein. Ohne dich bin ich nichts weiter als ein dunkler Schatten.“

Vorsichtig zieht er sich aus mir heraus, ich zucke kurz zusammen.

Das zufriedene Grinsen, zu dem sich seine Lippen verziehen, verrät mir, dass es ihm nicht wirklich leidtut, dass er ziemlich grob zur Sache gegangen ist.

„Bist du wund?“

Ich nicke.

„Gut so. Ich will, dass du bei jedem Schritt an mich denken musst.“

Erneut haucht er mir einen Kuss auf die Stirn, ehe er sich neben mich legt, in seine Arme zieht und besitzergreifend festhält.

Die unausgesprochene Botschaft ist klar: Mein Platz ist bei ihm, es gibt kein Entkommen! In den nächsten Minuten sagt keiner von uns ein Wort. Wir lauschen einfach dem Wispern des Windes und dem Knacken des Feuers. Mein Herz donnert noch immer unkontrolliert und viel zu schnell gegen meine Rippen. Ein Gedanke schießt mir durch den Kopf, sofort muss ich grinsen.

Seufzend drehe ich mich zu ihm um und lege meine Hand auf seinen Bauch.

„Jetzt hatten wir doch Sex vor dem Essen! So viel zu deinem Durchsetzungsvermögen, großer, böser Killer.“

Beast lacht leise.

„Ja du Teufelin, du hast also bekommen, was du wolltest.“

Meine Finger ergreifend führt er sie zu seinem Mund und streift mit den Lippen über die Knöchel.

Rundum zufrieden kuschle ich mich an ihn und genieße diesen besonderen Moment.

Die Gewissheit, dass wir zusammen alles schaffen können was die Zukunft für uns bereithält, breitet sich in mir aus.

Alles wird gut werden, etwas anderes wird Beast sowieso nie zulassen ...

22. Kapitel

Beast

Dass Claire eingeschlafen ist, verwundert mich nicht.

Sie liegt zugedeckt auf dem Teppich, der Schein des Feuers lässt ihre blonden Haare rötlich scheinen – sie sieht aus wie ein gefallener Engel.

Es ist unglaublich, aber alleine ihre Anwesenheit und das Wissen, dass sie mir gehört, sorgen dafür, dass sich in mir ein innerer Frieden ausbreitet, den ich noch nie zuvor verspürt habe.

Den Blick von ihr abwendend, gehe ich zurück in die Küche, hebe das zerstörte Handy auf und entnehme die SIM-Karte. Nachdem ich ein neues aus dem Kellerbunker geholt und es aktiviert habe, kümmere ich mich wieder um das Abendessen.

Gerade als ich die fertigen Nudeln absieben will, breitet sich ein ungutes Gefühl in meinem Magen aus. Meine Instinkte schlagen Alarm, etwas stimmt nicht! Das Sieb abstellend, schalte ich die Herdplatten aus, nehme mir ein Messer aus dem Block und ziehe meine Waffe.

Auf jedes noch so kleine Geräusch achtend, eile ich mit großen Schritten zu Claire ins Wohnzimmer. Sie schläft noch immer tief und fest. Die Glock entsichernd, öffne ich die Terrassentüre und sehe mich gründlich um.

Zwar kann ich nichts Verdächtiges erkennen, doch die ungute Vorahnung will sich nicht abschütteln lassen. Etwas stimmt nicht.

Die Härchen in meinem Nacken stellen sich auf, verraten mir, dass ich beobachtet werde. Ein mir nur allzu vertrautes Klicken ertönt, ich lasse mich gerade noch rechtzeitig fallen, um der surrenden Kugel auszuweichen.

Das unverkennbare Ploppen eines Schalldämpfers, vermischt sich mit dem Geräusch von splitterndem Holz. Nur meinen guten Reflexen verdanke ich es, dass die Kugel nicht meinen Schädel hat zerplatzen lassen, sondern nur die alte Eiche getroffen hat.

Fuck! Das war knapp!

Blitzschnell drehe ich mich um, und feuere mehrmals in die Richtung, aus der die Kugel gekommen ist. Dass ich den Angreifer verfehlt habe, erkenne ich daran, dass das Feuer sofort erwidert wird.

Auf die Füße springend renne ich um das Hauseck, durch den verwilderten Garten in die Richtung, in der ich das Arschloch vermute, dass es auf mein Leben abgesehen hat.

Äste knacksen und Blätter schlagen mir ins Gesicht.

Der runde Vollmond spendet mir ausreichend Licht, sodass ich ungefähr sehe, wo ich lang eile. Etwas das sich nach einem Fluch anhört, dringt zu mir durch.

Sofort bleibe ich stehen, stelle das Atmen ein und lausche konzentriert in die Dunkelheit. Der Wichser kann nicht weit von mir entfernt sein, denn ich höre, wie das Laub unter seinen Füßen raschelt.

Mit der Waffe im Anschlag schleiche ich beinahe lautlos in seine Richtung. Die Augen zusammenkneifend suche ich die Schatten nach der Silhouette des Typen ab. Etwas Silbernes blitzt in meinem Sichtfeld auf. Der Mondschein reflektiert sich in dem Glas einer Armbanduhr: Hab ich dich, Arschloch!

Routiniert ziele ich und drücke mehrmals hintereinander ab. Da ich keinen Schalldämpfer montiert habe, ist das laute Knallen meilenweit zu hören. Obwohl ich es hoffe, wäre es ein Wunder, wenn Claire den Angriff verschlafen würde.

Das schmerzerfüllte Keuchen ist für mich die Bestätigung, dass ich getroffen habe. Jetzt stellt sich mir nur die Frage, wie schwer die Verletzungen des Attentäters sind.

„Zeig dich!"

Die Antwort kommt prompt.

„Niemals."

Die Stimme kommt mir nicht bekannt vor.

„Dann verpiss dich, ehe ich dich abknalle!"

Ein Grunzen ertönt.

„Jetzt stirbst du, Schwarzer Mann."

Dass ich nicht lache. In den letzten Jahren haben unzählige Dilettanten versucht, mich zu eliminieren. Es kam mir fast so vor, als ob es eine Art Ritual unter der heranwachsenden Killergeneration war. Nicht einer von ihnen hatte es geschafft, mich auch nur ansatzweise zu verletzen. Ich habe mit ihnen kurzen Prozess gemacht. Die Leichen liegen überall auf diesem Kontinent verstreut.

„Wenn du dir dessen so sicher bist. Dann zeigt dich und klär das wie ein Mann."

Wieder ertönt ein Knacken, dann zeichnet sich eine breite Gestalt vor mir ab. Diese Herausforderung funktioniert so gut wie immer.

Daran wie er seinen linken Arm hängen lässt, erkenne ich, dass ich ihn dort getroffen haben muss.

„Du bist hier, um dir die 10 Millionen des Russen zu sichern?"

„So sieht es aus."

Im Augenwinkel registriere ich eine Bewegung.

Das Blut gefriert mir in den Adern, Claire ist aufgewacht und kommt, um nachzusehen was los ist.

Dieses dumme Mädchen ...

Kann sie sich nicht einfach verstecken und darauf vertrauen, dass ich das kläre? Die meisten Frauen würden vor Angst heulend und zitternd unter die Betten kriechen, meine Süße hingegen steht, mit einem Küchenmesser bewaffnet, in der Terrassentüre.

Ihr Mut imponiert mir, macht mich zugleich aber auch unsäglich wütend. Sobald ich diese Angelegenheit hier geklärt habe, werde ich ihr klarmachen, wie sie sich zukünftig bei solchen Vorfällen zu verhalten hat!

Der Angreifer bemerkt sie ebenfalls, er bleckt die Zähne und grinst zufrieden.

„Das ist also die Bitch, wegen der Marakoff einen Ständer bekommen und wegen der das legendäre Beast gegen seinen heiligen Kodex verstoßen und einen Krieg angezettelt hat. Sie muss es ja echt draufhaben .... Sobald du tot bist, werde ich sie ficken und ihr im Anschluss die Kehle aufschlitzen."

Die Worte des Fremden lassen mich rotsehen. Eine nie zuvor verspürte Aggression flutet meine Venen, sorgt dafür, dass ich an nichts anderes mehr denken kann, als daran, ihn bei lebendigem Leib zu häuten.

„Wenn du sie noch einmal beleidigst, oder auch nur ansiehst, wirst du dir wünschen niemals geboren worden zu sein!"

Anstatt meine Warnung ernst zu nehmen, grinst er kaltblütig.

Okay. Das wars – jetzt ist er fällig!

„Es wird Zeit, diese Farce zu beenden!"

Ohne an meine eigene Sicherheit zu denken, stürme ich auf den Kerl zu, schlage ihn mit meiner Waffe zu Boden und verpasse seinen Eiern einen harten Tritt. Jaulend krümmt er sich zusammen und versucht zu atmen. Schnell stecke ich meine Waffe weg und rufe Claire zu, dass sie gefälligst zurück ins Haus gehen soll.

Natürlich hört sie nicht auf mich, sondern bleibt reglos stehen und starrt mich an.

Das mit dem Befehle befolgen muss sie echt noch lernen ...

Doch dafür habe ich jetzt keine Zeit. Zuerst muss ich herausfinden, was hier gespielt wird.

„Bist du allein?"

Fuck!

Wie sehr ich es hasse, wenn ich keine Antwort bekomme.

Die Finger fest um das Messer schlingend, beuge ich mich zu dem Haufen Scheiße runter, ritze einen langen Schnitt in seinen Arm und genieße seine Schmerzensschreie.

„Bist du allein?"

Dieses Mal nickt er hektisch. Na also. Warum nicht gleich so?

„Wie hast du uns gefunden?"

Wieder schweigt er, wieder bearbeite ich seinen Arm.

Wimmernd und keuchend versucht er mir auszuweichen.

Ein hoffnungsloses Unterfangen. „Bitte! Stopp! Ich sage es dir!"

Schon verrückt wie schnell diese Wichser einknicken.

„Also?"

Auf dem Boden vor mir wegkriechend, hält er sich den verstümmelten Arm.

„Ich wusste von dem Haus hier und habe einfach mein Glück versucht."

Der Ausdruck in seinen Augen bringt mich dazu, ihm zu glauben.

„Und du bist sicher alleine nach Kanada gekommen? Ganz ohne Verstärkung?"

Er nickt panisch.

„Ja. Ich wollte das Geld nicht teilen."

Das nenne ich mal einen Anfängerfehler.

Claire setzt sich in Bewegung. Ich rufe ihr zu, dass sie stehen bleiben soll. Der Mann nutzt die Sekunde, in der ich abgelenkt war und packt sich seine im Gras liegende Waffe.

Entsetzt beobachte ich, wie er auf Claire zielt.

Bullshit! Ich habe ihn unterschätzt. Er weiß genau, dass mir mein Leben nichts wert ist, aber dass ich für diese Frau einfach alles tun und alles ertragen würde.

„Lass das Messer fallen und wirf deine Knarre weg. Wenn du mir Probleme machst, knalle ich sie ab!"

Die Entschlossenheit, die in seinen Worten mitschwingt, verrät mir, dass das keine leere Drohung ist. Ich tue umgehend was er verlangt.

Mit schmerzverzerrtem Gesicht steht er auf und nähert sich meinem Mädchen.

Eine eisige Kälte sorgt dafür, dass mir das Blut in den Adern gefriert.

Warum zum Teufel konnte sie nicht einmal auf mich hören, als ich ihr befohlen habe, sich in Sicherheit zu bringen?!

Reglos, geradezu wie erstarrt, steht Claire da und sieht mich an.

Trotz der Dunkelheit erkenne ich, dass sie sich fürchtet.

Mit geballten Fäusten beobachte ich, wie der Bastard seine Hand nach ihr ausstreckt und sie an den Haaren packt.

Mit Wucht schleudert er sie auf den Boden und tritt ihr in die Rippen. Claires Aufschrei durchbricht die Stille, versetzt mich in meine persönliche Hölle. Wenn mir nicht gleich einfällt, wie ich wieder die Kontrolle über die Situation erlangen kann, wird dieser Wichser sie noch mehr verletzen.

Bloody Hell! Ich hätte ihn einfach abknallen sollen!

Seine Pistole auf ihren Kopf gerichtet sieht er mich an und befiehlt mir, auf die Knie zu gehen. Ohne zu zögern tue ich, was er verlangt.

Er blutet stark, Schweißperlen rinnen ihm über die Stirn.

„Wer hätte gedacht, dass ich es schaffe, den berühmten Schwarzen Mann zu besiegen?!"

Das siegessichere Lächeln, zu dem sich seine Lippen verziehen, verrät mir deutlich, dass er glaubt, gewonnen zu haben. Aber damit irrt er sich! Wenn ich draufgehe ist das eine Sache, aber ich werde nicht zulassen, dass ich den letzten Atemzug aushauche und sich Claire dann noch immer in Gefahr befindet.

„Noch hast du ihn nicht besiegt!"

Claires Stimme klingt zitternd, dennoch lässt sie sich nicht unterkriegen.

Stolz wallt in mir auf. Das ist mein Mädchen!

„Willst du zusehen, wie er stirbt? Ja? Kannst du haben, Bitch!"

Sie an den Haaren hochziehend richtet er die Waffe nun auf mich.

„Echt verdammt schade, dass ich kein Handy dabeihabe. Das wäre ein super Clip für YouTube."

Es ist nichts Neues, dass Typen wie er filmen, wie sie ihre Opfer kaltmachen und die Videos ins Netz stellen. Ich habe mich schon immer gefragt, was für Loser so etwas tun, nun habe ich die Antwort bekommen.

Mir läuft die Zeit davon. Wenn mir nicht gleich etwas einfällt, muss Claire dabei zusehen, wie ich hingerichtet werde.

Meinem Mädchen in die Augen sehend, zermartere ich mir das Hirn. Schlussendlich scheint sie die Erste zu sein, die eine Idee hat.

Mit Handzeichen gibt sie mir zu verstehen, dass sie ihm einen Schups geben will. Ich schüttle verneinend den Kopf, ahne jedoch schon, dass sie mal wieder nicht auf mich hören wird.

Mit den Fingern zählt sie von drei rückwärts, dann wirft sie sich mit aller Kraft nach rechts und schafft es tatsächlich, den Angreifer ins Straucheln zu bringen. Die Gelegenheit nutzend springe ich auf, und ramme ihm meine Faust in das Gesicht.

Das unverkennbare Knacken einer brechenden Nase und der Schwall Blut der mir entgegen strömt, lassen den Killer in mir zufrieden brummen.

„Lauf ins Haus!“

Dieses Mal zögert sie nicht, sondern rennt so schnell sie kann durch den Garten zur Terrassentüre. Wieder und wieder prügle ich auf den Hurensohn, der es gewagt hat mein Mädchen zu verletzen, ein.

Wie im Wahn blende ich alles um mich herum aus.

Meine Welt fokussiert sich einzig und allein auf das Ziel, diesen Mann zu eliminieren.

Er fällt auf den Boden, ich stürze mich auf ihn. Blut rinnt ihm aus dem Mund, seine Schreie sind längst verstummt und seine Augen sind unter jeder Menge aufgeplatzter und geschwollener Haut verborgen.

Es dauert eine Weile, bis Claires Rufe zu mir durchdringen. Sie fleht mich an aufzuhören, doch die Bestie in mir kann nicht mehr gestoppt werden.

Schlag für Schlag wird das Gesicht des Kerls unkenntlicher und die rote Pfütze, die sich unter ihm bildet größer. Ich spüre die roten Spritzer, die meine Stirn bedecken. Den Kopf des Arschlochs umfassend, breche ich ihm mit einem Ruck das Genick!

Schwer atmend, mit Adrenalin vollgepumpt und klebrigen Händen stehe ich auf und spucke auf den Leichnam, der zu meinen Füßen liegt.

Jetzt bietet er einen Anblick, der meines Erachtens gut auf YouTube ankäme. Es würde sicherlich nicht schaden, wenn all die jungen Wichser sehen könnten, was mit ihnen geschieht, wenn sie sich mit mir anlegen!

Claire eilt auf mich zu, umfasst mein Gesicht und tastet hektisch meinen Oberkörper ab.

„Bist du verletzt? Geht es dir gut?“

Das Dunkle in mir, das im Augenblick die Oberhand hat, fletscht die Zähne. Es sehnt sich nach dem weichen Fleisch ihrer Pussy und nach der Angst, die immer dann in ihren Augen aufblitzt, wenn ich ihre Grenzen überschreite und sie zu hart rannehme.

In meiner momentanen Verfassung traue ich mir selbst nicht. Daher weiche ich einen Schritt zurück und zwinge mich dazu, der Versuchung, die sie für mich darstellt, zu widerstehen.

„Geh ins Haus, Claire.“

Sie ignoriert mich. Gerade als ich sie anschreien und ihr befehlen, will gefälligst zu gehorchen, bemerke ich, warum sie nicht reagiert. Aus weit aufgerissenen Augen blickt sie zu der missgestalteten Leiche. Das Gesicht des Typs ist quasi nicht mehr existent.

Panisch beginnt sie zu hyperventilieren. Ich berühre sie am Arm, was sie zusammenzucken lässt.

„Das hast du ihm angetan!“

Ihre gehauchten Worte dröhnen mir unnatürlich laut in den Ohren.

„Ja Babe, das ist, was ich mache!“

Wie in Zeitlupe wendet sie sich wieder mir zu.

„Jetzt verstehe ich, warum dich alle Beast nennen!“

Ohne ihrem Entsetzen Beachtung zu schenken, hebe ich Claire hoch und trage sie mit großen Schritten zurück ins Haus. Dort setze ich sie vor das Feuer und decke sie zu. Mittlerweile zittert sie wie Espenlaub, sie ist eiskalt.

„Sieh mich an, Babe.“

Ihr Blick huscht zu mir.

„Dieser Mann war ein Killer. Er ist uns mit dem Vorsatz nach Kanada gefolgt, uns umzubringen! Das konnte ich nicht zulassen. Verstehst du das?“

Sie nickt, doch es wirkt nicht überzeugend.

Ich realisiere, wie blutverschmiert meine Hände sind, stehe auf und hebe Clair erneut hoch.

Erstens will ich sie in ihrem Zustand nicht alleine lassen und zweitens kann ihr eine heiße Dusche nicht schaden.

Weder wehrt sie sich gegen mich, noch schlingt sie mir ihre Arme um den Hals, wie sie es sonst immer tut.

Fuck! Im Bad angekommen drehe ich das Wasser auf und hoffe, dass die Heizung genug Vorlaufzeit hatte, um den Boiler zu erhitzen.

Einen Blick in den Spiegel werfend, stoße ich einen lauten Fluch aus. Es ist ja kein Wunder, dass Claire so verstört ist, ich sehe aus wie *Jack the Ripper*.

Ein Handtuch befeuchtend rubble ich mir das Blut ab und beginne damit, mich zu entkleiden.

Erst als wir beide nackt unter dem dampfenden Wasserstrahl stehen, weicht die Anspannung aus Claires Körper.

Kraftlos sinkt sie an meiner Brust zusammen und beginnt hemmungslos zu schluchzen.

Leise rede ich beruhigend auf sie ein, hauche ihr zarte Küsse auf die Stirn und spüre wie sich meine inneren Dämonen zurückziehen ...

Erst nach und nach wird mir bewusst, dass ich mein Mädchen beinahe verloren hätte. Zukünftig muss ich noch wachsamer sein.

So eine Scheiße wie heute darf nie wieder passieren. Hoffentlich hat dieser Hacker Erfolg.

Wenn es ihm gelingt an die Aufnahmen der Sicherheitskameras zukommen und diese weitläufig streut, sollte sich schnell herumsprechen, dass es nicht meine Kugeln waren, die den Russen getötet haben.

23. Kapitel

Claire

Der Schock verhindert, dass ich klar denken kann.

Zwar wusste ich, dass Beast ein Killer ist, doch sein gewaltiges Aggressionspotenzial hatte ich irgendwie unterschätzt.

Wenn er diesen Mann einfach nur erschossen hätte, wäre das Ergebnis das Gleiche gewesen. Doch das hätte mich nicht annähernd so aus der Bahn geworfen, wie mit ansehen zu müssen, wie er diesen Typen sprichwörtlich zu Tode geprügelt hat.

Tief in meinem Inneren ist mir bewusst, dass er das nur getan hat, um mich zu beschützen, dennoch war es heftig, diese Gewaltbereitschaft aus nächster Nähe mitzuerleben.

Wahrscheinlich bin ich heillos verloren, doch selbst nach dem eben Erlebten will es mir einfach nicht gelingen, mein Herz vor Beast zu verschließen.

Dieser Killer hat mich innerhalb kürzester Zeit so vereinnahmt, dass es einfach kein Entkommen mehr für mich gibt.

Ich bin wie ein Schmetterling, der zuerst nur mit der Spitze seines Flügels im tödlichen Netz der Spinne hängen bleibt und sich dann nach und nach immer mehr darin verfängt.

Wahrscheinlich sollte ich mich jetzt ganz schrecklich vor Beast fürchten, doch ich tue es nicht. Im Gegenteil!

Ich klammere mich mit aller Kraft an ihm fest und sehne mich danach, in seiner Nähe zu sein.

Keine Ahnung was sich das Schicksal dabei gedacht hat, als es diesen Killer für mich ausgesucht hat, aber ich danke ihm dafür.

Erneut an dem Wein nippend, schiebe ich mir eine Nudel in den Mund und suche seinen Blick. „Geht es dir auch wirklich gut, Babe?“
Besorgnis zeichnet sich auf seiner Miene ab.

„Ja es geht schon wieder. Ich bin es nur nicht gewohnt, dem Tod in die Augen zu schauen.“
Ein Lächeln zupft an seinen Lippen.

„Komisch. Ich würde meinen, du machst das ständig.“

Seine Andeutung bringt mich dazu, die Augen zu verdrehen.

„Du bist nicht der Tod, du bist der Mann meines Lebens.“
Kaum dass mir die Worte über die Lippen gekommen sind, weiß ich, dass sie der Wahrheit entsprechen.

Ich bin nicht so naiv zu glauben, dass an seiner Seite immer alles leicht sein wird, doch das ist es in keiner Beziehung.

Gerade als er etwas sagen will, hält ihn das Klingeln seines Telefons davon ab.

Nervös lege ich die Gabel weg.

„Das ist sicherlich Tom."

Beast steht auf und holt sein Handy her. Nach einem Blick auf das Display nehme ich es ihm ab, gehe ran und stelle auf Lautsprecher.

„Hallo?"

„Hey Claire."

Kaum dass seine Stimme erklingt, verdunkelt sich Beasts Gesichtsausdruck.

„Hattest du Erfolg? Bist du an die Aufnahmen rangekommen?"

Eine unangenehme Spannung baut sich in mir auf.

„Natürlich, Süße. Was denkst du denn?"

Gott sei Dank ...

„Du bist mein Held. Ich hoffe, das weißt du. Hast du sie auch schon im Internet verbreitet?"

Ich ignoriere Beasts wildes Knurren und drehe mich von meinem eifersüchtigen Killer weg. *Da muss er jetzt einfach durch.*

„Es war ziemlich kompliziert, aber ich habe die Frequenz, auf der zu sehen ist, wer Marakoff umbringt, im Darknet verteilt. Jeder, der mit dem Business, in dem übrigens auch dein neuer Freund tätig ist, zu tun hat, wird es sehen. Das garantiere ich dir."

Vor Erleichterung wird mir regelrecht schwindelig.

„Wie soll ich dir jemals dafür danken?"

Er schnauft geräuschvoll.

„Indem du überlebst! Das was ich alles auf diesen Bändern gesehen habe, war verdammt heftig. Scheiße Claire! Wie bist du nur mit solchen Leuten in Kontakt gekommen?"

Ich will mir gar nicht erst vorstellen, was er sich genau alles angeschaut hat.

„Das ist eine lange Geschichte. Alles was du wissen musst, ist, dass ich dir das nie vergessen werde und dass es mir gut geht."

Er stößt einen Fluch aus.

„Weißt du eigentlich, wer dieser Mann ist, auf den du dich da eingelassen hast?"

„Ja, das weiß ich."

Ein Knacken dringt durch den Hörer. Es klingt so, als ob Tom etwas zerbrochen hätte.

„Und du bist dir sicher, dass *er* der Richtige für dich ist, Süße?“
Ich antworte ohne zu zögern.
„Ja völlig sicher.“
Ein unangenehmes Schweigen breitet sich aus.
„Es tut mir leid, Tom.“
„Das muss es nicht. Werde einfach nur glücklich.“
Gerührt und emotional völlig durcheinander starre ich noch lange, nachdem er aufgelegt hat, das Handy an.
Beast räuspert sich, schlingt mir von hinten die Arme um die Mitte und vergräbt seine Nase in meinen noch feuchten Haaren.
„Er kann einem fast schon leidtun. Ohne dich leben zu müssen ist schlimmer, als zu sterben.“
Mich zu ihm umdrehend, pinne ich meinen Mund auf den seinen.
Wir küssen uns wild und stürmisch, sodass mein Puls erregt in die Höhe schnellt.
„Wenn alles so läuft wie geplant, dann ist dieser Irrsinn innerhalb kürzester Zeit durchgestanden.“
Das wäre zu schön, um wahr zu sein.
„Können wir dann endlich zurück nach Seattle. Bitte Beast! Ich liebe diese Stadt, dort habe ich mich das erste Mal in meinem Leben so richtig zu Hause gefühlt.“
Gebannt und mit wummerndem Herzen hänge ich an seinen Lippen.
„Aye Baby, wenn du dort glücklich warst, bringe ich dich dorthin. Doch bis wir zu 100 Prozent sicher sein können, dass unser Plan funktioniert hat, müssen wir noch hierbleiben. Währenddessen könntest du dich ja schon mal nach einem geeigneten Haus umsehen.“
Echt jetzt?
„Hast du nicht schon genug Immobilien?“
„Immobilien habe ich Dutzende, ein Zuhause hingegen habe ich keines. Das werde ich mir zusammen mit dir aufbauen.“
Allein die Vorstellung, mir mit diesem Killer ein gemütliches Nest zu schaffen, lässt einen Schwarm Schmetterlinge in meinem Bauch umherflattern.
„Okay. Gut, ich werde mal sehen, was im Internet so zu finden ist. Aber eines sage ich dir gleich. Völlig egal wie lecker deine Pasta auch sein mag. Solange diese Leiche da im Garten liegt, will ich nicht hierbleiben. Entsorg sie, und zwar schnell!“

Von meiner Ansage völlig überrascht sieht er mich aus zusammengekniffenen Augen an.

Ihm einen Kuss auf die Wange drückend, stehe ich auf, räume meinen Teller in die Spüle und gehe zurück ins Wohnzimmer.

So unfassbar das auch klingen mag, aber so langsam gewöhne ich mich an die Rolle als die Braut des Killers ...

Epilog

Die warme Frühlingssonne lässt Seattle erblühen.
Selbst auf den Spitzen des Mount Rainier beginnt der Schnee zu schmelzen.

Der Kerry Park ist gut besucht, doch niemand schenkt uns besondere Beachtung.

Beast und ich sind einfach nur eins von vielen Pärchen, die auf einer Bank sitzen und das Leben genießen. Niemand ahnt, auf welchem unheimlichen Weg wir uns das erste Mal begegnet sind.

Das Haus, das wir uns in der Fulton Street gekauft haben, ist endlich fertig eingerichtet. Zumindest denkt mein Killer das.

In Wirklichkeit wird er aber bald ein weiteres Zimmer herrichten müssen. Wenn ich meinem Bauchgefühl vertraue, bekommt dieser Raum eine rosa Streifentapete und ein weißes Holzschaukelpferd.

Seit ich vor einer Woche festgestellt habe, dass ich schwanger bin, warte ich auf den richtigen Zeitpunkt, um es ihm zu sagen - ich denke dieser ist jetzt gekommen.

In meiner Jackentasche befindet sich ein winziges Paar Babyschuhe. Ich hole sie heraus, verberge sie in meiner Hand und drehe mich so zu Beast um, dass ich ihm in die Augen sehen kann. Wie üblich sitze ich auf seinem Schoß. Ich liebe es einfach, so nah wie möglich bei ihm zu sein und seinen kraftvollen Körper an dem meinen zu spüren.

„Was ist los, Babe?“

Wie sollte es auch anders sein, entgeht seinen scharfen Sinnen nicht, dass mein Puls vor Aufregung in die Höhe geschnellt ist.

„Ich liebe dich!“

Wann immer ich ihm diese Worte sage, bekommen seine sonst so eiskalten blauen Iriden einen weichen Ausdruck.

Manchmal kann ich immer noch nicht glauben, dass ausgerechnet ich so eine Wirkung auf ihn habe.

„Ich dich mehr.“

Das ist mein Stichwort.

„Das glaube ich nicht ...“ seine Hand auf meinen noch flachen Bauch legend grinse ich ihn glücklich an. „... Schließlich sind wir zu zweit. Was bedeutet das ich doppelt so viel Liebe in mir trage.“

Im ersten Moment wirkt er verwirrt, dann hingegen scheint er zu kapieren, was ich ihm sagen will.

„Du bist schwanger? Du hast mein Baby in dir?“

Vor Rührung atemlos, hauche ich ein leises *ja*.

Einen Freudenschrei ausstoßend, steht er mit mir in seinen Armen auf, wirbelt mich im Kreis und lacht so laut, dass sich alle neugierig zu uns umdrehen.

Als er nach ein paar Umdrehungen stehen bleibt, küsst er mich so stürmisch, dass mir die Sinne schwinden.

„Du bist das unglaublichste, schönste und perfekteste Geschöpf auf diesem Planeten. Und es erfüllt mich mit Stolz und Ehrfurcht, dass du mir gehörst!“

Unsere Hände verschlingen sich, pures Glück strömt durch meine Adern.

Ihm tief in die Augen sehend, stelle ich mich auf die Zehenspitzen und streiche mit meinen Lippen über die kleine Kerbe an seinem Kinn.

„Ich würde sagen, wir haben es geschafft. Unsere Geschichte hat ihr Happy End bekommen.“

Er nickt.

„Ja das hat sie, wer hätte das gedacht ...“

Buchempfehlung

Kennt Ihr schon alle Rocker Romane von Bärbel Muschiol?

Die Rocker Serie besteht aus:

1. Rocker Dämon – Ace und Amy
2. Rocker Devil – Slide und Ellen
3. Rocker Bastard – Razzor und Nicki
4. Rocker Heart – Spider und Abigail
5. Rocker Ghost – Ghost und Angel

Ihr könnt die Rocker Romane als Taschenbücher und eBooks lesen!

„Rocker Dämon – Ace und Amy"

Klappentext:
Es ist ein Deal, um ihren Vater zu retten. Amy liefert sich Ace, dem dämonischen Präsidenten der Dead Riders aus. Doch schon bald genießt sie diese neue und gefährliche Welt des gefürchteten Rockerclubs. Das vollkommene Ausgeliefertsein, Aces Gier und der harte, bedingungslose Sex führen sie in immer neue Höhen. Aber die Schatten der Vergangenheit drohen das neue Glück zu zerstören. Gewalt bricht über die Familie der Riders herein und führt in ein tödliches Blutbad. Prickelnde Erotik, gnadenlose Härte und Dominanz und wahre Freundschaft zeichnen diese spannende Geschichte aus, die mehr als eine Lovestory ist: furchteinflößend, dabei sexy, verdammt heiß und voller Gefühl!

Taschenbuch ISBN: 978-3-95573-549-4
eBook ISBN: 978-3-95573-550-0

Klarant Verlag

Lernen Sie die Titel des Klarant Verlages kennen und besuchen Sie uns im Internet unter:

www.klarant.de

Sie können dort Näheres über unsere Autoren erfahren, viele weitere interessante Bücher und eBooks finden und Leseproben herunterladen.

Mit dem kostenlosen Newsletter unter

www.liebe-lesen.de

erhalten Sie aktuelle Informationen rund um das Verlagsprogramm, wie beispielsweise spannende Neuerscheinungen und Gewinnspiele.